旅行世界
可以经济
又精彩

刘军 著

新华出版社

图书在版编目（CIP）数据

旅行世界可以经济又精彩 / 刘军著.
-- 北京：新华出版社，2023.2
ISBN 978-7-5166-6719-4

Ⅰ.①旅…　Ⅱ.①刘…　Ⅲ.①游记—作品集—中国—
当代 Ⅳ.①I267.4

中国国家版本馆CIP数据核字（2023）第025342号

旅行世界可以经济又精彩

作　　者：刘　军

责任编辑：蒋小云　　　　　　　　封面设计：中尚图

出版发行：新华出版社

地　　址：北京石景山区京原路8号　邮　　编：100040

网　　址：http://www.xinhuapub.com

经　　销：新华书店
　　　　　新华出版社天猫旗舰店、京东旗舰店及各大网店

购书热线：010-63077122　　　　中国新闻书店购书热线：010-63072012

照　　排：中尚图

印　　刷：炫彩（天津）印刷有限责任公司

成品尺寸：240mm×165mm，1/16

印　　张：24　　　　　　　　　　字　　数：345千字

版　　次：2023年2月第一版　　　印　　次：2023年2月第一次印刷

书　　号：ISBN 978-7-5166-6719-4

定　　价：69.00元

🔍 自 序

自2016年11月至2018年年底，在两年多的时间里，我独自一人进行了三次环球旅行，累计旅行410天，到访世界七大洲的59个国家和地区，环球总行程近26万公里，相当于环绕地球赤道6.5圈。

连续三次环球旅行取得圆满成功，使我感慨万分，这段非常难得的经历，留给我的是无价的精神收藏，成为一生中最值得回味的美好时光。为此，我撰写了《60岁，我们去环球旅行》一书，并于2021年下半年正式出版发行。

这本书一经推出，几乎所有阅读过的人，都给予了较高的评价和肯定，超出了我的预期，使我在完成环球旅行后又有了一份成就感。许多阅历丰富的朋友给我发来短信和读后感，表达了他们的感想和见解。以下摘录一些评价：

L国俊："我个人更喜欢书的后半部分。阅读每一天旅行日记都仿佛能跟随着您的足迹，了解到世界的某个地方和我们不一样的民俗风物。从您的文字里不仅能看到壮美的景色，品味到当地美食，接触到各种各样的人，每一天也能感受到不一样的美好与收获。

"当绝大多数人还生活在眼前的苟且时，您已经去追寻诗和远方。您的书会给很多人启发，鼓励他们重新规划以后的生活，特别是退休以后，有钱有闲、身体也还不错的老年人。

"还有一个遗憾，您的书只有第一次环球旅行的日记，很期待看到余下几次的环球经历。"

W树仁："大作拜读近半。感觉：它像一篇论文，从基本概念到数据分析，逻辑严谨；它是一本教科书，有哲理给人启迪和鼓励，长知识；它是一本作业指导书，细致入微，毫无保留，可操作性极强。绝对好书！"

Y调无腔："收到此书，夜里就迫不及待地粗读了一下，写得极好，不仅有理工男特有的逻辑清晰的特点，过程交代得清清楚楚，几乎是工具书了，也有较强的文学性和艺术性，有些地方笔触细腻，感慨真实可信。三次环球旅行的成功不仅是钱的问题，其实这可能是最小的问题，更是追求、兴趣、执着的结果，其中最重要的是能力问题，这种能力是在你几十年认真负责的工作中形成的。总之，书中有许多东西值得我进一步研读、思考和学习。"

W涵："作者著书三十九万字，前后五年的时间，给当今中国人人都想旅行的朋友们送上了一份大礼——环球旅行指导大全。我仅迫不及待地翻看了目录及图片，就有爱不释手的感觉……他既提出了生命意义的所在，又把旅行必备的条件、必知的常识和经验，做出了多层次、全面的解析，如教科书一般。非常值得学习领悟！"

M建平："真是不可多得的一本好书！分享了三次环球旅行的全过程，并在书中学到不少知识和见识，环球旅行的历程记录和经验总结，各国风土人情的零距离接触与实情介绍。给热爱旅行者于启迪和指导，给不出国门者于知识和见识。"

S忠璞："最早有智商、情商说法，后来又有新的概念出来，比如胆商、性商、识商……读了你的书，才体会到识商，也就是国人常说的：读万卷书，行万里路。"

L传珉："童年时看过一本书，《八十天环游地球》，对这种旅游充满神奇和幻想，没想到环球游者就在我们身边。亚伦合唱团藏龙卧虎，还能出书，真该给作者一个大大的赞。"

M民生："大作读毕，内容朴实丰富，文笔流畅精彩，既钦佩你说走就走的勇气，又羡慕你苦难辉煌的经历。但环球旅行六项必备条件我自评估仅具备1至2项，无法像你那样周游世界，遗憾！"

……

还有一些读者提道："这本书主要记载的是首次环球旅行的内容，还会有第二本吗？很期待看到余下几次环球旅行的经历。"

这些评语和鼓励令我感动，我在第二、第三次环球旅行中，还有许多精彩的故事，期望与大家分享，这样我就有了再次撰写一本新书的动力。

出国旅行通常被认为是花费较高的消费，自助环球旅行也是如此，如果参加高端旅行团，参加高端环球游或邮轮环球游，更是需要花费很大一笔费用。

然而，以较低的花费同样可以实现出国旅行，甚至实现自助环球旅行。这需要旅行者具有经济旅行的理念，具有比较丰富的旅行经验，不断学习旅行中的各种省钱之道，努力搜寻和比选不同的行程，尽可能前往消费水平低的国家，追求旅行中的性价比。

这本书以本人多年的旅行经验和环球旅行经历，介绍了出国旅行中的省钱之道，通过旅行中一个个精彩故事，说明旅行世界并不需要花费很高的费用，有许多可以尝试的省钱方法，旅行世界可以既经济又精彩。

希望《旅行世界可以经济又精彩》这本书与《60岁，我们去环球旅行》组成姊妹书，为喜爱自助旅行的人们提供旅行信息、旅行经验和相关帮助。希望有助于更多的人实现自助环球旅行的梦想，让更多的人享受自助旅行的快乐，也期望更多的读者能够感受环球旅行的精彩。

刘 军

2022年7月于南京

目录

旅行世界可以
经济又精彩

第四站　南美洲

第八站 亚洲（东南亚）

第一站

亚洲（西亚）

旅行世界可以
经济又精彩

一、从南京到银川辗转出国

环球旅行从共享单车开始

2017年10月3日，我开始第二次环球旅行。

这次环球目标是超级环球旅行，也就是一次游遍世界七大洲。由于目标很高，所面临的困难很多，对我来说最大的困难仍然是签证。尽管世界上许多国家给予中国人免签或者落地签待遇，但是，仍有许多国家需要提前申请签证。

我需要申请签证的国家是：新西兰、阿根廷、巴西，还有美国签证需要进行信息更新。进入互联网时代，许多国家可以网上申请签证，这给申请人带来便利，但是有时会产生莫名其妙的问题，令人吃尽苦头。

新西兰的电子签证网上申请比较顺利，由于操作不够熟练，前后花费我近两个星期的时间。

完成了美国签证信息更新以后，我才觉得它非常简单，但在操作过程中却遇到了困难。每当我在美国国土安全部网站上输入信息到第六步时，均无法继续，我反复尝试了好几天，就是解决不了。后来，我在网上搜到一个专门针对美国签证更新系统的商业网站，我只用了十几分钟就完成了信息输入，然后支付费用并提交。令我惊讶的是，五分钟后办理成功的信息就发到了我的邮箱。我感到可疑，便在美国国土安全部网站上查询，果然已经通过签证信息更新。专门的网站行不通，商业网站轻松过，令人不解。

更令人不解的是阿根廷电子签证的申请。我首次环球时，已经成功申请过阿根廷电子签证，再次申请理应很简单。但在网上交费过程中，从阿根廷传来的交费信息显示的是别人的信用卡。当我再次尝试付款时，系统认为已经付款，无法继续下一步操作。我发送电子邮件给阿根廷移民局，说明出现的问题，期望能够解决。接下来就是几天忐忑不安的等待，在我临近出发的前两天，我收到阿根廷移民局的拒签回复，理由是不满足电子签证申请条件，让我到阿根廷驻华大使馆申请。

这一结果给我这次环球之旅带来很大影响，让我不知所措，十分纠结。家人让我暂缓出发，先办好阿根廷签证，这样至少要延期20天，我辛辛苦苦预定的一连串国际机票很可能多数作废，重新出发时还要临时购买国际机票，提前预订的酒店也将白忙活一场，浪费太多的时间和精力，想到这些让我无法接受延期出发。

如果按时出发，将面临无法申请到阿根廷签证的风险，导致已购买的南极游船票因未能入境阿根廷而作废，这样的损失更大。我的心情乱极了，到底是出

骑着共享单车开始环球旅行那是再省钱不过，前提是携带的行李不能太多

发还是留下来办签证，一时难以做出决定，我甚至想通过掷硬币来做出决定。

我在网上查询在第三国申请阿根廷签证的信息，别人成功获签的经历，使我看到了在旅途中申请阿根廷签证的可能。我决定按时出发，途中在智利申请阿根廷签证。这时已经是临出发的前一天晚上，我这时才开始整理行装，太被动了。

10月3日下午临近出发前的半个小时，我才将行囊准备好。这样我又来了一次：环球旅行，说走就走。

出发之日正值黄金周，夫人建议我骑共享单车去地铁站。共享单车被外国人称之为中国新四大发明，我却从未体验过，这次以自行车作为环球旅行的开始挺有意义。一路上冒着不大的秋雨，感受秋天的凉爽和阵阵桂花的芳香，穿过十一长假拥堵的道路，感觉就一个字：爽。

外出旅行我喜欢轻装上阵，即使是环球旅行也是如此。这次历时半年的环球旅行，我只有一个背包，全部重量7.5公斤，从38摄氏度高温的迪拜到零下17度的北极圈内都能应付。正是由于轻装，使我做到了：环球旅行从共享单车开始。

轻装可以带来一些好处，主要是省钱省力省事，方便搭乘廉价航空公司的飞机，减少超标行李的费用支出，随时可以步行，减少乘车费用。

从银川飞迪拜节省三千元

退休以后应该开启慢生活模式，我拒绝高铁，买了从南京到银川长达27小时的火车票，期望时隔多年后，再次乘坐绿皮卧铺火车，享受慢生活。

中国的发展太快了，变化太大了，自己的梦和中国梦同时并行，坐上绿皮火车去环球旅行，我们赶上了好时代。

我乘坐的列车准点驶出南京站，驶向大西北。现在的绿皮火车比以前要舒服多了，空调代替了嗡嗡作响的电扇，真空集便器确保环境的改善。

经过27个小时的运行，列车到达银川火车站。夜色下的银川火车站显得非常漂亮，这是一座穆斯林风格的建筑，颇具特色。广场周边的高层建筑在灯光的照射下，显示出新城市的风貌。

我花了两块钱乘公交车来到银川老城区，预订的酒店就在这里。然而这里凭护照不能入住，酒店服务员让我到附近的派出所去开证明。

我在前往派出所的路上看到一家小旅馆，我问老板凭护照可否入住，得到肯定答复后，服务员为我办理了入住手续。这里的条件还可以，费用只有那家酒店的一半，折腾一下立刻为我省下一些钞票。

我从银川国际机场搭乘国际航班飞往阿联酋。来到边检处，执勤的武警审核过我的护照后，让我到她上司的办公室。这位上司不让我进去，让我站在门口等候，然后喊来一个男武警，这意思明摆着是要看着我。一个看守和一个被看守的人站在一起真是不自在，好在这个武警比较通人情，以安慰的口气对我说："没什么，不会耽误你登机。"我说："这种情况以前我遇到过，都是因为同名人连累到我。"我是守法公民，违法犯罪的事情找不到我，这点自信还是有的。只是这一等就是10分钟，站在那里如同站在被告席上。最后的结果自然是排除我的嫌疑。环球旅行什么事情都可能遇到，比这麻烦的事情还在后头。

乘坐27个小时的绿皮火车由南京前往银川，然后从银川飞往阿联酋迪拜，为什么这样辗转？这样的走法，比从南京前往上海，搭乘同一天上海飞往迪拜的飞机，至少可以节省三千元。经济旅行就是要能省则省，何况这可是一笔不小的费用。

怎样才能一下节省三千块钱呢？这要花费一番精力到网上去搜寻，广泛搜索机票和其他交通工具信息，然后进行综合比较，从中选出最经济可行的行程。购买长距离或洲际飞行机票，可在各航空公司官网、携程网、天巡网、去哪儿网等网站上查询，遇到促销时，往往能够搜索到特价机票。

二、阿联酋

扎耶德清真寺美轮美奂

来到阿联酋这个伊斯兰教国家，应该去看看位于首都阿布扎比的扎耶德清真寺。

我从旅馆乘公交车前往扎耶德清真寺。临近中午，到了该吃午饭的时间，路边有个超市，我买个面包作为简餐。如果直接赶到扎耶德清真寺，那就要挨饿了，因为清真寺周围和里面根本买不到任何食物，自带的所有食物都要被收掉。

由于气候炎热，这里路边有用玻璃封闭的公交车站，里面装有空调，候车时非常凉爽。许多路人和环卫工人也顺便进去消消暑气。我在里面坐了十几分钟，感受一下清凉。

在扎耶德清真寺外面，我遇到四个在阿布扎比国际机场转机的年轻人，他们利用转机时间到市内游览，其中两个马来西亚人，一个韩国人和一个中国人。两个身为穆斯林的马来西亚人，利用这次机会在清真寺内礼拜，我们三个人经过他俩同意，也一同参加礼拜仪式，感受一下伊斯兰教文化。

进口安检非常严格，所有食品都要被收掉。我们一起来到豪华盥洗大厅，我们三个人按照他俩的指点，从头洗到脚，成为一个干干净净的人。然后每个人脱去鞋子，开始游览参观。

扎耶德清真寺是世界上第三大清真寺，规模宏大，建筑精美，可同时容纳4万名朝圣者。白色大理石圆顶及墙面，如白雪一般亮丽，精美的雕刻是中国工匠的手艺。清真寺里铺有世界第一大手工编制地毯，由来自伊朗的1200名妇女手工编织而成。

进入清真寺内部顿时感到凉爽宜人，精美的内部装饰令人赞叹，每个参观

阿布扎比扎耶德清真寺全部采用白色玉石装饰，显得庄严大气，极尽豪华

者都在静心地欣赏这里的一切。这里的游人很多，中国游客也不少。

我们在两个马来西亚人的带领下，来到做礼拜的大厅，这里一般的参观游览人员是不能进入的。他俩说明一些注意事项后，我们三个人随他俩一起做礼拜。他俩怎么做，我们就怎么模仿，又是弯腰，又是跪地，然后额头紧紧贴在地毯上，这是一次独特的体验。

我整整参观了一个下午，这里给人的感觉是恢宏、气派、豪华和精美，可称之为美轮美奂，建筑精品，艺术瑰宝。

如此奢华庞大的清真寺对游客免费开放。在国外许多景点或展览馆都是免费开放的，来到不同国家，可以根据兴趣爱好，尽可能参观游览那些免费的景点，这样不仅可以节省旅行费用，往往还会有意外的收获。

奢华迪拜经济游

提起迪拜容易和奢华联系起来，这里确实是一个奢华的大都市，不仅是中东地区经济和金融中心，也是中东最富裕的城市。这里现代化高楼大厦比比皆是，豪华商场云集，有世界第一高楼哈利法塔，有七星级帆船酒店。即使这样，迪拜仍然可以经济旅行，仍然可以方便地感受这里的精彩。

我购买了一张迪拜城市交通卡，这样可以搭乘地铁、轻轨和公共汽车，方便到达城市各个地方。

为了节省旅行费用，可以住在迪拜的历史城区，这里住宿相对比较便宜，周边有众多店铺，吃饭也挺方便，就是相对嘈杂。

迪拜市内有一条迪拜河，在沙漠地区怎么有河呢？原来这是在沙漠中开挖的运河，河水是从海上引入的清澈海水。这条运河为迪拜历史城区提供了便捷的水上运输通道，因此被称为迪拜的母亲河。

迪拜河上的小木船既是渡河的交通工具，又是在水上游览城市风光的不错选择

迪拜河上人们摆渡一直沿用小木船，费用低廉，只需1迪拉姆（1.8元人民币）就能过河。现在搭乘木船渡河已经成为感受当地人生活的一项体验。我乘坐小船往返于两岸，欣赏运河两岸的风光。

我乘坐地铁在DUBAI MALL站下车，来这里逛迪拜购物中心，观看音乐喷泉，观赏世界最高建筑哈利法塔。从地铁站到迪拜购物中心有很长一段架空廊道，里面有空调和自动人行道，走在里边可避免高温日晒还能节省体力，体现了迪拜的豪华。

傍晚6点，音乐喷泉准时开始，观看首场秀的游人围满四周，各种相机和手机对准水面。一段优美的乐曲配上各种变幻的喷泉，几分钟就结束了，人们意犹未尽。傍晚的哈利法塔和人工湖的景色非常诱人，我又连续观赏了两场音乐喷泉表演。

迪拜音乐喷泉是世界上最大的喷泉，水柱喷出的同时伴随着阿拉伯及世界各地名曲

每个国家都有自己的美食，在国外要想找到既便宜又符合自己口味的美食并不容易

迪拜购物中心舒适宜人，世界知名品牌汇聚在这里，是购物者的乐园，对我来说只是到此一游。这里有许多餐厅，我随便看了　家餐厅的菜单，每道菜都在一百多迪拉姆以上。虽然已经饿了，但我决定赶回住地附近再说。

回到迪拜历史城区，我发现一家比较上档次的餐厅，到里面一看又漂亮又有特色。打开菜单才知道这是一家阿富汗餐厅，看起来似乎有点名气。

我点了一份羊肉配饭，配有新鲜蔬菜、奶酪和一碗汤，看上去很有食欲。羊肉吃起来非常香嫩，可以说是我吃过的最好吃的羊肉之一，令人回味。米饭里有胡萝卜丝和葡萄干，也很好吃。

世界各地都有美食，即使是战乱中的阿富汗也不例外。这顿饭一共30迪拉姆（54元人民币），如果在迪拜购物中心附近的餐厅用餐，这点钱恐怕连碗汤都不够，说不定还没有这里的好吃。

三、阿曼

地处中东却远离战争

中东国家基本上都遭受过战争或受到战争威胁，只有少数几个国家例外，阿曼就是其中之一。阿曼虽然地处中东却远离战争，主要在于保持中立，不参与其他国家的纷争。阿曼经济基础比较薄弱，由于没有战争，算得上一个比较富裕的阿拉伯国家。

阿曼首都马斯喀特是个沿着海岸线发展的狭长城市，东边的马托拉为主要的历史城区，既是这座城市最漂亮的区域，也是最富有文化气息的地方。这里

阿曼首都马斯喀特的历史城区，这里街道整洁，车辆有序，傍晚显得更加宁静

有苏丹王宫、双胞胎城堡、国家博物馆等建筑。漫步在这里，能够感受到阿曼这个苏丹国的文化与气质。

从高空上看阿曼，到处都是荒漠，炎热又干旱。这里没有著名的景点，有的是友好善良的人们。阿曼既传统又不缺现代，来到这里感觉挺安全，你不用担心被偷、被抢、被骗，可以放松心情去体验和游览，这就是阿曼的魅力。

我与当地人拼车前往尼兹瓦一日游，上车前我们4个人相互握手，使我感受到这里的民风和礼节。尼兹瓦是阿曼内陆最大的城市，也是一座古城。城内建有阿拉伯半岛上最大的圆城堡，花了12年时间建成，城堡内有完善的供水系统。这座城堡的门票有点贵，约95元人民币。

阿曼的公共交通还算发达，这里的长途汽车、城市公共汽车、小巴车、合乘出租车能够满足不同需求，感觉挺方便，只要掌握相关信息，就可轻松出行，不一定非要租辆车。使用谷歌地图能够帮上一些忙，可以获得部分交通信息。另外，可以寻求当地人的热情相助。

马斯喀特傍晚的景色比白天漂亮，土黄色的主色调被夜色所取代，没有了烈日，气温稍许降低了一些。晚上街上的行人多了起来，身着黑袍的阿拉伯妇女走出家门，在海边散步，逛逛夜市，感受城市美丽的夜色，只是阿拉伯国家妇女们的世界太小了。

四、约旦

中东最珍贵的是和平

来到约旦首都安曼第一个清晨，我被清真寺宣礼塔上喇叭播放的宣礼词唤醒，这里是阿拉伯伊斯兰国家，是充满动荡的中东地区。

之前，相继发生了极端组织"伊斯兰国"处死两名日本人质和约旦飞行员事件。约旦对"伊斯兰国"进行报复，与美国一起加大对该组织的空中打击。因此，理论上讲约旦处于准战争状态，前往这种国家我还是第一次。更有甚者，据说有当地人绑架人质，然后卖给极端组织。我对安全情况进行了评估：

约旦首都安曼开往亚喀巴的大巴车，这里的规矩是女人坐在前面，男人坐在后面

危险虽有，但并不严重，加强防范，规避风险。

我乘坐大巴车由安曼前往约旦南部海滨城市亚喀巴游览。大巴车上人不多，也就十几个人，6个女人坐在前面，男人坐在后面。大巴车沿着国王高速公路一路南行，晴朗的天气下道路两侧是草木难生的荒凉土地。

行驶一个小时后，大巴车被警察拦下进行安全检查。警察上车后不查女人，对我这东亚面孔的也不屑一顾，重点查验阿拉伯年轻男人。随后下车休息片刻，我为大巴车拍了张照片。警察很敏感，问我拍他们了没有，要求把照片给他们看，确认没有拍他们。其实在拍摄的时候，我就知道只能以大巴车为主体，警察不能成为主体，以免自找麻烦。

继续行驶20公里后，又遇到安全检查。这个路边检查点比刚才的要上档次，警察旁边停着一辆装甲车，还有几名约旦军人。警察上车后仍然只查当地男人，不查女人，我也享受到女人的待遇。

大巴车接近亚喀巴时，进入一座检查站，警察第三次上车检查。看到前面的女人出示证件，我也准备好护照，然而警察从我身边走过对我不予理睬。其实，像我这种东亚面孔的人，不是日本人，就是韩国人，要么就是中国人，绝对不会是来自极端组织搞恐怖袭击的人，有可能是被绑架的人，确实不需要检查。

大巴车一路下坡，渐渐离开高地，不久美丽的海滨城市亚喀巴展现在眼前。整洁的海滨小城行人不多，道路两边是一排排棕榈树，显示出亚热带风光。红海非常狭长，如果把红海比作人的一条腿，亚喀巴就位于脚趾尖处，成为约旦唯一的出海口。虽然位于红海的末梢，这里的海水依然非常清澈，非常诱人。

红海是世界上最咸的海和温度最高的海，其盐度到达3.7%，比其他深层海水盐度高2～9倍。这主要是由于红海两岸大多是干旱的沙漠，几乎没有河流注入红海，而且气候干燥，蒸发量大，使得这里的海水比世界上其他地方的都要咸。

位于亚喀巴市区的公共海滩只有几百米长，远处就是港区。海湾的对面是以色列小城埃拉特，隔海相望，城市景象清晰可见，晚上更是灯火连绵，非常漂亮。

离开亚喀巴我前往古城佩特拉，入住镇中心的一家经济旅馆，7人间，每个床位每天8第纳尔（70元人民币），含早餐，经济实惠。

来到这里遇上了恶劣天气，大风夹杂着雨雪，气温下降了不少，这种天气无法出去游览，只能待在旅馆里。

我与同住一室、来自香港的关先生和来自北京的王先生一起闲聊，其他旅客聚在旅馆的厅堂里，围着煤气炉边取暖边聊天。

我与关先生聊天得知，他前两年爬过非洲最高峰——乞力马扎罗山，他接下来要去以色列。当得知我要去黎巴嫩时，他什么也没说，只是不停地笑。我知道他心里想的是什么：那么危险的地方怎么能去啊。

黎巴嫩与战争的关系我早有所闻：20世纪七八十年代黎巴嫩内战，1982年

傍晚在亚喀巴红海海滩上休闲的约旦人，海湾对面成片的灯火处是以色列

第五次中东战争（包括黎巴嫩大屠杀），2006年以色列与黎巴嫩战争，现在黎巴嫩邻国叙利亚正在进行内战，最近与极端组织相关的战争，都发生在黎巴嫩或其相邻国家。但发生在黎巴嫩国内的战争是9年前的事情，有什么好怕的呢？当然，提高安全防范意识是必须的。

中东因为蕴藏着丰富的石油和重要的地理位置，成为大国争霸的地区，成为是非之地，总是与战争联系在一起，来到这里才能体验到中东最珍贵的是和平。

作为中国人，我们并非生活在和平时代，只是因为我们生活在一个和平的国度。有一点理性的中国人，都应当维护国家的统一与团结，珍惜当下的和平环境。

岩石上凿出来的古城

等待两天，终于迎来了好天气，阳光灿烂，空气清新，令人心旷神怡。

我来到世界遗产佩特拉古城公园大门口。门票50第纳尔（440元人民币），真贵啊，不知是不是世界上最贵的门票。进入大门，快步向前，欣赏雨雪后世界新七大奇迹之一的佩特拉古城。

佩特拉古城是约旦的国宝，位于首都安曼以南260公里的阿拉伯沙漠边缘，始建于两千多年前。这座古城隐藏在延绵山地的一条峡谷内，曾经是阿拉伯纳巴泰王国的首都。古代佩特拉地处从阿拉伯半岛到地中海的贸易之路上，由于位居重要的贸易通道和商队贸易中心，纳巴泰人变得强大而富有，古城由此发展起来。

该古城几乎是从岩石中凿出来的，它的建筑物多数雕凿在悬崖峭壁，包括：寺院、洞室、剧场、浴室、墓窟等。公元106年，纳巴泰人战败后，该城在罗马人的统治下愈发繁荣。后来，因贸易路线改变，佩特拉的重要性大为削弱，所以最终被遗弃了，直到1812年后重被发现。这里的山体多数是红色砂岩，常被称为"玫瑰红城市"。

进入佩特拉古城需要经过一条天然的峡谷通道，该通道幽深而蜿蜒，最窄处只能容下一辆马车，通道两侧是红色砂岩。这个峡谷通道与中国新疆库车的天山大峡谷非常相似，都是在风雨和水流冲蚀下形成的。昨天的降水直到今天早上还在峡谷里流淌，只是小了许多。

走出峡谷通道时，佩特拉古城的经典建筑卡兹尼神殿展现在眼前：高耸的柱子，精致的外立面，装点着比真人还大的塑像，整座建筑完全在垂直悬崖上雕凿而成。殿内有圣母像和壁画，由于保护原因，殿内暂时关闭。当地的贝都因人传说其顶部藏有宝藏，故该神殿俗称宝库。此时，太阳刚好照射在神殿的顶部，中央形似储藏宝藏的坛子被后人用枪弹打得局部已经破碎，建筑上的神话人物雕像，也是弹痕累累。

继续往前走，展现在眼前的是佩特拉古城另一核心，一座能容纳两千多人的罗马剧场遗迹，舞台和观众席都是从岩石上雕凿出来。旅行团大多到此不

佩特拉古城附近的山石有许多是彩色砂岩，有着丰富的色彩，看上去令人赏心悦目

代尔修道院是佩特拉古城中最大的石凿建筑，位置最为偏僻，古人在这里可以静心修行

再深入游览，然而佩特拉古城的另一座经典建筑——代尔修道院，坐落在景区最里面的山上，需要沿着峡谷穿过石柱街，顺着岩石上开凿出来的阶梯拾级而上。

途中两侧隆峰峭壁怪石千姿百态，当见到代尔修道院，才感到所付出的艰辛非常值得。这是一个在整座山头上开凿出来的精美建筑，是佩特拉最大的石凿建筑。我坐在它的对面，欣赏它的建筑之美，感受一段辉煌的历史。

沙漠深处住上一晚

由于雨雪天气整整耽误了两天时间，我决定花钱买时间，下午包车赶赴约旦南部沙漠景区——月亮谷。从佩特拉到月亮谷大约100公里，车费30第纳尔（260元人民币），虽然有点小贵，但一路上欣赏到的雪景非常难得。

离开佩特拉，一路向南，海拔逐渐升高，道路两边的积雪越来越厚，在蓝天的衬托和阳光的照射下，显示出难得一见的中东美景。这场20年未遇的大雪，引来了不少观赏雪景的当他人，许多是携家带口，驾车而至。有的家庭在雪中摆上小桌，围坐在雪野中，吃着东西，喝着热茶，抽着水烟，感受大自然赐予的自然美景。

随着海拔的降低，路边的景色由白雪皑皑变为干燥的沙漠，路边陡峭的山体在阳光的照射下尽显特色。进入月亮谷景区后，天空云彩越来越多，观赏沙漠落日的愿望未能实现。

月亮谷景区又叫瓦迪拉姆保护区，被列为世界自然和文化双遗产。我入住的营地叫贝都因人时尚露营旅馆，位于保护区内。营地里的贝都因人在陡峭的山体旁边搭起传统装饰的帐篷。

晚上，我和来自香港的一个旅游团、一对中国台湾情侣一起入住传统帐篷。晚餐有当地贝都因人传统特色菜——沙地闷烧鸡，还有米饭、蔬菜和色拉。虽然谈不上丰盛，但却是来到约旦后最可口的一顿饭菜。

夜晚，大漠漆黑，没有月亮，冷风飕飕，只有早点上床睡觉。

半夜不时被大风拍打帐篷的声音吵醒，似乎天气又要变了。早上起来果然天气阴沉，失去观赏沙漠日出的机会。

上午，我在大漠营地附近游览红色沙漠景观。这里四周的山体大多是由红色砂岩构成，风化后产生红色沙漠。由于前两天的降雨，沙漠正处于短暂的湿润状态，虽然风挺大，但并未产生沙尘，很是难得。这里的沙漠中有少量植物，有的似乎就生长在石缝中，显示出顽强的生存能力。

瓦迪拉姆保护区是约旦最壮观的沙漠景观，它独特的山谷沙丘地貌，像月球表面一样宁静沉寂，沙漠中巨大岩石为平缓的沙漠增加了跳跃的变化。

营地旁边的山体非常陡峭，我选择了一处稍缓的地方，手脚并用开始攀爬。由于山体由砂岩构成，石头的强度不均，我边爬边确认石头是否风化，避免坠落。山并不高，一会儿就爬到山顶。

由于常年被风侵蚀，山上的岩石形态千奇百怪，如鬼斧神工雕凿而成。我坐在山崖边四处望去，寂静的红色沙漠中空无一人，仿佛置身月球表面上。这时接我的四驱越野车来了，在红色沙漠中产生唯一的一点白色，给这"月球表面"带来人类文明。

我乘长途汽车回到安曼汽车南站，由于时间还早，我决定步行前往市中心的旅馆，这样边走边逛边看风景。安曼是座山城，道路迂回曲折，再加上没有地图，没有手机导航，要想找到位于市中心的住地可不那么容易。为了缩短行走距离，不被曲折的道路转失方向，我尽量保持直行，先后翻过三座城中山。

瓦迪拉姆保护区的红色砂岩经长期风化后形成独特外观，并产生了红色沙漠

来到城市中心区，遇到一家中餐馆，饱尝过一顿可口的晚餐后，天已经完全黑了。漂亮的安曼山城夜景使我联想到重庆，只是这里远没有后者繁华和大气。夜色中我全靠人脑导航，回到了几天前入住过的旅馆。在这陌生的山城，能够顺利找到住地，我都佩服我自己。

死海淹不死人却能"腌人"

约旦著名景区死海位于安曼西南方60多公里处，没有直达公共汽车，需要乘出租车前往。如果全程打车很不经济，我决定先乘公交车到安曼南部小城马达巴，然后再打车。

我先赶到安曼南郊，从那里乘公交车前往马达巴，车费只需0.5第纳尔（4.3元人民币）。上车后感受到车里浓厚的伊斯兰风格：黑色的顶棚、黑色的帘布、黑色的窗帘、黑色的座椅，整个车内黑乎乎的，坐在里面感觉大不同。

车内坐满了当地乘客，有男有女。前座阿拉伯男人头上佩戴的传统头巾和黑色头箍，是阿拉伯文化和民族尊严的体现。当地贝都因人家里的男孩，通常在15岁时，从父亲那里得到头巾，不仅用它来抵御恶劣的沙漠气候，也是成熟男性的表现。

到达马达巴后，我与出租车司机谈妥25第纳尔（215元人民币），往返死海。车向西行驶不久，便来到约旦高原的边缘，向西向下望去，远远可见位于海平面以下四百多米的死海。然而，从看到死海到一路蜿蜒下坡来到死海边上，需要行驶很长时间的下坡路，毕竟垂直高差将近千米。

死海的东岸是约旦，西岸是巴勒斯坦和以色列。这是世界上最低的湖泊，湖面海拔负430米。死海也是世界上第二咸的咸水湖，湖水盐度达到30%，含盐量仅次于吉布提的阿萨勒湖。可以想象一下，1升湖水含有半斤盐，接近饱和状态，难怪湖中没有任何生物存活，随河水进入湖中的鱼儿不久就会死亡，因此得名死海。

来到死海岸边时，天气短时转晴，阳光照在身上感到温暖。在死海谷地的

阿拉伯国家的人们不能饮酒，抽水烟便成为当地人的嗜好，也是阿拉伯文化的一部分

北面，有不少居民，他们生活在地球上气压最高、空气中氧含量最浓的地方。

从死海的最北端向南面行驶，路上经过一处免费海滩，没有观光游览的人。再往南行驶，来到较有档次的名为"安曼海滩"的游乐中心，这里有完善的游乐设施，比刚才看到的海滩漂亮多了，但门票比较贵，每人20第纳尔（170元人民币）。既然来到世界上最低的地方，该花钱就得花。

我换好泳裤，直奔死海而去，太阳晒在身上没有一丝凉意，但空气的通透性较差，死海对面的以色列看得不太清楚。这个季节是约旦旅游淡季，来到死海的游人不多，下到死海的人更少。此时，只有三女两男在死海中。我赶紧下水，请即将离开的老外帮我拍几张在死海中漂浮的照片。之前，特地看好他的双手已经擦干，别把我的相机给"腌"了。

拍过照后，可以慢慢地感受一下死海。湖水沾在手上，说黏不黏，说涩不涩，说滑不滑，有着一种特别的感觉。水温不算凉，比亚喀巴红海的水温要高一些。进入死海，感觉浮力明显比海水要大，确实可以静止仰卧，如能带个空气枕头，可以舒舒服服、平平静静地躺在水面上睡觉，充分享受独特的"水床"。

进入死海，如同进行一次全身皮肤检验，小到自己察觉不到的细小裂口都能检测出来，因为高盐度的湖水会使皮肤产生刺痛感，如同在伤口上撒盐。我往舌尖上滴了一滴湖水，那个咸啊，如同喝了一口海水。在死海里漂浮切忌动作过大，我拍打湖水时，不慎将一点小水花溅入眼睛，产生了短时的刺痛，这种被"腌"的感觉可不好受。

由于浮力过大，死海中无法正常游泳，如果采用自由泳、仰泳或蝶泳，很可能使湖水进入眼睛、鼻子或口中，会非常难受；如果采用蛙泳，虽然头部可以露出水面，但超大的浮力将人的双腿抬到水面上，无法正常向后蹬腿。

如果带上一个空气枕头，再拿上一本书，躺在舒适的"水床"上阅读，那是再好不过

我离开令人不爽的死海湖水，想到清澈的泳池中游上一把，冲掉身上的盐物。谁知泳池水温太凉，我只好缩了回来，难怪许多游客都在晒太阳，无人下水游泳。

　　在冲淋间，我忍受冰凉的自来水，细致地全面冲洗。这时才深切感到：如果到免费的海滩下水后，没能及时冲淋，弄一身盐返回安曼，恐怕我要被腌成"咸肉"了。

五、黎巴嫩

看似危险的国家

我离开约旦首都安曼，飞往黎巴嫩首都贝鲁特。贝鲁特位于安曼的正北方，而飞机首先向东北方向飞去，飞行了半个小时后，再朝西北方向飞去，远远躲着以色列，这样实际上多飞了一倍以上的距离，民航飞机在躲避着危险。

在贝鲁特机场海关，边检人员看过我的返程机票和酒店订单后，直接在护照上加盖入境章，没花一分钱，顺利入境。然后在机场内兑换黎巴嫩货币，汇率大约为1元人民币兑换200黎巴嫩镑。面对手上十几万黎巴嫩货币，一下子真不习惯。

我对黎巴嫩机场到市区的交通信息一无所知，只好来到信息中心。在信息中心免费得到交通地图和旅游介绍资料，并询问前往市中心的交通。服务人员很热情，告知在出发大厅的外面可以搭乘迷你巴士。我到了那里没有看到车站和迷你巴士，就问机场搬运行李人员，他说这里没有巴士，并招呼来一辆出租车。司机要价20美元，我觉得8公里的路程要这么多钱，太贵了，我决定自己走出机场再说。

机场由持枪的军人守卫，走到机场外面的马路上，由槽钢焊接成的路障一排排地摆放在路边。走了一会儿，一辆日产面包车开到我身边，司机招呼我上车。我问："到市中心多少钱？""2000镑。"我觉得挺便宜，便上了车。车内坐着不少当地的乘客，我看到有人下车时付了1000镑，这才放下心来，司机没有向我多要钱，这不就是信息中心服务人员所说的迷你巴士吗。我在市中心下了车，支付2000镑车费（10元人民币），比起打车一下子节省了一百多元人民币。

下车的地方靠近贝鲁特港区，美国向黎巴嫩军队提供的大炮、悍马车等军事物资，正在这里卸船。路边停着许多黎巴嫩军队的大型平板车，有不少持枪军人在现场警卫。我路过这里，只敢看，不敢拍照，以免自找麻烦。

贝鲁特面向地中海，背靠黎巴嫩山脉，是地中海东岸最大的港口城市，以多样独特的建筑与优良气候而闻名。市内保存有罗马时期的城墙、庙宇、水池遗址，以及奥斯曼帝国时期的清真寺。

我离开港区向西走去，一路边走边游。片刻来到位于贝鲁特市中心的蓝顶清真寺，在它的旁边相邻而建的是基督教教堂，此时这里显得非常宁静与平和，然而往日教派冲突引起的黎巴嫩内战和黎以战争，却给贝鲁特带来了惨痛的经历。附近的一些建筑上依然留有当年被枪炮击中的痕迹。

再往西走就星光广场和繁华的商业区。星光广场四周的路口全部由荷枪实弹的士兵把守，看上去似乎还处于战争状态，实际上很多年前就是这样，当地人都习以为常。我之前也有所知，所以直接往里走，无所顾忌。

贝鲁特的商业中心整洁漂亮，从人们的装扮和举止看，感觉这里是欧洲

来到贝鲁特西区，我顺利找到预定的宾馆。在这片区域许多地方曾经被战火摧毁，经过20年的重建，这座城市又恢复了繁荣，到处是漂亮的高层建筑，再现"中东小巴黎"的风采。

然而，这座曾经受到摧残的城市又经历了一起更大的灾难。2020年8月4日，贝鲁特港口大爆炸，市内大片地区遭到严重破坏，损失巨大，令人痛心。

来到曾经的战场

来到黎巴嫩首都贝鲁特，我在考虑到哪里去转转，由于黎巴嫩北部靠近叙利亚的霍姆斯，那里战事不断，边界附近有不少叙利亚难民，所以不宜去黎巴嫩北部。我看到晴朗天气下，城市东面的雪山清晰可见，决定翻过大山去黎巴嫩东部游览一番。

我沿着贝鲁特海滨大道由西向东一路观光游览，北面是清澈的地中海，一路景观非常漂亮，有街心广场、城市雕塑、游艇码头、和平广场、商业街区、蓝顶清真寺等。

来到城南汽车站，我坐上开往黎巴嫩东部扎赫勒小城的巴士。汽车向东驶去，这条路一直通往叙利亚首都大马士革，途中翻越黎巴嫩境内两条南北走向山脉中的一条。依山傍海的贝鲁特有很多人住在山上，山上到处是漂亮的民居，许多别墅是阿拉伯富豪们的避暑山庄。

山脉之上，道路两边白雪皑皑，似乎一下子由春天进入冬天。翻过大山就进入两条山脉之间的谷地，这里就是贝卡谷地，曾经是第五次中东战争以色列与叙利亚坦克战和空战的地方。初春时节，这里的农田一片翠绿，很是养眼。

两个多小时后，到达扎赫勒小城。我一下车就看到街上一座近似裸体的美女塑像，这在以阿拉伯人为主的黎巴嫩确实有点特色，在其他阿拉伯国家是很难见到的，表现出黎巴嫩的多元文化。

我顺着城中的河道向小城中心走去，融雪产生的河水急速向下流淌。小城里面没有什么好看的，城边的山坡上高高的教堂建筑吸引着我。我向山上走

黎巴嫩贝卡谷地，这里土地肥沃、气候温和，是古代文明发祥地之一

去，一会儿来到教堂所在的山顶，圣母塑像坐落在高高的塔上，虽有楼梯，却无法上去。

从山上放眼望去，扎赫勒小城一览无余，东面高大的山脉上白雪皑皑，翻过山脉就是叙利亚。此时在西方干涉下的叙利亚内战正酣，长期的内战使得家园被毁，民不聊生，难民纷纷逃离家乡，涌向欧洲。难民危机使得许多西方发达国家自作自受，难以独善其身。

黎巴嫩大屠杀发生地

我步行走过贝鲁特南区，这里曾经发生过悲惨的战争和黎巴嫩大屠杀。

离开大街，我进入贝鲁特南区的小巷，城市面貌立刻发生变化：街巷狭窄，居住拥挤，电线犹如蜘蛛网密密麻麻，环境显得脏乱差，如同中国以前的城中村。当我继续往里走，看到不远处的体育场，看到街巷里有大幅阿拉法特的照片和巴勒斯坦国旗时，我意识到这里是巴勒斯坦难民聚居区。我看了一下手上的地图，这里正是贝鲁特南郊靠近体育场的区域，20世纪80年代，也就是1982年9月16日至18日，这里发生过震惊世界的黎巴嫩大屠杀。

外星人恐怕都会问：地球上的人类，你们怎么啦？你们属于高等动物，怎么屡屡发生大屠杀？犹太人曾经遭受德国纳粹的大屠杀，建国后的以色列犹太人又屠杀起巴勒斯坦人，人类的悲剧在一幕幕上演。我看到这里的墙上张贴有萨达姆的头像，可以看出当地巴勒斯坦难民崇尚的是敢于同美国和以色列叫板的人。

离开城南，我坐车来到位于贝鲁特城市西面地中海沿岸的鸽子岩景点。夕阳下的街景显得非常漂亮，海上被称为鸽子岩的两座巨型岩石矗立在海中。这里的游人很多，轻松地感受美好的落日时光，一派祥和气氛，我在想世界上如果没有战争该多好。

巴勒斯坦难民居住在这座城中村里，他们返回故土和家园的梦想变得遥遥无期

黎巴嫩首都贝鲁特，一个曾经经历过长期战乱的城市，行走在这里感觉挺安全

　　即将结束在黎巴嫩的旅程，刚来时的一点恐惧，已经被这里阶段性的和平所取代。我对黎巴嫩的感受是：听起来挺害怕，看上去有点可怕，实际上没有什么好怕的。黎巴嫩人亲身经历了二十世纪七八十年代的内战，1982年的第五次中东战争，2006年的黎以战争，这些惨痛的经历使冲突各方深知教派争斗与屠杀，是多么荒唐和悲哀，深切感受到和平的珍贵，只有和平相处、相互尊重、相互包容才是正确的选择。

六、卡塔尔

免费游卡塔尔需要阳谋

能不能免费游览中东石油富国卡塔尔？有这种好事吗？我是怎么想起免费游览卡塔尔的呢？

卡塔尔航空公司成立于1993年，1994年1月20日正式商业运营。虽然起步晚，但该公司是世界上增长最快和最具雄心的航空公司之一。2012年，该公司荣获全球最佳航空公司第一名，连续两年蝉联"全球最佳航空公司"称号，显示出世界顶尖航空公司的实力。

为了提高竞争力，该公司多年来为符合条件的转机旅客，提供在多哈完全免费的"入境+酒店+餐食+接送机服务"的优惠转机待遇。

要想享受这一优惠转机待遇，必须满足如下条件：①乘坐的必须全部为卡航航班，具体视乘客所购机票价格和路线而定；②转机时间在8—24小时之间；③没有前往下一目的地的更早航班；④某些特价航班除外；⑤离开或到达以下城市的航班除外：阿布扎比、迪拜、巴林、科威特、马斯喀特和德国的所有城市。

能够满足这些条件可不容易，需要动上一番脑筋，精心规划旅行线路。卡航每周有许多飞往中国不同城市的航班，包括：北京、上海、广州、香港、成都等等，但没有往返南京的航班。我经过反复查询对比，只有北京经多哈飞往贝鲁特的往返机票符合上述条件，所以我选择了从北京飞出飞入。

虽然经过细致谋划得以成行，但是能否实现免费游览卡塔尔我并没有十足把握，只有到时才能知晓。

不花一分钱游石油富国

飞抵卡塔尔首都多哈国际机场，我来到机场中转服务台，拿出机票行程单，申请免费入住酒店。卡航服务人员看过后对我说："请坐下来等候。"我一听有门，心中暗喜。20分钟后，我拿到了入境和入住酒店的三联单，我谋划的免费游览石油富国卡塔尔的计划即将成为现实。

来到机场海关，工作人员看到卡航的三联单后，直接在我的护照上盖章，顺利入境，签证费都省下了。来到机场接站大厅，这里有许多家酒店的工作人员在接待各自宾客，我坐下来一边等候一边欣赏这座漂亮的机场。

一会儿酒店的商务车接上我们5名转机旅客，开往市区酒店，我从来没有享受过这种待遇，有一种当老板的感觉。

我入住的酒店是Copthorne Hotel，到达酒店登记后，发给我一张房卡，并说明就餐时间和地点，以及明天的送机时间。

第一次入住这么大的商务套房令我很是意外，还真有点不大习惯

我来到房间一看，竟然是商务套房，是不是酒店搞错了？怎么安排入住这么大的套房？说不定酒店的标准间都安排满了。我在网上查到该酒店套房的价格是每天2558元（人民币），这个价格对我来说就是奢华的待遇，把我当成贵宾了。我迫不及待地跑到阳台上，俯瞰多哈市景，马路上车辆川流不息。我再一看阳台的地面，一层细细的沙土，这就是被沙漠包围的城市受到的待遇。我四处查看、熟悉、欣赏这间套房，感受它的特色。

晚餐时间我来到自助餐厅，这里的餐食相当丰富：凉菜、热菜、甜点、水果、饮料等应有尽有，我分别品尝，慢慢享用。当晚有许多当地阿拉伯人在这里用餐。晚餐吃得很饱，听说晚上10点这里还有夜宵，我因为要去逛街没有时间吃，其实我已经吃不下了。

我在酒店前台要了张多哈城市地图，并询问服务人员到市中心要多长时间。答：步行25分钟。这下我心里有数了，完全不需要乘车，不花一分钱游览

典雅的餐厅，丰盛的自助餐，美味的食物，令我感到心满意足

卡塔尔将成为现实。

我朝着市中心走去，今天是星期五，位于市中心的瓦吉夫老市场一片喧嚣，明显能够感受到周末的热闹，我决定逛过海滨路再去那里。

海滨路全长约7公里，是多哈最美的道路，夜晚的车辆川流不息。海滨路的一侧是长长的海湾，岸边停着许多阿拉伯传统木帆船，反映出卡塔尔以往的历史。海滨路的另一侧是一座很大的街心公园——贝达公园，它的地下全部是停车场。站在海边可以清楚地看到海湾对面的CBD，各种灯光照射下的CBD，显示出多哈城市的繁华和气派。我估算了一下到那里的距离，往返大约6公里，如果加上游玩时间将会很晚，而且比较累人，只好放弃。

穿过街心公园，来到多哈大清真寺，各式射灯将这里装扮得非常靓丽。旁边就是瓦吉夫老市场，这里按照卡塔尔传统建筑风格，建起了文化旅游休闲区，相当于北京前门，上海城隍庙，南京夫子庙。进入这里能够感受到浓郁的卡塔尔风情、中东风情、阿拉伯风情，体验到卡塔尔人的夜生活。虽然此时已

卡塔尔首都多哈城市夜景，街道上车辆很多，像我这种步行游览的可不多见

是夜里10点，但仍然非常热闹，不冷不热无风无雨的天气使人感到非常舒适。

这里除了感受到当地传统的建筑和夜生活以外，当地人的传统服饰也很有特色：卡塔尔人的服装与海湾各国一样，男人身穿白色长袍，头带白色或花格头巾，头巾上压着一个黑色绳圈，夏季赤足穿拖鞋，冬季穿皮鞋。妇女的服装较为朴素，外出活动都要穿上黑袍，有的还蒙上面纱。

在多哈老城，能够感受到这里平和与安逸的生活，这里远离以色列、黎巴嫩、伊拉克、叙利亚、也门等国家，街上见不到持枪的军人，治安状况良好。

午夜12点钟，我回到酒店，享用宽敞的商务套房，美美地睡上一觉。

早上起来，享用餐厅丰盛的自助早餐。食物虽好，我却不想慢慢品味，我需要抓紧上午有限的时间，到街上走走看看，再感受一下多哈，感受一下卡塔尔。

我来到街上，在阳光的照射下，感受到沙漠气候的干燥和巨大的蒸发量。为了使行道树能够存活下来，当地采用滴灌技术，不停地浇灌树木的根部。

我拐入居民区，这里有新建的商用住房，有清真寺，总体色调是米黄色，与沙漠的颜色相近，这是中东地区的代表色。

街上行人很少，大多数人以车代步，所以路上车辆很多。多哈的公共交通并不发达，如果想出行方便，只有打车，但打车的费用可不便宜。

酒店安排商务车将我们几个旅客送到多哈国际机场，这里是卡塔尔航空公司运营的机场，整个机场管理得非常好，不愧为全球最佳航空公司。卡塔尔航空公司只有国际航班，没有国内航班，因为该国很小，而且人口很少，主要赚外国人的钱。

卡塔尔还以其经济实力获得了2022年国际足联世界杯的举办权，这个小国靠的就是它的富庶。

七、伊朗

热情友好是这里的一道风景

伊朗如同中国一样是个历史悠久的国家，古波斯帝国曾经盛极一时，波斯人创造了辉煌灿烂的历史与文化。近代，由于欧洲列强的入侵，伊朗沦为英、俄的半殖民地，饱受磨难和屈辱。伊朗人不断追求独立与自由，探索复兴强国之路。

伊朗在摆脱西方国家控制，寻求独立自由的道路上，难免会有强烈的民族主义，容易产生极端主义和排外倾向。

在伊朗街头能够感受到这个伊斯兰教国家的特色：妇女们头上戴着头巾，身着黑色罩袍或长外衣，包裹着全身；学生实行男女分校，女孩上学后就被要求戴上头巾；男人不能穿着短裤；地铁有专门的女性车厢，公交车上也是男女分开。其实，伊斯兰教国家的妇女大都如此，有些国家的妇女面部要用面纱遮挡，以免被男人看到。伊朗的独特之处在于：外国女性来到伊朗，走下飞机时，就被要求戴上头巾，有的人会反感，其实就当入乡随俗了。伊朗对互联网管控较严，上网不方便。

伊朗长期受到以美国为首的西方国家的经济制裁，经济和社会发展受到很大影响，但这个神秘的国家仍然受到很多外国游客的青睐，很多人都想看看现实的伊朗。我从伊朗北部的里海之滨到南部的波斯湾沿岸，一路纵贯伊朗，亲身感受这个国家的独特风情。

伊朗国内交通比较发达，无论是搭乘飞机或长途汽车，都能满足旅客出行需求。由于燃油价格低廉，运价比较便宜，在伊朗旅行经济实惠，比如从伊斯法罕到亚兹得五个小时的车程，只需19元人民币。

伊朗给人印象最深的是当地人的热情友好。可以这样说：凡是去过伊朗的人都会有这样的感受，尤其是中国人。

伊朗人真诚、善良，热情好客，乐于助人。任何人遇到困难求助于当地人，都会得到热情相助。即使站在路边查看地图，说不定也会有人问你是否需要帮助，这似乎源于当地人的民族性格。

伊朗人少有走出国门的机会，在不算开放的环境下，希望和外国人交流，展现热情和友善。很多伊朗人会主动与中国人交谈和交流，无法交流也会要求合影或拍照，甚至请吃请喝请住。

伊朗人的娱乐生活不多，最主要的娱乐和休闲方式就是郊游野餐。每到节假日，伊朗人喜欢全家一起出游，带上一块波斯地毯，零食、茶具，甚至是餐食，开上车去想去的地方。远到山里或海边，近到家门口的公园，全家人聚在一起其乐融融。有时会邀请亲朋好友到家里聚会，这样女人们会更加自由自在。

伊朗女性外表看起来显得比较冷，其实内心比较热，乐于助人，也愿意与外国人合影

冬日里的波斯湾沿岸，阳光和煦，这一家三代人在海边享受着团聚的轻松与快乐

伊朗幸福一家人，男主人很有男人味，男孩充满朝气，女孩长大一定是个波斯美女

在伊朗和当地人接触有点像遇上亲朋好友，连小姑娘都不认生，愿意让外国人抱起来

    在伊朗著名景区波斯波利斯，这里相当于中国的长城，有一位伊朗美女主动邀请我一起合影，我感到惊讶和高兴，使我感受到伊朗女性的大方和热情。

    在波斯湾布什尔小城的海滨路旁，一家伊朗三代人正在海边聚会。他们带着热茶和食物围坐在地毯上，享受冬日的阳光。他们见到我，立刻和我打招呼，我为他们全家拍照，他们显得非常开心和自在。他们邀请我坐下，一起喝茶，我是多么想和他们聊天啊，由于语言障碍令人遗憾。

    我在海边见到一家四口欢聚在这里，他们带着燃气炉用来烧水泡茶，还带着薄饼和奶酪，显得非常温馨。他们热情地邀请我喝茶，让我很是感动。我为他们拍照，能够感受到他们一家十分幸福。

    在伊朗只要想和当地人交流，那一定会感受到伊朗人的热情与友好，越是偏远地方的人越实在。

在伊朗旅行令人感到安全

在伊朗旅行令人感到安全，对于女性游客也是如此，因为伊斯兰教的禁忌在约束着当地人，这是一个令人放松警惕，享受轻松与快乐的国家。

伊朗与美国等西方国家严重对立，不仅遭受西方国家的经济制裁，还受到西方国家极尽攻击和抹黑。美英等西方国家抹黑伊朗是"邪恶国家"，想通过舆论工具打压伊朗。

我来到伊朗后，感受到这里的人们热情友善，从来没有人提醒我在伊朗要注意防范，这里的社会治安良好，没听说有抢劫和偷窃事情的发生，哪有国民和社会治安表现如此好的"邪恶国家"呢？

世界上同样被列为"邪恶国家"的古巴，给我留下的印象和感受与伊朗非常相似，古巴人同样非常友好和热情，乐于助人，在古巴旅行很有安全感。我

伊朗女人的色彩：女童尽可能鲜艳，妇女买一个鲜艳的包打扮一下自己

想被冠以"邪恶国家"称号的朝鲜也一定是个非常有特色，而且让人感到安全友善的国家，只是无法到朝鲜自助旅行。

有个旅游达人结合自身旅行经历，得出结论：凡是西方所说的"邪恶国家"，对于游客来说都是旅行的好地方，都非常有特色，都让游客有安全感，几乎不会遭遇抢劫或者偷窃的事情，让人感到轻松和快乐。

反而是那些民主自由国家令人充满着不安全感，比如整个南美洲，属于美国的后院，许多国家社会治安都不算好，外国游客需要提高防范意识，特别要防止被偷被抢。在这些国家旅行，遇到陌生的当地人会下意识地进行预判，无法以放松的心情去旅行。

作为政教合一的伊斯兰教国家，伊朗有许多禁忌限制着人们的生活。然而，任何事物都具有两面性，总会带来有利的一面，比如伊朗禁酒，街上见不

在德黑兰街头，我遇上伊朗父女三人，我们热情地相互问候

德黑兰北部的山岭中，有着诱人的滑雪场，与欧美国家相比在伊朗滑雪非常便宜

到醉汉，没有酒驾发生；地铁和公交车上男女分开，没有性骚扰；公共场所禁止便溺，街头巷尾闻不到尿骚气味；由于注重卫生，街上无人随地吐痰，厕所也比较干净；由于禁毒、禁止色情，与此相关犯罪或性病极少。

如果伊朗变成一个"民主自由"的国家，伊朗的独特魅力可能随之消失。

第二站

欧 洲

一、塞尔维亚

欧洲首个对中国人免签国家

作为第一个对中国人免签证的欧洲国家，当我飞到贝尔格莱德机场时，确实感到入境非常方便，一句话也不用说，盖好入境章直接走人。

在机场里我第一次见到货币自动兑换机，我插入20美元，不一会儿1900第纳尔就出来了，真方便。

出了航站楼，外面有机场班车，每人300第纳尔（20元人民币）。机场班车

欧洲许多教堂里都有大型管风琴，我站在琴师旁边，欣赏优美动听的乐曲

第一站是市中心的火车站，然后到达终点站斯拉维娅广场，我预订的酒店正好就在那里。谁知车到火车站后就不走了，所有人都下了车，可能是因为正在修路。

既然到了火车站，那就顺便转转。车站前一块指示牌上显示三种文字：塞尔维亚文、英文和中文，顿时感到中国与塞尔维亚的密切关系，有种亲切感。

从迪拜来到正值秋天的塞尔维亚，摆脱了燥热，感觉非常凉爽宜人，天空湛蓝，阳光明媚，典型的欧洲天气。

前往酒店的路上，我看到1999年科索沃战争时，以美国为首的北约对塞尔维亚进行78天持续轰炸的战争痕迹：市中心仍然保留着被北约导弹炸毁的塞尔维亚电台电视台大楼，整个大楼中间部分全部被炸塌，成为北约狂轰滥炸的物证。

路过塞尔维亚铁路总公司大厦时，我被门前两尊石雕像所吸引，一男一女，基本上都是裸体。由两个裸体雕像护卫大门，显得非常坦诚，而在中国通常由一对狮子守卫门户，从这点可以感受到中欧文化的差异。

此时从大门里走出几个穿西装的中国人，或许是来洽谈有关高铁项目的合作，因为中国正在帮助塞尔维亚建设高速铁路，提供资金与技术方面的支持。在本书出版之前，塞尔维亚的首条高铁已经建成通车。

这里的火车方便又便宜

我在塞尔维亚乘坐当地的火车，没有中国那般风驰电掣，却是相当方便和便宜。

来到火车站，无人排队，无须实名制购票，无须检票进站，没人查验证件，无须安检，没有任何阻拦，谁都可以随便进出站台，这里一切都显得宽松自在。这是由于：国情不同，国民素质不同，反恐形势不同，以及管理方式不同。

我乘坐由首都贝尔格莱德开往苏博蒂察的列车准时开出，这列火车只有三节车厢，由电力机车牵引，一路向北驶去，终点站是匈牙利首都布达佩斯。车厢内干净舒适，列车员逐个验票，一路上的风景挺美，只是列车的平均速度比较低，看来还赶不上汽车的速度，确实需要建设高速铁路来带动经济发展。我知道路上时间较长，所以特地买好了午餐，在车上一边看风景，一边享受慢生活。

我从苏博蒂察前往诺维萨德，仍然搭乘火车。早上掐着时间点赶到火车站，离火车发车仅剩五分钟，来不及买票了，其实直接上车买票也行，这在中国绝对赶不上车。我匆忙进入站台，给火车拍了两张照片，从容上了火车。红色的电力火车很新，里面很干净，乘客很少。开车后在车上买好票，感觉比在车站买票还方便。

火车最初行驶速度很慢，只有每小时40公里。我坐在最前面的车厢，这里

塞尔维亚首都贝尔格莱德火车站，在这里乘坐火车显得轻松安静

只有两个乘客，驾驶室就在前面，连门都不关。我走进去参观一下行驶中的驾驶室，司机并没有赶我出来，而是视而不见。我从司机的视角观察这条铁路，由于年代已久路基、枕木和铁轨已经变形，两条铁轨已不是笔直的两条直线，而变成轻微的波浪线。为了保证安全，火车只能限速运行，在路况较好的地方，火车能够开到每小时80公里。

由于这是一条单线铁路，途中不时进站会车，平均速度比较慢，使得这里的火车跑不过汽车。虽然车速比较慢，但火车宽敞、舒适、清洁、便宜，仍有不少人乘坐，享受慢生活就来塞尔维亚坐火车，不过要趁早。

我步行来到诺维萨德多瑙河大桥上，西岸是城市，东岸是城堡，河水清澈而湍急，呈现出绿色，到了冬季可能会变成蓝色，因为有一首名曲《蓝色的多瑙河》为证。

从火车司机的角度看塞尔维亚铁路显得非常陈旧，这才有中塞两国联合建设高铁

在塞尔维亚我坐了三次火车，这里不需要在网上提前订票、取票，也不需要实名制购票，车站自由进出，而且票价便宜。这些方便之处抵消了火车速度慢的问题，所以还是有许多人愿意乘坐火车。

期望有机会到塞尔维亚乘坐已经开通的高铁。

感受周末欢乐氛围

我来到苏博蒂察小城正值周末，此刻秋意正浓，道路两边和广场上落满了秋叶，又好看又带着树的芳香。根据我的经验在城市的周末会有精彩的活动。

中午12点，我来到市中心的市政厅大楼前，此时正好对游客开放，我与其他游客在导游的带领下，进入里面参观。这是一个有着100多年历史的古老建

周末广场舞会上，塞尔维亚少女穿着漂亮的民族服装，如同节日一般

筑，仍然发挥着作用，堪称经典之作。

来到议会大厅，这里既古老又现代，许多游人坐到了主席台上，我在台下坐了一下，感受这里的氛围。随后，来到市长接待大厅，不知是来自欧洲哪个国家的游客，到处随便坐，显得不够尊重。最后导游带我们登上市政厅高高的塔楼，从上面俯瞰美丽的苏博蒂察城市风光。在秋高气爽的季节里，四处望去，略带老旧的城市仍然不失她的美貌，这里高大的建筑是几座漂亮的教堂。

市政厅旁边的广场上正在举行周末城市舞会，苏博蒂察市民穿着色彩鲜艳的民族服装，逐个表演各自的舞蹈。虽然他们的舞蹈并不专业，有的还不熟练，但在乐队的伴奏下展示出他们快乐的生活。观众为他们的演出报以掌声，我一边拍照一边享受这轻松快乐的时光。

下午4点，住地附近的教堂里正在进行弥撒，我进去坐了下来，感受这里的氛围，欣赏管风琴的优美琴声。

塞尔维亚人的婚车，由于宗教与文化的不同，当地人喜欢以白色为主来装扮婚车

下午当我再次来到市政厅时，这里正在为年轻人举行结婚仪式。此时的市政厅可以随便进出，我随着参加仪式的人们进入市政厅，找个位子落座。

结婚仪式开始，一对新人在伴郎伴娘的随同下，在众人的掌声中进入大厅，来到了主持人面前。主持人按照简洁、标准的结婚程序主持这一仪式。经过确认和签字后，当主持人宣布这对年轻人正式结婚时，他俩激动地拥抱在一起，相互亲吻，在场的人们为他俩报以热烈掌声。

仪式结束后，所有人来到广场上拍照留念。一般人家，婚礼到此结束，直接回家；上档次的还要去酒店，宴请宾客，甚至热闹一个通宵。

缅怀罹难中国烈士

中国驻前南联盟大使馆遗址常常有中国人到此献花，缅怀烈士，铭记历史

来到塞尔维亚，我想看看中国驻南斯拉夫联盟大使馆遗址，这里是以美国为首的北约对中国犯下战争罪行的地方，应该铭记这段历史。

我步行来到大使馆遗址，被炸的大使馆已经被拆除，原址正在开挖基坑，准备建设中国文化中心大厦。在原址靠近路边的一角，立着一块标牌，上面写着："谨此感谢中华人民共和国在塞尔维亚共和国人民最困难的时刻，给予的支持和友谊，并谨此缅怀罹难烈士。"在标牌旁边有一面五星红旗和不少鲜花，表明许多中国人曾经来到这里，缅怀和纪念罹难的烈士。

我在标牌旁边矗立许久，曾经发生的罪恶就在眼前这片工地上：1999年5月8日，中国驻前南联盟大使馆遭到美军5枚巡航导弹的轰炸，造成中方3名记者死亡，20余人受伤，大使馆建筑损坏严重，震惊整个世界。针对这一事件，美国在世界上撒了个大谎，说中国大使馆遭受到的是"误炸"，真是自欺欺人。

塞尔维亚是一个饱受战争创伤的国家，如今，这里仍能看到战争的痕迹，但更多的是平静与祥和。塞尔维亚人普遍素质较高，待人热情友善，我喜欢这里的人们，感觉这里挺不错。在塞尔维亚旅行不仅安全，而且相当便宜，甚至比在国内旅行还要省钱。

二、乌克兰

消费低廉只因经济持续衰退

第三次环球旅行我来到乌克兰。

乌克兰可以落地签，只是签证费有点贵，103美元，似乎该国通过签证费赚取美元。

我来到乌克兰首都基辅，第一天的感觉是语言有些障碍，乌克兰语我连字母都不认识，肢体语言可以派上点用处。这里街道整洁，空气清新，文化氛围浓厚。

基辅独立广场，乌克兰两次颜色革命集聚地，每一次都使乌克兰陷入持续动荡

抵达基辅正值周末，乌克兰国家歌剧院当晚演出芭蕾舞剧《舞姬》，我只花了75元人民币便买到一张中档价位的票。该芭蕾舞剧由可媲美苏联顶级芭蕾舞团水平的基辅芭蕾舞团演出。演员们用轻盈流畅、优美典雅的舞蹈，展示迷人的古典芭蕾。

基辅在苏联时期是第三大城市，交通基础设施比较完善。在这里既快捷、方便又省钱的出行方式就是搭乘地铁。基辅的地铁为一票制，每次搭乘只需2元人民币，坐多远都可以，而且买票很方便，不需言语。我觉得地铁+步行是在这里游玩的最佳交通方式。

我来到位于基辅市内的乌克兰切尔诺贝利博物馆，这座博物馆是为纪念1986年4月26日发生的、被认为是历史上最严重的核电事故——切尔诺贝利核电站事故所建立。这场灾难释放出的辐射量是广岛原子弹的400倍，给当地造

基辅市中心街景，三对情侣享受着傍晚的宁静

成了巨大的经济损失、环境污染，这场灾难也是有史以来最"昂贵"的灾难事件。距基辅130公里外的切尔诺贝利小城因此被废弃。

基辅城市很美，有山、有水、有河、有林，有许多漂亮的东正教堂，还有许多不同风格的建筑，因此被称为花园城市。城市街道高低起伏，块石铺筑的路面显示出历史感。这里的人们显得不太热情，有种欧洲人的优越感。

傍晚的基辅，市中心主要街道和城市广场，在各种灯光的装扮和照耀下显得更加漂亮，魅力十足。此刻这座城市显得平静有序，但愿这个国家能够走出政治动荡和国内冲突的阴影。

在乌克兰国内旅行首选火车，因为便宜，而且比较舒适。乌克兰没有高铁，但购票和乘车都比较方便。乌克兰人素质较高，上车不需要安检，车站和列车上比较干净，车厢内铺有地毯，没有人乱丢东西。4个铺位的二等卧铺包

乌克兰老人在教堂里点燃蜡烛，在动荡的乌克兰，她在祈求什么呢？

厢里，只有我和乌克兰美女两个人。

我乘火车来到乌克兰西部中心城市利沃夫。这里的老城位于城市中心区域，有许多精美的历史建筑，被联合国列入世界遗产名录。当你在铺着块石的街道上漫步时，当你听着教堂定时敲响的钟声时，仿佛置身于西欧的古城。

要想感受利沃夫老城的魅力，可以静下心来穿梭于大街小巷，逛一逛特色店铺。这里艺术氛围浓厚，从街头小景中便可以看到利沃夫人的生活情调，处处充满着生活的浪漫。

我报名参加利沃夫远郊一日游，车费+门票+午餐+导游，共125元人民币，这里没有什么大景点，有的是新鲜空气。上午参观一处古堡遗迹，下午游览国家森林公园。全车12名游客，只有我一个外国人，全程乌克兰语介绍，自然一句也听不懂，但丝毫不影响观赏美景。

第三次环球旅行我前脚在乌克兰，接着便来到美国，感受到消费水平的巨大差异：我在美国波士顿入住青年旅馆，六人间的一个床位每天435元人民币，而在乌克兰利沃夫的青年旅馆，四人间的一个床位每天只需27元；我在波士顿参加一日游，不含午餐1015元人民币，而在利沃夫参加包含午餐的一日游，只需125元。

在乌克兰旅行消费低廉，这意味着乌克兰持续不断的政治动荡造成的经济衰退。乌克兰的根本问题在于糟糕的经济，当初与俄罗斯分家时的一手好牌，打成如此境地令人痛心。

喜剧演员演出世界悲剧

我乘火车来到乌克兰南部城市敖德萨，这是座位于黑海之滨的城市。

作为海滨城市，敖德萨风景优美，气候宜人，是疗养度假和旅游胜地。这里不仅是乌克兰，也是苏联时期的重要港口，被誉为"黑海明珠"。漂亮的教堂，生长着梧桐树的街道，洁白的市政厅，宽阔的港区，洁净的海滩，都是这座城市的代表。

当晚，我在敖德萨音乐厅欣赏了一场精彩的音乐会。数位小提琴和钢琴家分别演奏了经典乐曲。观众以中老年人为多，从他们身上可以感受到欧洲人的艺术素养。人虽然一代代变化，但经典音乐永远流传，不朽的乐曲永远伴随着人们的生活。

敖德萨是一座艺术气息非常浓厚的城市，建于1809年的敖德萨歌剧院是这里的标志性建筑。该剧院外观华丽，内部装饰富丽堂皇，非常精美。只需花上42元人民币，就能买到一张入场券，欣赏动听的歌剧，同时欣赏这座美丽的歌剧院。

秋季的奥德萨海滩，没有夏日的喧嚣，但仍不缺乏浪漫。海滩上正在举行一场婚礼，人们排着队与新郎新娘拥抱、亲吻、合影，欢快的乐曲在海滩回荡，既简洁又浪漫。海边有许多特色餐厅，我品尝了黑海的海鲜，既便宜又美味。

外观呈圆形的敖德萨歌剧院，是这座城市的标志性建筑

都说乌克兰美女比较多，来到乌克兰走了一圈以后，感觉确实如此，名不虚传。乌克兰国土面积的三分之二为黑土地，土壤肥沃，物产丰盛，有着"欧洲粮仓"的称号，而且森林覆盖率高，河流与湖泊众多，一方水土养育一方人，这应该是乌克兰出美女的重要因素。

乌克兰与俄罗斯分家之时，便成为西方大国挤压俄罗斯战略空间，围堵俄罗斯的抓手。乌克兰始终辗转腾挪于西方与俄罗斯之间，导致政治动荡持续不断，经济持续下滑，乌克兰人的财富不断缩水。作为小国应该致力于平衡外交，保持中立，让远在北美洲的域外国家插进来不可能有好结果。

乌克兰著名喜剧演员当上了总统，他由于在电视剧《人民公仆》中饰演总统而成名，进而产生竞选总统的想法，最终没有执政经验的喜剧演员如愿以偿。由于缺乏远见，只重眼前利益，在西方大国的忽悠下成为对抗俄罗斯的棋子，导致俄乌冲突爆发。

我在敖德萨歌剧院里，欣赏充满浪漫色彩的歌剧，感受和平时期的艺术氛围

敖德萨歌剧院上演东西方文化交流的歌剧，欣赏乌克兰艺术家的精彩表演

俄乌冲突让乌克兰成为世界的焦点，在美国与西方势力不断拱火下，乌克兰总统登上了世界舞台中央，在面对国家危机中尽显表演之能力，得到巨量的武器弹药，表现出英勇无畏的气概。然而，这与喜剧演员擅长的戏路完全相悖，演出的是一场世界悲剧。

三、直布罗陀

站在国际机场跑道上

世界上什么地方可以站在国际机场跑道上？似乎找不到这样的地方，世界上几乎所有国家的国际机场都是封闭的，甚至是守卫森严，而来到直布罗陀就可以轻松做到。

直布罗陀是英国海外领地，位于直布罗陀海峡欧洲一侧。到这里旅行挺不容易，需要英国签证或申根签证。直布罗陀非常小，如果说香港是弹丸之地，那么直布罗陀就是芝麻之地，步行纵贯整个直布罗陀半岛，快的话只需一个

站在宽阔的直布罗陀国际机场跑道上，两端延伸到海边，跑道上有飞机降落的痕迹

小时。

直布罗陀是一个南北狭长的半岛插入直布罗陀海峡，中央是纵贯半岛的山体，叫作直布罗陀巨岩。它东面陡峭，西面较平缓。如果在西面沿着狭长的半岛修建机场，机场跑道将占据最好的地盘，城市就没地方了，所以机场跑道只能横在最北面靠近边界的地方。出了机场就是直布罗陀与西班牙的关口，这个关口在直布罗陀的最北面。

南来北往的汽车和行人要想穿过机场，没有地下通道可走，因为没有足够的空间。这样就出现了马路与机场跑道平交的情况，由红绿灯控制交通。飞机来了，汽车和行人让行，没有飞机的时候，汽车和行人可以横穿跑道。这样行人便可轻松站在国际机场跑道上。

我自由自在地停留在机场跑道上，刚才抵达时乘坐的飞机就是从脚下的跑道降落的。此时机场空荡荡的，只有一架英国军用运输机。直布罗陀巨岩陡峭的岩壁紧靠机场跑道。

为了省钱住在游艇上

来到欧洲的直布罗陀，这里的酒店非常贵，我在网上没有找到青年旅馆，只好预订了相对便宜的游艇。

直布罗陀机场跑道边上的港湾里停满了游艇，我入住的游艇就停泊在这里。我住的是一艘比较旧的游艇，专门用来经营旅馆。属于我的舱室很小，床铺也很窄，跟火车卧铺差不多，对我来说有的住就行。不过这里景色很美，什么样的游艇都有，它们来自世界各地。码头边上停泊着一艘豪华邮轮，专门用来开设酒店和赌场，在夜晚更加漂亮。

早上，直布罗陀巨岩上的云雾渐渐散去，阳光照射在整个港湾，显得非常平静。在船上吃过简单的早餐后，我在游艇码头上四处走走，参观来自世界各地的游艇。许多豪华游艇非常漂亮，大的排水量有上千吨，小的只能乘坐几个人，各有各的玩法。能够驾驶这些游艇游走于世界各地的，都是些有钱人，我

这艘游艇不出海时，主人将其作为简约旅馆出租，由于相对便宜很受游客欢迎

在欧洲旅行，品尝一下当地特色冰激凌，很有味道

们这些没钱的只能在这里住游艇。

来到直布罗陀，不论从哪个方向看，最显眼的就是直布罗陀巨岩，这座巨型石灰岩山体高达426米，只比南京紫金山低17米，但山体十分挺拔陡峭。

晚上更换了一间舱室，每晚393元人民币，仍然比较小，但有卫生间，住在里面方便一些。这是我在最后一刻续订到的，今天差点连游艇都没订到，如果入住岸上的酒店，至少要多花300元人民币。

与猕猴共度美好时光

来到直布罗陀，我要徒步爬上直布罗陀巨岩，尽管这里建有缆车。

我穿过繁华的市中心，找到了上山的小路，沿着阶梯向中部山顶爬去。我

这只猕猴丝毫不理会我，不在乎我，它在乎的是别的猴子来抢食

放慢了速度，以减少出汗和体力消耗。一路上看到一些二战时期开凿的隧道，加之石灰岩山体本身洞穴就多，可以说这座山都快被掏空了。

巨岩顶部的大部分属于直布罗陀自然保护区，是大约250只直布罗陀猕猴的生存之地。这些猕猴最初从非洲引进，英国人引进的时候有种说法：只要这些猴子还在这里，英国就还能统治这里。有趣的是，直布罗陀的猕猴种群现在稳步增长，而它们在非洲的祖先却处于灭绝的边缘。直布罗陀猕猴是欧洲唯一的野生猴子种群，它们和巨岩下面迷宫般的隧道一起成为直布罗陀的旅游热点。

当我来到山顶一条小路上时，猕猴突然出现，它们不怕人，你不理它，它不睬你。有一只猕猴在翻石头，原来它在寻找藏在里面的食物。我近距离为它拍照、录像，最近的时候只有0.5米。

来到山顶，俯瞰山体的东侧，几乎都是悬崖峭壁，海鸥在下方一两百米处飞行。站在悬崖边上，生怕石头失稳，一起坠入悬崖。这里有些石头用钢丝绳

直布罗陀巨岩扼守着直布罗陀海峡，从这里可以眺望海峡对面的非洲大陆

固定住，以防坠落。

临近傍晚，山顶上的云雾散尽，在夕阳的照射下，山体显得更清晰了，此时游人越来越少。这里因为西面有西班牙境内的群山，只能看到太阳落山。我在山顶上边休息，边等待云彩变成晚霞。过了一会儿，晚霞出现了，是那么的美。看着山下的城市风光和远处的直布罗陀海峡，非常舒心。这时几只猕猴蹲在栏杆上，似乎也在欣赏美丽的晚霞，我赶紧为它们拍照，并与这群猴子共度美好时光。

环球路上遇到旅行达人

离开直布罗陀时，我在机场候机厅遇到一位和我同乘一架飞机的中国人。

我问："你来自中国吗？"他说："是的。"我看他背着一个背包，还拉着一个旅行箱，似乎是出差。我问："是来旅游的吗？"他说："是的。"接着他自豪地对我说："我已经去过200多个国家了。"我一听这个数字，感到很是惊奇，同时抱有怀疑，这几乎是全世界所有国家的总和。我问："你是专门从事旅游或相关工作的吗？这是需要花费很长时间的。"他说："我今年68岁，退休前去过30多个国家，退休后一直游走于世界各地。有时候待在上海的家里，时间一长就难受，就想出去。"我问："你外语水平怎样？"他说："不行，出来都是靠手机翻译，靠这个能对付了。"看来这也证明了我的观点：出国旅行语言算不上最大的障碍，第二位都排不上。

我觉得遇到了一位真正的旅游达人，我俩在机场停机坪上合了张影，作为纪念。

在随后的交谈中了解到：这位朱先生，曾就职于上海某医院。他带的行李比我多得多，其中包括17英寸的笔记本电脑和莱卡单反相机，仅这些就足够重的。他每次出来最多两三个月，时间长了会感到很累。

他已经到过那么多国家，出国旅行经验理应比较丰富，但我觉得他还存在不足。比如：直布罗陀那么狭小的地方，他租了3天车，其实根本发挥不了多大作用，反而开得很累；他想坐缆车上山，却找不到能够停车的地方；有通往山上的公路，他只开到了半山腰，未能开到山顶；他一时疏忽，预订的酒店在西班牙那边，他只好再花钱入住直布罗陀这边每晚130英镑（1100元人民币）的酒店。

他毕竟是接近70岁的人，独自一人出国，特别是到一些冷门国家已经很不容易。

我还遇到过更牛的旅行达人，那是我在法国遇到的一位更老的独行者。

在法国南部城市图卢兹的一家青年旅馆里，我正准备出门时，看到一位拎着行李拄着拐杖的女士，在服务台办理入住手续。我一看像是日本人，一问果然来自日本，令人吃惊的是她说她已经82岁了，一个人独行，还会说一点中文。

环球旅行的路上，很难遇到中国独行者，外国独行者几乎哪里都能看到

看上去她身体挺好，要不然这么大年纪怎么能一个人出行呢。只不过她腰有些弯，腿脚不大好。办好手续后，她问服务人员超市在哪里，看来属于比较简朴的旅行者。随后，服务人员特意帮她拿着行李，把她送到楼上房间。

我回到旅馆，进门一看，这位女士与我，以及一位法国小伙同住一个房间。我与她一见如故，她给了我一张她的名片，这位日本独行女名叫松桥文子。

她拿出以前旅游的照片给我看：有在南极拍的照片、有她60岁时在巴基斯坦和士兵的合影、有在阿富汗的照片。看来她是一个老驴友，有着相当丰富的经历。她还把她的笔记本拿给我，让我写出姓名，还要把拼音写出来。

她带了一个不大的双肩背包、一个不大的旅行箱，箱子有轮子可以拖着走，剩下一只手拄拐棍。她的行李中有平板电脑、数码相机和小闹钟。

法国小伙听不懂英语，我问他的年龄都很困难。我只好在纸上写下三个数

相聚在青年旅馆里，我们三个人非常高兴，只是年龄相差太大，有点像祖孙三代

字：82、58、18，然后将这三个数字分别指向我们三个人，这下小伙明白了，他拿起笔将18改为15。又令我吃了一惊：15岁小伙就开始独自出游了。他带着一个大行李箱，还有一个背包，可能是到某个地方去上学。虽然我的英语比他好，却无法交流。

我突然发现一个奇特的事情：他俩可能是世界上年龄最悬殊的独行客相遇。世界上有比这年龄更悬殊的邂逅者吗？看来绝无仅有，真有意思，应该去申请吉尼斯世界纪录。我提议我们三个人一起合个影，这样就有了我们三个人的自拍照。

晚上10点，法国小伙上床睡了，我也躺了下来。松桥文子斜靠在床上，用笔在笔记本上写着什么，可能是游记吧。她说她明天一早要去法国南部的一个景点，并上好了闹钟。写着写着，我听到了呼声，她睡着了。我赶紧起身提醒她，她这才收拾了一下，盖上被子关灯休息。

她睡得比我快，一会儿又响起呼声。看来只要身体好，能够适应旅行生活，80岁独行世界仍然可行。

第三站

非　洲

一、埃及

撒哈拉沙漠的干热风

第三次环球旅行我来到文明古国埃及。埃及可以落地签，只需花上25美元就可以顺利入境。

我首先飞到埃及最南部尼罗河畔城市阿斯旺。这是一座位于撒哈拉沙漠腹地的城市，属于热带沙漠气候，降水极少，是世界上最干燥的地方之一，据说自2006年以来，阿斯旺没有任何降水。

埃及女孩单手驾驶着三轮摩托在路上行驶，手里拿着一瓶水，随时补充水分

阿斯旺的城市边缘就是撒哈拉沙漠，高高的沙漠山丘寸草不生，显得非常荒凉。撒哈拉是世界上仅次于南极洲的第二大荒漠，几乎占满非洲北部，气候条件非常恶劣，是世界上阳光最充足的地方，也是地球上最不适合生物生存的地方之一。

然而，这块土地却是古埃及文明的发祥地，这得益于世界第一长河尼罗河。对于古埃及和现今的埃及，尼罗河都是一条名副其实的母亲河。在尼罗河流域，有水是绿洲，无水是荒漠，可以这样说：没有尼罗河就没有埃及。

尼罗河的上中游有许多河马和鳄鱼，这条河就是它们洗过澡的水。经过河上两座大坝的拦蓄，河水变得非常清澈，浇灌着沙漠中的农田，赋予两岸绿色和生命。

我来到菲莱神庙，这是保存最好的三座古埃及托勒密王朝庙宇之一，是为古埃及神话中司掌生育和繁衍的伊西斯女神而建，精彩之处在于雕刻和壁画。原先坐落在尼罗河中的菲莱岛上，因修建阿斯旺大坝，为了避免被淹，而转移

阿斯旺街头免费饮水处，这些装水的陶土瓦罐有着古埃及文物的风格

到菲莱岛北面500米的艾格里卡岛上。

我坐上摩的，驶过尼罗河上的两座大坝时，感受到大坝的宏伟，同时感受到午后来自撒哈拉沙漠的干热风，那种感觉如同电吹风里吹出的热风一般，似乎要把人吹干。

在这种恶劣环境下，为了防止中暑，人体及时补充水分是必须的。我在阿斯旺街头看到有免费饮水处，来自尼罗河的水不一定很卫生，公共水杯谁都能用，然而补水比什么都重要。

热气球触碰到高压线

位于埃及中部的卢克索是埃及著名的旅游城市，古埃及时期的历史建筑和遗迹众多，每年吸引着众多的国外游客来此观光。老城内街道比较狭窄，拥挤

在卢克索的大街上，能近距离看到宏伟的神庙

嘈杂，当地人的生活环境显得一般，每个人都在忙于自己的生计。

我在卢克索遇到当地人结婚的场景，街面上布置得很花哨，挺有特色，婚车虽不豪华，也是红色轿车，只是未能见到一对新人。主人见到我热情地招呼我过去，在我手上放了一坨植物调制的香色料，让我捏在手上。半小时后我的手被染红了，短时间内洗不掉，这是在埃及沾上了喜气。

我通过旅馆报名参加了尼罗河西岸一日游。尼罗河西岸有许多古埃及遗迹，如门农巨像、哈特谢普苏特神庙、哈布神庙等。这些古建筑在空间布局、功能、艺术等方面，有着深刻的历史文化印迹。

古埃及人认为：人的生命如太阳一样，自东方升起，在西方落下。受这种观念影响，在卢克索尼罗河东岸有着气势恢宏的神庙，河的西岸则是法老、王后的陵墓，帝王谷就是法老们的陵墓群。这些陵墓形式相似，长长的墓道通往山体深处的墓室，精致的花岗岩石棺内是法老的木乃伊。

一个个热气球纷纷点火升空，点缀了黎明，带来令人震撼的美景

在卢克索乘坐热气球是这里的特色游览项目，每人只需275元人民币，不知在埃及乘坐热气球是不是世界上最便宜的地方。在旅馆里只需跟老板说一声，就可以方便地报名。

凌晨，我与众多游客汇聚到尼罗河西岸一处宽阔的场地上。我进入用藤条制作的吊篮，用帽子遮挡着3米多长火焰带来的灼热，随着巨大的热气球徐徐升空。太阳渐渐升起，此时没有一丝燥热，带给人们的是壮美和欣喜。

我从高高的空中俯瞰尼罗河两岸美丽的风光。古时，每年尼罗河洪水都会淹没田地，当洪水退去后农民播下种子，就等着收获。现在尼罗河上建起两座大坝，洪水得到控制，农民耕种采用的是大水漫灌的低效灌溉方式。从空中放眼望去，荒芜与绿色界限分明，河水支撑起长长的生命绿洲。

热气球的飞行动力全靠风，没有方向舵，风向决定飘移方向，因此升空容易，准确降落比较困难。我们准备降落在一片收割后的甘蔗田，热气球边飞行边下降高度。只见一条电力高压线横在热气球运动的前方，我看着吊篮逐渐接近高压线，似乎能够从它的上方掠过。然而，吊篮底部眼看着与高压线相擦，在触碰的瞬间我双手松开吊篮，生怕有电流传到我的身体，脚下有厚厚的塑料鞋底。

值得庆幸的是吊篮没有整个撞上高压线，只是刮了一下，有惊无险。我旁边一个来自中国的女士说："还好，没有把电线弄断，那样损失就大了。"而我想的是：还好，我们没有触电，没有引起燃烧，也没有刮翻吊篮导致人员跌落。

乘坐热气球并没有乘坐飞机来得安全，2013年2月也是在卢克索，一个外国游客乘坐的热气球着火并坠毁在甘蔗田里，造成18名外国游客丧生。其实，发生热气球死亡事故属于小概率事件，很难遇上。

夜里乘车　将错就错

我乘坐长途汽车来到埃及第二大城市亚历山大。

下了长途汽车已经是晚上8点多钟，从郊外的长途车站到市中心，还要坐车。马路边停着不少小巴车，我看到一辆车坐满乘客即将发车，我对司机说"Go downtown"（去市中心），司机点点头，让我上车。这辆小巴车行驶大约数公里后，我发现行驶方向不是市内，而是驶向黑暗的郊外，我意识到乘错车了。

　　如果马上下车，在这荒郊野外想乘车返回可不容易，一是这么晚了不一定有车，二是在黑暗的公路上拦车并不安全。我决定将错就错，看看这辆车能把我拉到什么地方，来一次随机旅行。

　　就这样两个小时后我来到尼罗河三角洲腹地小城坦塔，看来是发音相似让我乘错了车。我之所以敢于将错就错，是因为不论走到哪里我都丢不了，走到哪里都是好人多。晚上11点，我顺利找到一家旅馆，晚上就住在坦塔，明天在这里转转再去亚历山大。

埃及人普遍比较热情，如果来到小地方，更能感受到当地人的友好与热情

外国游客是不会来坦塔这个小地方的，因为这里没有什么景点。我在这个小城闲逛的时候，遇到的是充满好奇的眼光、友好的招呼和热情的邀请，这种感觉真好。意外来到这个小城，感受到的是埃及小地方人们的生活。

我再次乘车来到亚历山大，这是一座沿着地中海而建的狭长城市，比埃及内陆凉快多了。相比埃及其他地方，这里现代气息较浓，各种店铺比比皆是，大型超市内人头攒动，比较繁华。

海滨大道是亚历山大最美的一条大街，道路两边的椰枣树上结满了红色或黄色的椰枣，各种车辆川流不息。每到夕阳西下的时候，当地人都喜欢到这里逛街、游玩、休闲。有的人到餐馆或咖啡厅，一边观赏美景，一边品尝美食；有的人坐在海边，看着海景，吹着海风，同样悠闲自得。

动荡不安仍能享受旅行

自2011年以来，受"阿拉伯之春"的影响，埃及社会持续动荡，经济形势严峻，这给恐怖分子滋生创造了温床，埃及国内恐怖主义抬头，西奈半岛的反恐形势变得严峻起来，甚至在卢克索、西奈半岛等地发生针对旅游景区、旅游大巴和外国游客的恐怖袭击。

我为什么在这种状况下还要前往埃及旅行呢？其实埃及的恐怖袭击多数并不是针对外国游客的，只要加以注意，避免前往人员密集区域或敏感宗教场所，遭受恐袭的可能性很小。我觉得单独旅行，遭到恐袭的可能性更小，因为一个人目标很小。由于埃及经济不景气，此时来到埃及旅行，经济上非常合算，性价比高，可以节省不少费用。

伊斯梅利亚是苏伊士运河边上的小城，我来到这里就是想看一看著名的苏伊士运河，以及以色列在运河东岸修筑的巴列夫防线。由于埃及西奈半岛正在进行反恐演习，军人和警察把守着运河上的渡口，只能观看不能拍照。我有点不死心，来到运河边上的一家度假酒店，从这里拍了几张运河照片，以及对岸长长的白色沙丘（巴列夫防线）。刚拍完，两个持冲锋枪的埃及士兵冲了过来，看我是个中国游客，才放心离开。看来对于苏伊士运河，埃及可是严防死守。

在埃及旅行，会使人产生不安全感，为了反恐几乎所有城市进出口都有持枪军警把守，每个景点有配枪警察保护游客。中国大使馆印发了《安全指南》。其实只要不去政治、宗教等人员密集场所，埃及还是安全的。当你接触到当地人的时候，感受到的是朴实、友好和热情。

我来到埃及红海之滨的度假小城赫嘎达，这里有很多度假酒店。由于近几年来埃及持续动荡，加上9月属于淡季，酒店非常便宜。红海边上四星级酒店，全包含三餐，每天只需260元人民币。而且埃及度假酒店的餐食很好，可以说是吃货的天堂，不知世界上有没有比这性价比更高的酒店。红海周围由于没有河流注入，加上蒸发量非常大，成为世界上最咸的海，吃过饭可以下海游泳，促进消化。

我来到埃及首都开罗，这是世界上最古老的城市之一，也是非洲最大的城

美女们喜欢拍照，埃及的阿拉伯美女们也是如此，只是她们显得有些腼腆

市，人口众多。尼罗河穿城而过，市郊有著名的金字塔，市内随处可见清真寺，古今并存、互相辉映。只是交通拥堵，嘈杂喧嚣，空气污染比较严重。

埃及人的主体是阿拉伯人，他们并不是古埃及人的后代。当初，来到埃及这片土地的阿拉伯人，对古埃及文物并未看上眼，西方一些国家的人趁机将珍贵文物搬回国内。英国大英博物馆里的古埃及展品、法国的方尖碑，都是源自埃及的"舶来品"，其珍贵性丝毫不亚于埃及博物馆的馆藏。

世界七大建筑奇迹现在仅剩下一个，这就是埃及胡夫金字塔。来到埃及就是为了见证奇迹，站在146米高的人造山峰前，才能深刻感受到它的壮观、雄伟和完美。很难想象4700年前，古埃及人有如此的能力完成这一伟大工程。

二、突尼斯

超便宜的海滨度假酒店

第二次环球旅行我来到北非超级旅游国家突尼斯。

突尼斯是个濒临地中海的国家，旅游业相当发达，每年吸引大量欧洲游客。突尼斯境内有许多世界文化遗产，有许多吸引人的地方。

我首先来到海滨城市苏塞，我在网上预订住宿的时候，发现这里的度假酒店非常便宜，而且便宜得令人难以置信。

我预订的酒店是苏塞4星级海滨度假酒店，海景房，包含早餐，每天只需

入住四星级海滨度假酒店的海景房以后，我才相信每天168元人民币的收费是真的

168元人民币。订好之后我有点不相信，在国内最普通的经济型酒店，一晚的费用也要这个价钱，而且不一定包含早餐。怎么会如此便宜？这是真的吗？我想看个究竟，体验一番。

我从火车站沿着海滨大道步行前往酒店。由于2015年当地一家酒店遭到恐怖袭击，所以这里的高档酒店大门口均配有武装保安。保安确定我的预订后，才让我进去，像我这样背着包从火车站走过来的，非常少见。进入酒店大厅时，还要在机器上进行安检，可见这里为了游客安全，投入不少，采取了许多措施。

办好入住手续，我来到客房，果然房间是能够看到大海的海景房，宽敞洁净，设施良好，而且还提供了一大盘水果和一大瓶饮用水，省得我上街去买水了。

在宽敞的酒店餐厅里，慢悠悠地品尝美味，真是不错的享受

随后我到酒店各处参观，酒店大厅高大漂亮，室外泳池水很清澈，另外还有一个室内泳池，其他各项设施应有尽有。晚上在酒店的花园里，有当地特色演出，我有些看不过来。

早上，太阳从地中海中升起，又是阳光灿烂的一天。由于睡得晚，没能起来看日出。我来到餐厅，这里的早餐比一般的酒店要丰富得多，总能找到自己喜欢的食物。餐厅里的游客看上去几乎全部来自欧美国家，很难见到亚洲人。

我来到室外，广阔的海滩上，许多欧美人在享受日光浴。这里的海滩沙细，海水清澈，海浪小，海景十分迷人。许多人在海中嬉戏，其中不少人在教练的带领下，随着乐曲声跳起了健美操。我的皮肤可经受不住这种暴晒，我躲阳光还躲不及呢，只好放弃下海游泳的念头。

一个上午很快过去，我还没有充分享受就到了退房时间，我决定再住一晚。当我来到前台办理续住手续时，人家一看我的账单信息，没有其他消费，就对我说今天已经满了，让我到其他酒店。看来这168元一晚的价格，已经接近或低于成本，他们以这么低的价格是想吸引宾客，期待客人其他方面的消费。

为什么突尼斯的度假酒店会这么便宜？一是因为突尼斯是北非的超级旅游国家，全国有众多大大小小的星级度假酒店，竞争激烈，可以说在酒店里吃住游的费用比欧洲便宜一半；二是因为突尼斯经历颜色革命后，经济不景气；三是恐怖袭击产生的一些后续影响。

不愿让我继续入住，我就转移，目标继续向南，前往突尼斯的杰尔巴岛。

享受全包式度假酒店

上午，我在杰尔巴岛豪迈特苏克小城中心区域游览，我在街上买了两块蛋糕，算是一顿早餐，吃少点没关系，中午就要入住全包式四星级酒店了。

我来到海边，这里有一座古堡，是罗马帝国时代建造的，因此有许多罗马时期的元素。这座古堡主要用于军事防御，守护着港口和城市的门户。由于时间久远，破损比较严重，不少考古人员正在现场进行整理、发现和修复。

看完城堡，我来到大市场，这里除了卖牛羊肉和蔬菜以外，最多的是海产品。这里的海鲜销售保留着传统的拍卖方式，拍卖人坐在高椅子上，拿着成串的鱼，不停地报着价钱，谁看上了哪一串鱼，觉得价格合适就可以立刻买下。

我乘上当地13路公共汽车，前往Midun小镇，我预订的四星级海滨度假酒店就在那里。

办理入住手续时，服务员给了我一杯冰镇的柠檬汁，感到很亲切。在这里我要住上两天，全包的费用是125美元，约810元人民币，每天405元。理论上在两天时间里，有吃有喝有玩，不用再花一分钱。这是我第一次入住这种全包形式的酒店，感受一下欧美人的度假方式。进入房间才知道房间里无法上网，只有在公共区域才能上网，这点非常不便。

此时已是中午一点多钟，赶紧去餐厅享用午餐。午餐确实不错，品种很

全包式度假酒店的自助餐，有着丰富的食物可供选择，总能找到喜欢吃的美食

多，口味也好，特别是地中海的鱼又新鲜又美味。我在餐厅里悠闲地吃着午餐，确实是一种好享受。

下午我在酒店休息，缓解一下疲劳，然后坐等晚餐。晚餐明显要比午餐隆重，服务员在餐厅门口迎候，还有一道挂着突尼斯国旗的入餐门，在这里有人为游客拍照留影，当然要收取一些费用。

晚餐的菜品略多一些，只是肚子不够大，吃不过来。我看别人拿着酒水，这提醒了我这个不会喝酒的人。我也要了一杯红葡萄酒，一边品着美酒，一边吃着美食，真惬意。最后又吃了许多水果，如果不在这里吃饭，真不知道到哪里去找可口的餐食。街上小餐馆所能提供的食物无非是汉堡包、比萨饼、炸薯条、烤鸡、炸鸡、烤肉等，都是我不喜欢吃的食物。

晚上，酒店里有不少活动，其中有当地文化特色演出，以歌舞为主，可以感受一番当地的文化和民族风情。

这家酒店的自助餐非常可口，非常好吃，令人回味

第二天我在酒店大厅上网，查询各种信息。由于阿根廷电子签证没有办下来，我再次陷入纠结之中。主要纠结在是前往智利办签证，还是回国办理，不管到哪里办，原来设想的整体行程都被打乱了，从未遇到过如此困难，签证这东西太讨厌了。

下午，我来到室外的游泳池游泳，这家度假酒店有三个游泳池，再加上海滩，足够游泳了。现在体力大不如前，游不了多长时间，主要为了消食，要不然如何面对丰富的美食。

晚上7点，又到了晚餐时间，各种美食琳琅满目，吃不过来，只能选可口的，我吃得最多的还是鱼和水果。突尼斯虽然位于非洲，但离欧洲很近，受欧洲的文化影响很深，饮食方面基本上都是西餐风味。

全包式度假酒店相当于不动的邮轮，吃喝玩乐样样俱全。每天的费用一般比邮轮要便宜，没有机会乘坐邮轮的游客可以尝试入住这种酒店。

经济出行可以合乘出租车

在许多阿拉伯国家，人们都习惯合乘出租车，这样车费均摊，又能享受出租车的便捷，乘客与司机均受益。

我来到杰尔巴岛豪迈特苏克小城的汽车站，这里当地人出行基本上都是合乘出租车，只是需要凑足一车人才能发车。我在车站买好车票，第一个坐到车里，乘车的人不多，只好耐心地等待。坐在车里不能上网，于是拿出手机写游记。这一等就是两个小时，车上的人还没有凑满，就差我身边的一个座位。

车上的当地人有点不耐烦，有个男人看我是个外国人，就对我说了一些什么，好像让我去买票。我拿出车票给他看，表示买过了。他指着我放包的空位子，然后再指指买票的地方。我这才搞明白，他是想让我再买一张票，然后可以立刻发车，他觉得我这个老外有钱。我也连说带比画地表示，包可以放在我的腿上，我不会买两张票，要买大家一起买。过了一会儿，车上另外一个男人提议：我们三个人每人出一部分钱，再买一张票，这样就不用再等了。我觉得

在北非旅行很容易见到椰枣树，因为当地常将椰枣树作为行道树

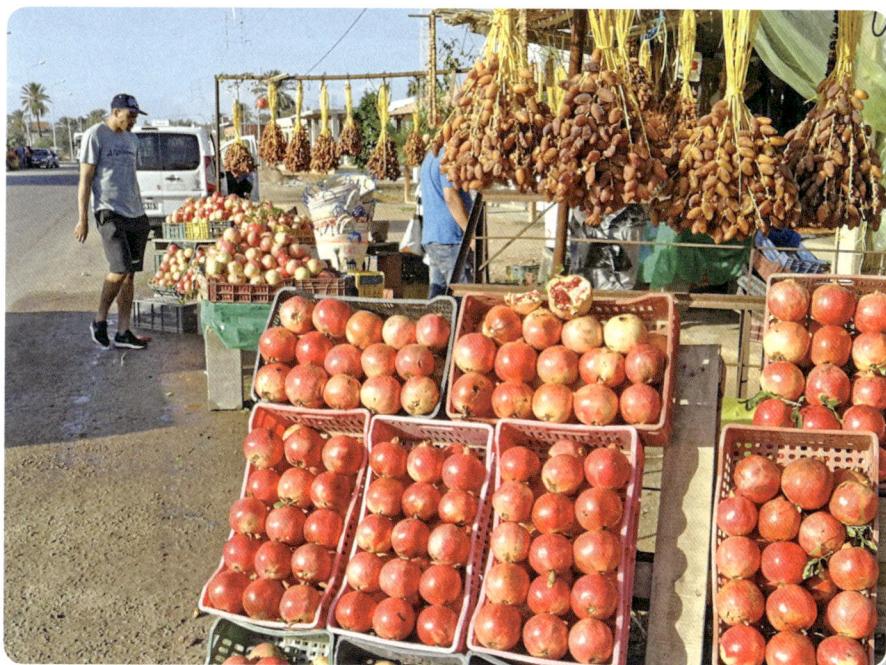

阳光充沛、气候干燥的突尼斯盛产石榴和椰枣

这样挺好。当我们三人凑足了钱给司机后，他并不是收了钱就走，而是到售票处买了张票。我觉得出租车司机好诚实啊。我来的路上，司机想抽烟，先征求一下我的意见，显示出当地司机不俗的素质。

我们的车一路向北驶去，虽然这段公路并不宽，但是车少，车速最高达到每小时130公里。沿途有不少售卖当地特产的摊点，最主要的两种特产是椰枣和石榴，途中车上的人纷纷下车，买了不少东西。

突尼斯历史文化名城

凯鲁万是突尼斯的历史文化名城。凯鲁万虽然是突尼斯第四大城市，但对于伊斯兰教来说，这里却是一座圣城，是继麦加、麦地那、耶路撒冷之后的第四大圣城。市内奥克巴清真寺是北非最古老、规模最大的清真寺。凯鲁万正是

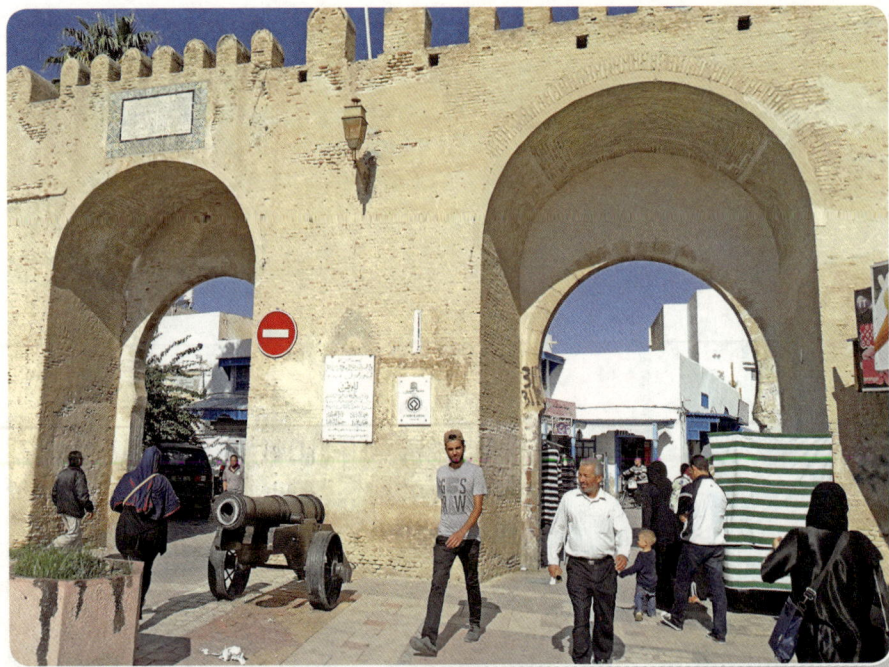

突尼斯凯鲁万麦地那老城，要想感受当地阿拉伯人的传统生活就来老城转转

因为拥有这座清真寺而被阿拉伯和伊斯兰世界誉为第四大圣城，并于1988年入选世界文化遗产。

突尼斯人认为，到凯鲁万朝觐7次即相当于去过麦加朝觐，因为去趟麦加不太容易，需要有一定的经济能力，到凯鲁万要容易得多。作为穆斯林，去麦加朝觐是一生中要做的一件大事。

凯鲁万的麦地那老城也被联合国列为世界文化遗产，黄色的城墙围起了这座历史老城。在城外，有当地人的自由市场，主要出售各种服装，还有二手摩托车和自行车交易市场。沿着城墙外侧坐着许多边喝咖啡边聊天的当地人。

我进入老城，沿街到处是大大小小的商铺，最古老、最具代表性的当属有着穹顶的室内市场，这种建筑具有典型的伊斯兰风格。背街小巷是蓝白小镇的风格，只不过有些地方显得有些脏乱。

突尼斯首都突尼斯城的夜景，长长的有轨电车给这个非洲国家带来现代气息

与居家小户相比，老城里有许多穆斯林大户。我来到一家经销当地特色地毯的大户人家，阿拉伯传统的内部装修堪称精美，代表了阿拉伯的传统文化。

我来到奥克巴清真寺，里面参观的人不多，却遇到了一个中国旅游团。这座古老的建筑非常精美，使用了许多废旧建筑材料，堪称因材制宜的典范。这里有大型的集水设施，并考虑到净化与过滤，井口常年取水已经磨出了一道道深槽。这里的礼拜大厅，游人只能看，不能进入。

我步行前往汽车站，我只知道汽车站的大致方向，一路上询问当地人，热心的突尼斯人总是愿意提供帮助。我遇到一位看上去也是出行的人，他随我一起来到合乘出租车车站，我让他先买票，可他要乘坐的是本市范围内的黄色车，原来他是专门陪着我过来的。

回到首都突尼斯城，当我来到预订的旅馆附近时，我询问过一位当地人后，向着他指的方向走去。过了一会儿他追了上来，原来他指错了，然后他带着我一起找到这家旅馆。我非常感动，一个下午遇到两位热心的突尼斯人。虽然突尼斯经历了2011年颜色革命的社会动荡，但纯朴友善的民风仍未改变，处处能够感受到当地人的友好。

三、摩洛哥

在国外品茶享受慢生活

第二次环球旅行我来到北非旅游大国摩洛哥。

傍晚，我飞抵摩洛哥的丹吉尔，走出机场我想和当地人合乘出租车，当地人和司机都不愿意，可14公里105元人民币的要价太高了，我觉得超过70元的价格，不可接受。此时机场已经没什么人了，我和司机讨价还价，最后谈好不送到位于老城的旅馆，只到市中心，70元人民币。下了车，我凭着感觉步行2

高空俯瞰北非大陆和地中海，干旱的气候使这里呈现大面积的荒漠，少有绿色

摩洛哥人喜欢喝茶，使用的茶壶非常精致，茶叶几乎全部自中国进口

公里，不用手机导航顺利找到预订的旅馆。

　　早上，我来到旅馆设在楼顶层的餐厅吃早餐，从这里可以看到广阔的景观，我被美景所吸引。今天天气很好，丹吉尔老成和港区在清晨阳光的照射下，显得格外漂亮。远处直布罗陀海峡上巨轮穿梭，欧洲大陆清晰可见。

　　我选择紧靠窗口的餐桌，看到别人桌上有漂亮的阿拉伯茶壶，我也点了当地的茶水。早餐有面包、鸡蛋和果汁等，虽然没有特色美食，但有美景也行。我倒了一杯当地的茶和一杯橙汁，以它们为主题拍了张照片，自我欣赏一番。

　　我品了一口茶，感觉比较甜，带有薄荷的香味，与中国茶完全不是一个味道。在国内以往快节奏的生活使我基本不喝茶，只喝白水，现在好像有种声音对我说：学着点，要有点品位。我慢慢地品着当地的甜茶，同时欣赏着窗外的美景，悠闲地发着呆。

鲨鱼身上没有鱼鳞，摸上去如同化纤材料，现代鲨鱼皮泳装就是模仿它们研制的

　　中国人有工夫茶，英国人有下午茶，日本人有茶道，人生在于不断地去品味。品味人生最好的方式是什么呢？在我看来是行，是行走世界。

　　吃过早餐，我来到马路对面的渔港游览。丹吉尔的西面是大西洋，东北面是地中海，海产品自然非常丰富。走进渔港海腥味扑面而来，天上到处是飞翔的海鸟，它们都有不劳而获的想法。海产品交易正在进行，刚打上来的鱼非常新鲜。有两米多长的剑鱼，它们的吻部向前延伸呈剑状，它们是游速最快的鱼，最快可达每小时130公里，木船都能被刺穿。

　　市场里还有近两米长的鲨鱼，不知鲨鱼肉的味道如何。看着这么多海鲜，要是有厨房，我会买些喜欢的，自己动手烹饪海鲜。

入住传统庭院感受特色民居

我乘火车来到摩洛哥历史文化名城菲斯。300多公里的路程，火车开了五个半小时，这个距离在中国乘高铁只需1个小时。

没有预订旅馆，我决定到了麦地那老城以后再找。

我随意在老城中行走，这里可以住宿的地方很多，特别是有许多当地传统民居。天已经黑了，没有多少时间去选择，我敲开了一家民居的门，主人出来说，今天已经住满了，然后她推荐我到隔壁一家。我进去后立刻感到这家非常气派和漂亮，这不正是我想要入住的摩洛哥传统民居吗！我和主人讨价还价，最后以280元一晚谈妥（含早餐）。虽然贵了一些，但体验一下当地特色民居，非常值得。

晚上，我到繁华而狭窄的街巷转了转，找到一家当地口味的餐厅，这家餐

我入住的摩洛哥传统庭院住宅，大门外很不显眼，里面尽显高贵，属于美不外露

厅的菜单上有中文，据说自摩洛哥对中国人实行免签以来，游客人数增加了60倍。我点了一份海鲜砂锅，主食是当地人通常吃的烤饼。

回到民居，我四处走走，上上下下观赏一番，对这幢漂亮的房子赞叹不已。摩洛哥传统庭院，顾名思义这是一种庭院式建筑，与其类似的中国建筑有：北京的四合院、江南的民居、广东的碉楼等。中国的民间建筑有高低档次之分，这里同样如此。区分不同档次，主要看回字形建筑的总面积、中央庭院和花园的面积，以及装修的豪华程度。

在狭窄的小巷里，传统庭院的大门并不显眼，也不豪华，里面景致如何只有进去才能看到。我所入住的是中档的，从小巷进入大门，下几级台阶转个弯，一个漂亮的中央庭院映入眼帘。三层楼的各个房间呈回字形围绕着庭院，建筑的一侧还有一个较大的花园，植有两棵高大的棕榈树。最顶层是个天台，可以从高处饱览老城风光。这个庭院住宅，装修比较豪华，庭院门三米多高，到处贴有花色瓷砖和石材。随处可见精美的雕刻和艺术装饰，尽显阿拉伯艺术风格。

在我住的不远处是一家高档的摩洛哥传统庭院，里面的中央庭院非常大，建有水池和喷泉，装修也更加豪华。

全球最浪漫的古城

菲斯是摩洛哥第三大城市，也是摩洛哥最早的皇城，被列入世界文化遗产名录，曾经被评为全球最浪漫的十大城市之一。

这是一座拥有5000多条巷子的老城，即使是当地人也未必全都熟悉，第一次来到这里的人若想自己独逛而不迷路，那是非常困难的。我听两个中国导游说，如果迷路了，随时可以找当地人帮忙，只要花上一点钱，他们就会把你带到要去的地方。我想我还是要依靠自己的经验，并准备好离线谷歌地图。

麦地那老城建在不高的山坡上，街巷上上下下，弯弯曲曲，少数道路可以行驶小汽车，多数由于路窄或者有台阶，只能步行穿梭其中。我大致从东向西横穿老城区，走到哪里看到哪里。

　　游人往往对这里狭窄的巷子感兴趣，当地导游自然会把游客往这些地方带。我看见一个旅游团从一个地方出来，我也过去看看。这是一处狭窄小巷的代表，确实太窄了，只能容一个人通过，太胖的人可能要蹭墙。住在这种地方的多数是贫穷人家，他们的入户门非常低，有的要弯腰低头才能进去。我从门缝里往里看，"庭院"太小了，也就一间小房子那么大，站在里面向上望去，有种坐井观天的感觉，可想而知他们的住房也很小。

　　位于菲斯老城内的古兰经学校建于公元857年，它的建立使得菲斯进入持续发展的时代。由于这所学校吸引了众多学生、学者来这里定居，菲斯古城中不断有新的清真寺和学校建立，因此不少来自世界各地的商人来此定居，菲斯得以发展成历史文化名城。其实这所学校很小，是典型的伊斯兰风格建筑。

　　我来到叔阿拉皮革坊的皮革门店，老板给了我一支新鲜薄荷，我一闻有种

摩洛哥历史文化名城菲斯老城，不仅城门漂亮，而且很有魅力，很有逛头

特有的清香味。店铺的后面是皮革加工厂，工人们将新鲜的牛皮、羊皮放入一个个大缸里，用采自山上的矿料制成的液体进行初加工。那气味真不好闻，这下我明白了薄荷的作用。

在纵横交错的巷子里，挤满了贩卖各种物品的小店，空气中弥漫着药草或香料的气味，还有叮叮当当的金属敲击声。虽然都是手工制作，而且都是小作坊，却是传统技艺。菲斯的手工艺品、铜盘、银器、地毯、皮革等制品驰名于世。

菲斯由众多小巷构成，由于道路狭窄，许多地方运输车辆开不进来，驴子便成为主要的运输工具，可以说驴子为菲斯立下了"汗驴功劳"，而且现在还在发挥作用。

走累了，也饿了，我在一家小饭店吃了一顿当地的羊肉夹馍。非常好吃，与陕西的肉夹馍相比，风格相近，口味不同。

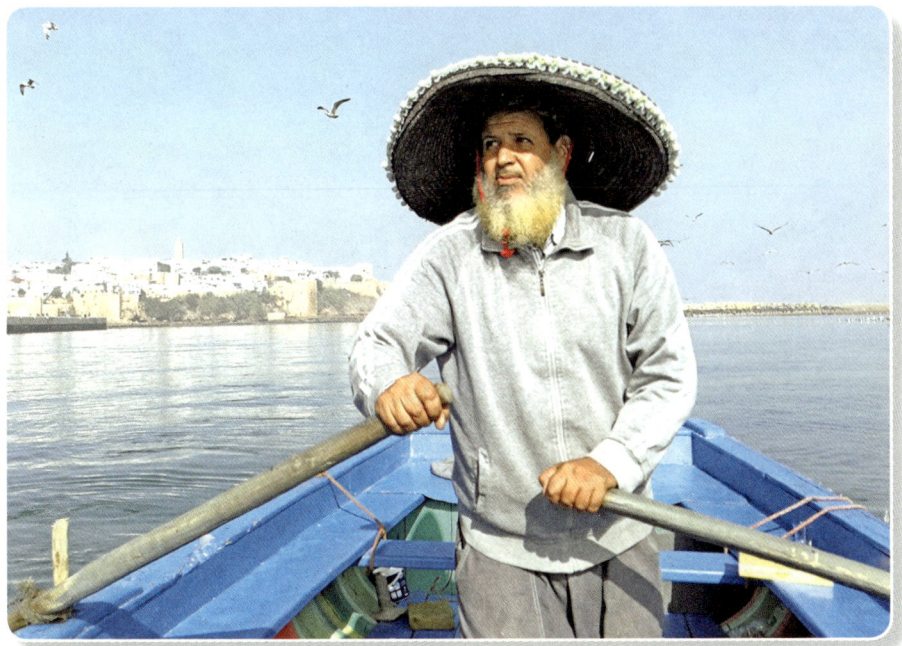

摩洛哥首都拉巴特海滨，从事摆渡工作的船夫划着木船送我到对岸观鸟

我一不小心退出了离线地图，没有手机指引，只能靠太阳辨别方向，靠感觉顺利返回住处。

逛非洲夜市品当地美食

傍晚，我乘坐火车抵达马拉喀什。

这里的火车站可能是摩洛哥最漂亮的，从内到外都挺吸引人。

由于没有手机导航，我了解到火车站距离麦地那老城比较远，天已经黑了只好打车。我来到出租车停靠的地方，出租车司机开口就是70迪拉姆（约50元人民币）。我让他打表，他不肯，看来这里的出租车司机没有菲斯的厚道。

此时我看到一对来自中国的游客，正要上一辆出租车，我赶紧过去提出合乘，他俩立刻答应。这样给出租车司机多加了10迪拉姆，一共才60迪拉姆，我

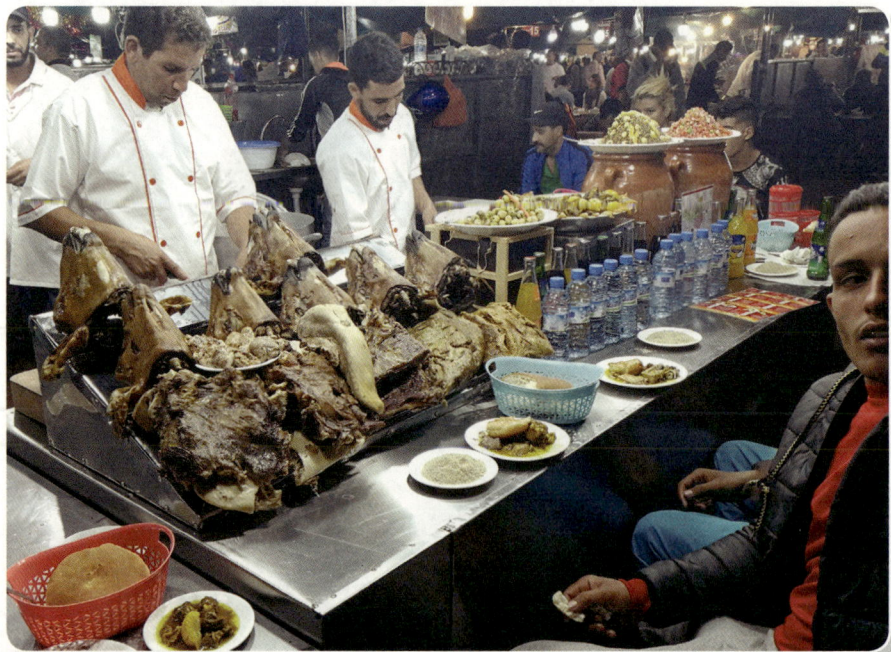

马拉喀什夜市的美食令人回味，特别是牛羊肉很有特色，不输中国美食

出30迪拉姆，三方获益。一路上聊天得知，他俩是一对来自湖南的新婚夫妻，到摩洛哥来度蜜月。

德吉玛广场位于马拉喀什阿拉伯人核心聚居区，白天十分热闹，有各种小吃摊位，有魔术师、耍蛇人、耍猴人、杂技表演者、乐手等等，各类人群集聚在广场上。

傍晚，德吉玛广场更加喧嚣起来，各种灯饰纷纷点亮，特色小吃摊位摆满整个广场，食物的香味和烧烤的烟气弥漫在空气中。

广场中央的小吃摊点人气正旺，小吃琳琅满目，我决定吃完饭再去找预订的旅馆。究竟吃什么一时难以确定，只要走过一个摊位还未看清，就会有人来拉客。

我选了一个炖牛羊肉的摊点坐下，牛羊肉各要了一小盘，主食是当地的烤饼。牛羊肉的味道非常不错，肉香浓郁，令人回味。边吃边有旁人拍照，其中有不少中国人。来这里吃饭的，多数是游客，当地人也不少。这顿饭一共90迪拉姆（63元人民币），没吃多少东西，一点也不便宜，因为这里是游客光顾的地方。不过体验到热闹非凡的夜市生活，品尝到特色美食，也算不虚此行。

遇上中国老年自助游客

卡萨布兰卡因同名电影而闻名，是摩洛哥最大的城市，也是北非最大最重要的港口。卡萨布兰卡作为伊斯兰教城市，最显而易见的风景便是清真寺，其中最具代表性的是哈桑二世清真寺。由于这里离欧洲很近，也可以看到受欧洲影响的景象。

早上，我到酒店餐厅吃早餐，遇到了来自青岛的4位年龄比我大的中国游客，我与他们交流了一番。他们两男两女，属于自助游，带队的叫老于，他们这次已经游走了好几个国家。

老于属于出国旅游勇气非常大的人，在不懂英语、没有信用卡、不会在网上预订机票和酒店的情况下，仍然敢于游走八方。他曾经带着夫人前往美国，

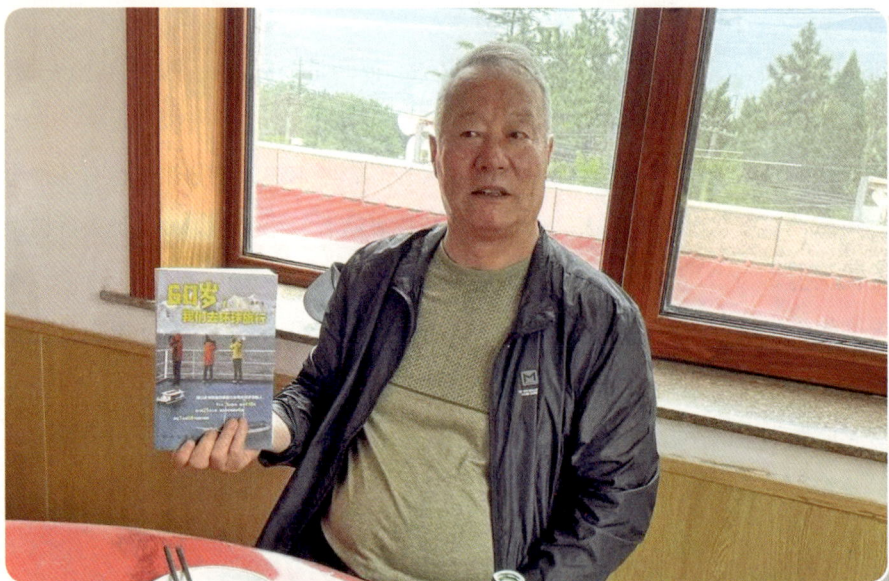

老于是我出国旅行学习的榜样，勇气可嘉，这正是旅行世界不可缺少的精神力量

在没有预订的情况下，拿着刚刚取到的现金，指着邮轮现买船票。在邮轮上找中国人帮忙购买机票，确实勇气可嘉。

他们四个人以他们特有的自助旅行方式，游走世界并取得阶段性成功。之所以说他们特有的自助旅行方式，是因为他们一路上带着米和锅，在国外自己做饭吃，满足对饮食的个性化需求。这样会消耗很多旅行时间，但是可以得到有效休息，对于肠胃不好的人和不适应国外饮食的人，会有所帮助。

我们交流了一些出游经验，我还给老于手机里下载了Booking酒店预订App，教他在网上预订酒店，我们都感到高兴和受益。

这样一个不多见的老年自助游团队，能够游走世界各地，体现了中国老年人走出国门感受世界的勇气，成为当今中国老年人不跟团出国游的代表。我敬佩他们，因为他们的平均年龄比我大。

当我的第一本书《60岁，我们去环球旅行》出版后，我首先给他们寄去，期望对他们今后出国旅行有所帮助，期待他们能够前往南美洲等更遥远的地方，让足迹留在世界各地。

第四站

南美洲

一、智利

为了签证再次来到智利

第二次环球旅行我再次来到智利首都圣地亚哥，主要是为了申请阿根廷签证，我准备先到智利最南端的城市蓬塔阿雷纳斯去试试，听说那里申请比较方便。

蓬塔阿雷纳斯是麦哲伦海峡中最重要的港口城市，也是进入南极的门户之一。麦哲伦1520年进行人类首次环球航行时，发现了这个海峡，在巴拿马运河开通前是沟通太平洋和大西洋的必经之路。由于这里纬度较高，时常有大风天

智利首都圣地亚哥总统府前的警察骑士

气，吹在身上冷飕飕的。

我入住蓬塔阿雷纳斯一家家庭旅馆，六人间的一张床每晚160元人民币，好在没有其他人，我享受单人入住的待遇。

旅馆的女主人向我介绍了一家当地餐馆，说那里的鱼好吃。我去了以后看不懂菜单，看见人家点什么我就点什么。我首先点了一大碗清水海鲜，里面大约有六种海鲜一锅煮，外带两个小面包，和一小碟调料。这碗海鲜看上去就新鲜，香气扑鼻，吃起来更是鲜香美味。实际上做起来很简单，把几种蚌类放入锅中，加入洋葱和调味料煮熟，一道美味的海鲜大菜就成了。虽然做法简单，但吃的就是海鲜的原汁原味，有不少当地人点这道菜。一餐下来6000比索（60元人民币），这里基本上属于极地，这个价格应该说不算贵。

第二天我再次来到这家餐馆，还是看别人吃什么我就点什么。这次点了一份小套餐，先上了一份当地的面汤，再上主菜，里面是美味的海鱼和土豆块，最后是小甜品。这个菜非常好吃，特别是海鱼又鲜又嫩，有点像螃蟹大钳子里

智利蓬塔阿雷纳斯的海鲜令我印象深刻，做法虽然简单，却鲜味十足

面的肉。这顿饭花了4930比索（50元人民币），吃得饱饱的。我对这家小餐馆刮目相看，做出来的海鲜菜确实不错，既便宜又美味，不输于在高档餐厅吃大餐。

让人无可奈何的签证

我来到阿根廷驻蓬塔阿雷纳斯领事馆，准备申请纸质签证，正巧遇上来自上海的梅先生。他正在英国读研究生，他和妻子以1.6万美元买好南极旅游船票。他俩10天前在网上申请阿根廷电子签证，谁知一直没有批下来，而他俩乘坐的南极游船明天下午5点起航，紧急之下他俩先飞到这里求助。

他俩以为提前10天在网上申请阿根廷签证应该没问题，以前3天就能批下

智利南部降水充沛，到处绿水青山，我独自一人在清澈的河边赏景

来，谁知现在网上申请阿根廷签证的中国人会这么多，导致审核人员忙不过来，签证系统也随之出现问题（比如我的遭遇）。

梅先生的英语比较好，女签证官对他比对我客气多了，把他请到办公室柜台里面，协助发电子邮件给阿根廷移民局，请求优先办理梅先生的签证。

我把我的情况跟梅先生说了一下，通过他询问女签证官我能否申请贴纸签证。结果得到的答复是：让我到圣地亚哥大使馆或回国申请。此时如果回国申请，时间已经来不及了，看来只有到阿根廷驻智利大使馆碰碰运气，不行的话就考虑转让船票。下午，我在网上预订好次日飞往圣地亚哥的机票。

翌日一早，我与梅先生微信联系，询问他签证有没有消息，他回答还没有。看来他俩南极之行要泡汤，我也挺危险。我问他要不要去领事馆努力一下，他没有回答我。

我决定上午再到领事馆去一趟，碰碰运气。我进门一看，梅先生早就到了，他肯定比我还急：他乘坐的南极游船今天下午5点从乌斯怀亚起航，下午两点就要飞往乌斯怀亚，理论上中午1点拿不到签证，他将前功尽弃。而他在等待签证的时候是不可能转让船票的，这样算上机票，他俩总共将要损失10万元以上，他能不急吗。

签证官也太不近人情了，给梅先生一个纸质签证不就得啦，他俩是经阿根廷到南极旅游的，又不是来找工作的。看来这里已经没有希望了，我决定尽快离开。我跟梅先生道别时说："希望能在机场见到你"，我们搭乘的航班起飞时间相差45分钟，如果能够在机场相见，意味着他已经获得了阿根廷签证。

在机场大厅我换好登机牌，一直等到12：40还未见到梅先生夫妻二人赶来，他俩的南极之行99%是没希望了。我发微信给梅先生，询问那1%的希望，他没有回复我，肯定是在郁闷之中。

他似乎经验不足，没有考虑到签证的麻烦，或者是临时买的船票，没有充足的准备时间。另外，他预订的航班与登船时间衔接太紧，万一天气原因未能及时赶到乌斯怀亚，仍然赶不上船。我在首次环球旅行时因信用卡原因与南极擦肩而过，如果这次仍未去成南极那可是第二次遭遇挫折，但愿不会这样吧。

寻找西班牙语翻译

我飞回智利首都圣地亚哥，来到阿根廷驻智利大使馆签证处，尝试在这里申请签证。

我把手机里存好的西班牙语信息拿给使馆工作人员看，内容是："我已经买好去南极的旅游船票。现在网上申请的人太多，需要十几个工作日，时间来不及，我想在这里申请纸质签证。"他看过以后给了我一张纸条，要求我先打电话或发电子邮件。看来是想让我先跟他们联系，如果认为你不符合要求，人都别想见。由于受到语言限制，我无法进行有效沟通，看来在这里申请签证的可能性不大。

我与家人取得联系，得知智利蒙特港有可能申请到阿根廷签证，我随即决定离开圣地亚哥前往蒙特港，但两地相距1000多公里。没办法，再远也得去，

我与在蒙特港经商的江苏老乡朱老板合影，他为我申请阿根廷签证担任西班牙语翻译

要不然怎么能够实现前往南极的凤愿呢。由于遇上周末，我不准备乘飞机，而是花上两天时间乘大巴车前往蒙特港。

在前往阿根廷驻蒙特港领事馆之前，我考虑到前两次申请之所以不顺利，与语言交流有关，我应该找个懂西班牙语的人帮我翻译一下，这样会有亲和力，有助于签证申请。

我来到蒙特港，在街上寻找能够给我当翻译的人。在我入住的旅馆旁边有一家中国人开的商店，我进去跟老板聊了一下。这位老板姓朱，来自江苏南通，说起来算是江苏老乡，来智利已经八年了，能说一些西班牙语。我请朱老板为我申请签证帮个忙，他答应了。

我在智利创造一项"世界纪录"

我和朱老板一同前往阿根廷驻蒙特港领事馆，进行签证面试，这已经是第四次登门了，之前不是没人就是休假。

昨天接待我俩的女士拿出一张签证申请表让我填写。我想今天怎么这么畅快，还没面试直接填表。这是一张西班牙文表格，朱老板也看不大懂，原来他只会说一些西班牙语。这位女士跟朱老板解释，朱老板再翻译给我，我再填写。我填不出来的词，就用手机查询，好不容易才把表格填好。

接着这位女士把我的两张信用卡拿去复印，然后拿着包就出门去了。我们只好耐心地等待，这一等就是40分钟。

这位女士回来后，把我的申请材料送到领事办公室，然后又是漫长的等待。朱老板比我还焦急，我就想办法与他多聊天，分散一下他焦虑的心情。烦躁中，这位女士对我俩说："请到领事办公室面试。"

进入办公室，领事与我们进行了细致的交谈。他并没有问电子签证拒签的事情，只是问："去阿根廷干什么？"我说："去旅游"。领事又问："你去年去阿根廷护照上怎么盖了这么多出入境章？怎么有2016年的？又有2017年的？"我说："我从智利的蓬塔阿雷纳斯坐大巴车前往阿根廷的乌斯怀亚，又从乌斯怀亚坐车前往埃尔卡拉法特，途中有六次进出双方边界口岸，所以盖的章就多。我2016年12月下旬入境阿根廷，正好赶上跨年，所以有2017年的印章。"领事看过我护照上其他国家的签证又问："你去这些国家干什么？"我说："都是去旅游，我喜欢旅行。"我们的交谈结束，这时我才发现朱老板的西班牙语水平不高。

我俩继续等待。领事馆的女士对我说："你提供的前往阿根廷的机票上没有你的护照号码，我们需要有号码的机票。"我说："打印出来的机票就是这样。"她说："你把电子机票给我看。"我把电子机票让她过目，上面有我的护照号码。可是她又说："你要用西班牙文把它打出来，上面要有你的姓名和护照号码。"她似乎有点出难题，已经看过电子机票，非要让我把它打印出来，还要用西班牙文。我绞尽脑汁想了一下，可以找智利航空公司帮忙。我跟她这么一说，她表示同意，并愿意在办公室等候，因为他们每天只上半天班，从上午9点到中午1点，此时已经快下班了。

走出领事馆，我对有些不麻烦的朱老板说："帮忙帮到底，陪我把电子机票打印出来。"朱老板一想：也是，帮忙帮到这个份上，不能前功尽弃。我俩很快找到智利航空公司办事处，自然没有问题。只是打印出来的机票上仍然没有护照号码，人家有专门的模板，总不能硬往上面加护照号码吧。

我觉得领事馆的人对中国人如此谨慎，任何情况他们都会怀疑，可能是以往一些中国人造假所产生的后果。领事馆的人让我用西班牙文打印机票，就是要验证机票的真伪。

回到领事馆，我把打印的机票给这位女士看，她没有再说什么，也没提护照号码的事，原来她就是想验证一下我的机票。看来她刚才复印过我的信用卡后就出去，很可能是验证我的信用卡是否有效，这审核真够严的。

此时已经到了下班时间，她让我明天再来。我提出："现在能不能把签证费交了？"她说："等明天再说。"反正我急她不急，申请签证就得按照她的节奏来，他们不会从你的角度考虑问题。

返回的路上，我对朱老板陪同我一上午表示感谢，并付给他4万比索的报

智利东北部高原景观，这里的海拔相当于拉萨，景色优美

酬（400元人民币）。

翌日上午，我以缓慢的步伐向阿根廷驻蒙特港领事馆走去，昨天领事馆的女士对我说不要来得太早，可我又无心在旅馆里等候。当我来到领事馆所在的街口，以往每次走到这里都会遇上红灯，这次正好是绿灯，是否预示着今天能够拿到签证，但愿如此。

来到领事馆，这位女士给我一张交费的条子，让我到银行交款，这正是我盼望已久的程序。我一看条子上写的签证费约合人民币955元，真是太贵了，大约是电子签证的三倍。没办法，再贵也得交。我赶紧去银行，前后只用了十几分钟。

我把交费单给了这位女士后，又是长时间等待。上午11点，领事手里拿着杯咖啡推门进来，向我们问候一声，就进了他的办公室。接着，这位女士拿着我的护照和材料进了他的办公室。我这才明白为什么要等这么长时间。

半个多小时后，这位女士从领事办公室出来了，她拿着翻开的护照给我看贴好的签证。我问："是10年期的签证吗？"她说："是两个月的签证。"我原以为花了955元，应该是10年期签证。

我来到朱老板的商店，把这个结果与他分享，并向他表示感谢，又向他支付了200元人民币报酬，他很客气，不肯收，我让他一定要收下。

这次在智利申请阿根廷签证，创下一项"世界纪录"，这就是：往返使领馆11次才获得签证。这11次分别是：

第1次，在智利最南端城市蓬塔阿雷纳斯领事馆，我被要求到网上交费。

第2次，提交网上交费凭证后，工作人员又要求提供电子签证拒签回复。

第3次，领事看过阿根廷移民局拒签回复后，让我到圣地亚哥大使馆去申请。

第4次，来到位于智利首都的大使馆，正好下班，得到一张联系方式的纸条。

第5次，再次来到大使馆，得到相同联系方式纸条，无法见到办理签证的人。

第6次，我来到位于智利南部的阿根廷驻蒙特港领事馆，这里无人办公。

第7次，再次来到蒙特港领事馆，得知领事休假要到下一周才能上班。

第8次，六天后再次来到领事馆，工作人员接收申请材料，让明天来面试。

第9次，填写签证申请表，与领事进行面谈，审核信用卡并验证机票。

第10次，到智利航空公司用西班牙文打印电子机票，然后提交到领事馆。

第11次，重新填表，到银行交纳签证费，终于获得60天有效期贴纸签证。

智利山水美如画

智利狭长的国土沿着安第斯山脉呈南北走向，北部干旱少雨，几乎都是荒漠，南部雨水充沛，森林覆盖率高，到处都有迷人的风景。我在智利南部城市蒙特港为了申请阿根廷签证，停留了11天，游览了这里的山水风光。

我报名参加雪山湖泊自然风光一日游。早上来到蒙特港中心汽车站，乘上旅行社的面包车，这辆车由中国江淮汽车厂生产，连我一共9个游客。

汽车向蒙特港东北方延基韦湖和奥索尔诺火山方向驶去，大约半小时后，来到与延基韦湖相邻的一个狭长湖泊，我们乘上小船开始游湖。穿过一片两岸树林浓密的狭窄河道，便是狭长湖泊。此时天气阴沉，风吹在身上冷飕飕的，但空气清新，湖的四周是茂密的原始森林。

我们继续向奥索尔诺火山进发，越走天气变得越好，火山已经从云雾中露出来，慢慢地整个火山顶部显现出来。奥索尔诺火山是层状火山，海拔2652米，是智利南部安第斯山脉最为活跃的火山，1575年至1869年间有11次火山爆发。该火山是当地的地标，与日本的富士山很相似，虽然高度和纬度都不算高，但火山的顶部被冰雪覆盖，显得非常漂亮，在几十公里外都能看到。我首

智利蒙特港附近的奥索尔诺火山，圆锥形的山峰被冰雪覆盖，非常壮观

次来蒙特港时，因为下雨没能看到她的芳容。

来到火山脚下，我们的车沿着盘山公路向山上驶去。春天道路两边黄色的花映衬着蓝色的天空和白色的雪山，显得非常漂亮。在火山靠近雪线的地方建有一座滑雪场，我们到达滑雪场时，山上的风很大，吹在身上感觉很冷，我们只好到滑雪场的咖啡馆里喝咖啡。

下了山，我们来到延基韦湖边的餐厅吃午餐，这家餐厅位于湖光山色之地，风景绝佳。延基韦湖深1500米，水质清澈，是智利第一大湖，西岸为农田，东岸为安地斯山麓，奥索尔诺火山成为该湖的背景。

面对如此美景，我哪顾得上吃饭，赶紧来到湖边，拍摄美丽的湖水与优美的雪山。回到餐厅，同为游客的一位西班牙女士也没有吃饭，只是喝了杯可乐，她嫌110元一顿的自助餐太贵。

下午，我们沿着佩特罗韦河向东驶去。佩特罗韦河发源于托多斯洛斯桑托

佩特罗韦河上的瀑布，这是我见过的最美丽的河流，十分清澈

斯湖，河水呈翠绿色，而且非常清澈，一眼见底。配上春天河两岸盛开的黄花，河景非常漂亮。

来到托多斯洛斯桑托斯湖，湖水如翡翠一般，纯净得似乎可以直接饮用。周围高耸的雪山更显湖光山色的壮美。我们乘上小游艇游湖，从水上观赏美丽的雪山。

佩特罗韦河上的瀑布是这里唯一需要买票的景点，门票40元人民币。清澈翠绿又带一点蓝色的河水，形成了一个小瀑布群，黄花和火山成为瀑布的背景，多种美丽的元素在这里集合在一起。

这次一日游共花费260元人民币，收获很大，既有加拿大落基山的雄伟，又有九寨沟的纯美。我要感谢蓬塔阿雷纳斯和圣地亚哥未给我办理签证的人，使我有机会欣赏智利的山水美景。

智利也有狂欢节

我在蒙特港旅馆里休息，就听到外面有鼓点声，而且声音越来越大，好像就在我们这条街上。我出门一看，好家伙整条街上都是游行的人群，一片欢乐的气氛。我赶紧拿好相机和手机，立刻投入到欢乐的人群中。

原来这是蒙特港举行的狂欢节，又叫嘉年华。游行的队伍从海滨广场开始，穿过整个城市繁华中心，一直到城市中心广场。

虽然这里的狂欢节没有巴西狂欢节那么有名气，而且规模也不算大，但很有特色。有不少特色舞蹈，激情的表演，怪异的装扮，激昂的鼓点。观众可以与他们互动，与他们一同跳舞，一同搞怪，共度美好快乐的时光。我用手机和相机不停地拍照和录像，忙得不亦乐乎，同时还要欣赏各种舞蹈和激情表演。

除了当地人兴高采烈，连当地的狗也加入欢乐的人群中。有一只三条腿的残疾狗，一直在游行队伍的前面串来串去，积极参与到狂欢节中，这里的狗也在享受欢乐。毕竟它只有三条腿，体力消耗要比一般的狗大，忙活累了它就在马路边上睡一会儿，缓过劲儿后再去狂欢。

智利蒙特港的狂欢节，年轻人是绝对主力，他们以各种表演形式，尽情享受快乐

生活在智利的狗是幸运的，因为当地人善待它们，三条腿的狗与人们一同狂欢

二、阿根廷

整架飞机等待我登机

我获得阿根廷签证后，第二天由智利首都圣地亚哥飞往阿根廷首都布宜诺斯艾利斯。

我搭乘的是联程航班，先飞到阿根廷西部小城圣胡安，入境后再转飞布宜诺斯艾利斯。这样飞就是为了省钱，南美洲国家之间的机票普遍比较贵。

到达圣胡安，这里的机场很小，再小也是国际机场。停机坪上只有我们这一架飞机，所有乘客都要下飞机，看来我的下一个航班还是这架飞机。

阿根廷南部莫雷诺冰川的前端，似一堵巨大的冰墙横亘在阿根廷湖上，非常壮观

一个航班的旅客就把这里的入境大厅占满，旅客排起长队，一点一点往前挪。轮到我时，海关人员好像第一次见到中国护照和贴纸签证，连忙招呼另一个人过来，两人一起核对信息。

　　本想盖章入境，谁知喊来的那个人好像是个头儿，他拿着我的护照走了出去，不知是不是又要跟上级部门联系。这一等就是20多分钟，入境大厅只剩下我一个人，航空公司的人也感到不解，因为全部旅客除我以外都已经登上飞机，我却听不懂他们说些什么。我不用担心赶不上联程航班，担心的是阿根廷移民局的系统，不要再出现稀奇古怪的问题。去年我从智利陆路入境阿根廷时，曾出现整辆大巴车的旅客长时间等待我一个人的情况，弄得我都不好意思了。现在升级了，整架飞机等待我一个人，我怎么如此特殊呢？最终，总算把那个人等来了，盖好入境章算是完事。

　　我入了关，一看机场内没有其他旅客，只有工作人员，停机坪上只有一架

阿根廷首都布宜诺斯艾利斯街景，这是世界上最宽的马路和标志性建筑方尖碑

飞机，整个机场就为我一个人而忙。我一个人享受这般待遇，有点像坐专机，然而却无心享受这种待遇。我抓紧出关，通过安检，然后登机，只用了五分钟不到的时间走完了流程。登机时内心有些不安，心想：这可不能怪我，要怪就怪阿根廷移民局。

享受阿根廷美食

按照环球出发前的约定，我们全家三人在阿根廷首都布宜诺斯艾利斯国际机场汇合，我在夫人和女儿的脸上分别亲吻了一下，这种"国际礼仪"并没有驱散她俩从国内乘坐30多个小时飞机的疲态。

从布宜诺斯艾利斯市内的酒店，前往靠近市区的AEP机场，相同距离我经历过3种乘车方式：乘公交车3元人民币；路上打车60元人民币；让酒店叫车

中国餐馆在世界各地几乎都能找到，这家餐馆开在了世界的最南端

120元人民币。第一种属于穷游，第三种属于富游，两者相差40倍。只要有经济旅行理念，就能省不少钱。

我们从阿根廷首都飞往世界最南端的城市乌斯怀亚，时隔一年我再次来到这座城市，令我感慨：去年由于信用卡支付问题，我与南极擦肩而过，令人遗憾。也正是这个原因，使我们全家有这次一起游览南极的机会。

乌斯怀亚被称为世界尽头，它是世界上最南端的城市，依山临海。由于特有的地理位置，使之成为通往南极洲的门户。乌斯怀亚距布宜诺斯艾利斯3200公里，距南极洲只有800多公里。从澳大利亚、新西兰等地乘船前往南极洲，至少需要一周时间，而由乌斯怀亚起航，越过德雷克海峡，两天便可到达。因此前往南极洲旅游，乌斯怀亚是一个理想的起航和补给基地。

晚上，我们来到离酒店不远、主街东瑞的"中国餐馆"，这家餐馆在名字前冠以"世界尽头"四个字，它确实位于世界最南端。

阿根廷羊肉品质在世界上名列前茅，采用最简单的烧烤方式就能烤出美味的羊肉

我们进去一看就被这里的美食所吸引，这是一家自助餐馆，每人收费420比索（168元人民币）。我去年来时就看到了这家餐馆，由于是穷游，没舍得吃。这次全家汇聚这里，享受一番是必须的。

　　这里的特色菜有海鲜和烤羊肉，中式西式菜都有。我品尝了传统烤羊肉，是用木柴烤制，连盐都没放，完全是羊肉本身的香味，集香、嫩、脆于一体，非常好吃。最好吃的还是海鲜，香嫩的大虾随便吃，只有鲜美的味道，没有一点异味。其他海鲜也很好吃，有点吃不过来，我不时提醒自己：别吃撑了。

　　第二天我们来到乌斯怀亚一家有名气的餐厅，这家餐厅门面不大，看不出有多大名气。来之前我就想着要抓紧点时间，街上中国人明显多了起来。当我们进入餐厅时，已经有一大半餐桌被中国的旅行团包下，我们坐下来以后已经没有空位了，可见中国人的消费能力和寻找美食的能力非同一般。

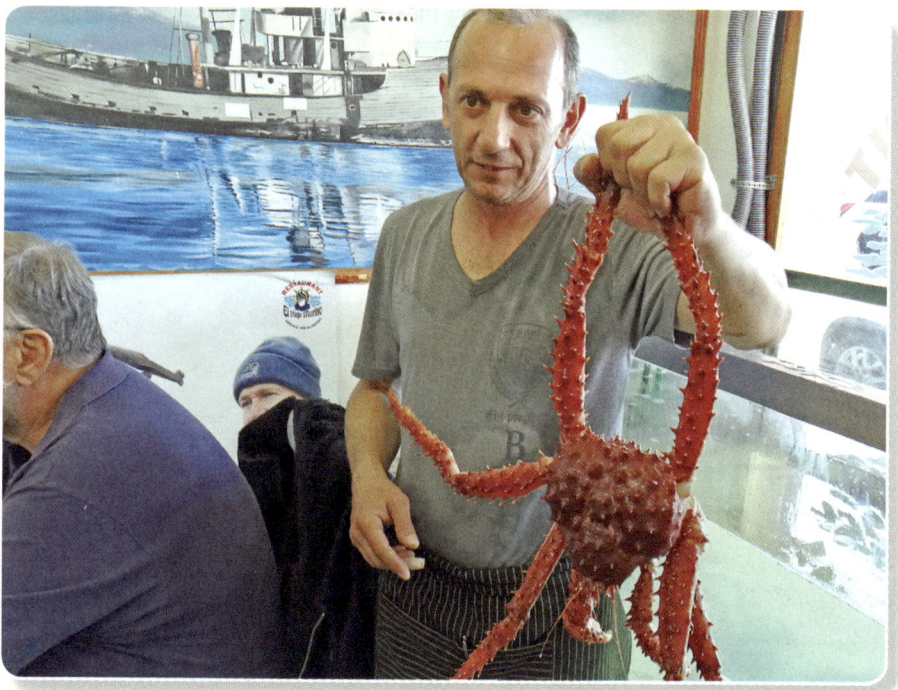

餐厅老板展示在南冰洋海域捕捞的帝王蟹，这种帝王蟹生长在寒冷黑暗的深海海底

我们点了两个菜，一个是帝王蟹，我们就是冲着它来的；另一个是油炒精品海鲜，这是我给它起的名字，因为这道菜里几乎都是新鲜且高品质的海鲜，非常好吃，集香、嫩、鲜、柔于一体。这道菜里并未见到中餐常用的生姜、大葱和大蒜，做得这么好吃，与厨艺有关，也与食材有很大关系。

蒸熟的帝王蟹放在一个大盘子里端上来，整体通红，我们不忙着吃，先欣赏拍照一番。服务员给我们每人发了一把大剪子，然后教我们怎么吃，其实跟大闸蟹的吃法相似，只不过帝王蟹要大得多，只需剪开长长的蟹腿蟹钳的外壳，就能轻松获得大块白色的蟹肉。因为来自大海，虽然未放任何调料，但蟹肉有一点微咸和淡淡的甜味，大块的蟹肉十分鲜嫩美味。

这顿饭一共990比索（约400元人民币），相对于阿根廷其他方面的消费，应该算比较便宜的。

临上船的中午，我们再次来到这家餐馆用餐。我们点了三个菜，我取的中文名称分别是：海鲜一锅烩、烤黑鳕鱼和海鲜面条。海鲜一锅烩里面全都是新鲜高品质的各种海鲜，配上当地的酱料，做出来又好看又好吃，可以说是我吃

蒸熟的帝王蟹品色诱人，由于生活在低温的深海，帝王蟹肉质鲜美

过的最好吃的海鲜。烤黑鳕鱼，肉质白嫩，非常鲜美，虽然是西式做法，但完全可以与中餐一比高下。海鲜面条也很美味，令人回味无穷。这一餐共花费980比索（约400元人民币），吃不完的部分打包带到船上。

这次来乌斯怀亚，使我对这里的海鲜有了充分认识，我觉得阿根廷什么东西都贵，消费水平非常高，但海鲜相对便宜，而且这里的海鲜没有受到一丝污染，之所以好吃，是因为靠近极地，天气寒冷，海水时刻处于低温状态，使得海产品脂肪含量较高，肉质鲜美。吃过这里的海鲜，使我加深了对西餐的认识。乌斯怀亚的海鲜等美食给我留下了深刻的印象，已经无法忘记，但凡提到海鲜一定会想起乌斯怀亚。

在国外旅行，外语不好又想寻找美食，可以在大众点评上寻找，同样能够方便地获取所需的信息。

用身体感受伊瓜苏瀑布

世界上有三大瀑布，分别是北美洲的尼亚加拉瀑布、南美洲的伊瓜苏瀑布和非洲的维多利亚瀑布。前往这三大瀑布中的任何一个，对中国人来说都非常遥远和不便。伊瓜苏瀑布位于阿根廷和巴西两国交界处，我们全家从阿根廷一侧游览该瀑布。

我们来到伊瓜苏瀑布国家公园，门票每人500比索（200元人民币）。我们首先乘坐橡皮艇，在水中观瀑，这需要做好防水措施，要么穿上泳装，要么穿上雨衣。

到达码头后，我们穿上塑料雨衣和救生衣，带上防水袋，其他老外几乎都是背心和短裤或者是泳装。我们乘坐的游艇沿着伊瓜苏河逆流而上，开足马力向大瀑布驶去。河水清澈，水温适宜，但似乎不适合游泳，我发现河里有鳄鱼。

乘船欣赏瀑布分为两个阶段，先是观赏，接下来是"淋浴"。河水从天而降，形成一条条白色的水柱，令人感到大自然的气势磅礴和震撼力，船上的每个人都在拍摄这一幅幅美景。接下来与瀑布亲密接触，我们的船向着满是水雾的瀑布中心驶去，顿时一股股巨大的水流倾泻在我们头上，一时什么也看不清楚。等我们驶出瀑布时，大家才发出欢快的笑声和掌声。随后我们又冲向另一处瀑布，巨大的水流几乎是砸在我们头上，我们用身体感受瀑布的壮美。身上的雨衣根本不起作用，全身湿透，如同泡在水里一般。

随后，我们乘坐公园内的小火车，来到魔鬼咽喉观景点，这里是整个伊瓜苏瀑布群中最大的一处瀑布。在远处就能听到它的轰响，看到上升的水雾。来到它的跟前才能感受到它的震撼力，感受到大气与磅礴。

中午我们在公园里吃着自带的午餐，然而这里有一种动物让你饮食不安，这就是长鼻浣熊。别看它们长得不算大，可它们不怕人，最讨厌的是它们会与人抢食物。如果装有食物的塑料袋让它们看见，它们会偷袭或者明抢。我们连吃顿饭都不安宁，一心防范着长鼻浣熊。

游览过伊瓜苏瀑布以后，我得出一个结论：巴西一侧是观赏瀑布的好地方，阿根廷一侧是感受瀑布的好地方。

过一会儿我们乘坐的橡皮艇冲入瀑布中，水流狂泻到每个游客身上，一片欢笑声

三、乌拉圭

在乌拉圭过圣诞节

在乌拉圭首都蒙得维的亚的一家中国餐馆，我们一家遇到了来自江苏南通的FRANK先生，他一个人已经在乌拉圭经商4年。

明天是圣诞节，全都放假，他没什么事，准备去埃斯特角城游玩。得知我们明天也要去那里，便邀请我们坐他的车一起去，他一个人在国外有些孤独。

埃斯特角城是位于乌拉圭东南部的旅游城市，距离首都133公里。上午10点，FRANK开着他的中国产中华牌SUV车来酒店接我们。

天气很好，蓝天无云，风和日丽。我们沿着海岸线向东驶去，由于是节假日，出来游览度假的车和人很多，使我们感受到这里的节日气氛。

进入埃斯特角城区之前，我们来到一处海岬，两艘邮轮停靠在市区海湾，西南方向是一望无际的大西洋，天际线清晰可见。海岬末端是一片白色建筑群，这些建筑造型非常独特，有高档酒店、餐厅、酒吧、商店、展览馆等。在深绿色的海洋和蓝天的衬托下，这些建筑显得格外漂亮，成为这里的标志性景观。

我们进入一个展示馆，欣赏里面的景致和展品，由于有邮轮观光游客，这里显得比较拥挤。

进入市区，我们先来到最大的赌场酒店，FRANK想赌上一把，然而此时人不多，不够热闹，他决定下午再来。

出了赌场，已经到了午餐时间，我们想请FRANK吃午餐，他执意要请我们吃饭。我们来到海边一家比较有档次的餐厅，每人点了一份三文鱼。上来一看每人盘里厚厚实实两大块，煎成金黄色，吃起来口感不错。这里的三文鱼脂肪含量较高，肉质软嫩。

我们坐在景色优美的海边，一把把大伞撑起了优雅的空间。此时阳光明媚而不炎热，海上微风轻轻吹来，感觉非常舒适。

　　午餐后，我们来到海滨大道，海滩上有该市的标志性景点：五根伸出沙滩的巨大手指。由于是圣诞节，这里的人很多，有点像中国的黄金周，我们拍出的照片不知道谁是主角，到处都是人。

　　这座城市有一处独特的景观：一座有着波浪起伏桥面的桥梁。该桥并非在公园或游乐场，而是建在主路上。车辆行驶在桥面谷底时，看不到前方，车速过快时会有明显的失重感，给人惊险刺激的感觉。这是一座看似容易发生危险的桥梁，其实不然，这种设计可以让驾车人上桥时下意识地减慢车速，确保安全，因为桥的一端是弯道，另一端是交叉路口。这是一个独特的设计，可见乌拉圭人的大胆创意。

　　我们又来到赌场酒店，FRANK要玩上一会儿，这是他今天的主要目的，他

在埃斯特角城优美的大西洋海岸，我们品味美食，欣赏海景，感受节日氛围

对我说他每次基本上都能赢钱，我表示怀疑。一个多小时后，FRANK输了一百多美元，我说："这是概率起作用了。"

我们顶着强烈的阳光返程，最初路上车辆并不多，离蒙市还有几十公里时，车辆越来越多，慢慢出现拥堵。乌拉圭人都能有序排队缓行，没有人插队，没有人抢道，没有人按喇叭，亲身感受到乌拉圭人的素质。

这里当外国人的感觉真好

乌拉圭距离中国非常遥远，往来不便，加之该国是个小国，来南美洲旅游的中国人都被周边的巴西、阿根廷、玻利维亚吸引去了。之前乌拉圭未对中国人开放有条件免签，所以这里难觅中国游客的踪迹，亚洲其他国家的游人也很少。正是因为这样，我们来到乌拉圭体验到了未曾有过的当外国人的感觉。

我们从乌拉圭首都蒙得维的亚前往该国西部城市科洛尼亚德尔萨克拉门托，在长途汽车站买好车票，在候车室里候车。车站里候车的人比较多，一位当地人来到我身边，看上去像是从乌拉圭农村来的。他拿着手机对我说了些什么，我不知道他表达的是什么意思。旁边一个当地人会说英语，对我解释说："他想和你一起拍张照片。"我表示同意，并站起身来准备与他合影。谁知他又指指夫人和女儿，我们都有些意外，但我们还是礼貌地站起来。坐在我旁边的人拿起他的手机，为我们一起合了张影，他才满意地离开。

在科洛尼亚德尔萨克拉门托市的古城游览时，我们遇到了当地的乌拉圭人（该国绝大多数是白种人），他们见到我们感到新奇，主动提出与我们一起合影。

我们在街上遇到一位40多年前曾经到过中国的海员，他现在已经退休。他见到会说英语的中国人感到很惊奇，他说那时中国人都穿着同样的蓝色衣服。我们让他现在再到中国去看一看，感受一下中国发生的巨大变化，他说："相隔太远啦，走不动了。"

之前，在首都蒙得维的亚，也遇到过4个乌拉圭人主动要求和她们俩合影，我不在邀请之列，有点受冷遇。看来当地人很少见到东北亚人或中国游客，感到新奇，也可能看到她俩穿着漂亮，而感兴趣。

我们这些来自中国的外国人，受到如此"重视"还是头一次，在乌拉圭当外国人的感觉真好。

四、玻利维亚

抵达玻利维亚遭遇罢工

我飞抵玻利维亚的圣克鲁斯，从这里入境，飞机着陆时已经是半夜1：30。

来到入境大厅，我直接申请落地签证，工作人员看过申请材料后，向我要离境机票，我说我要从陆路离开玻利维亚前往巴西。他又要汽车票，我说要去汽车站买票。他听我这么一说有点不满意，让我先坐下等候，等这个航班的所有人过了关再说。我之前考虑过机票这个问题，只是我确实要从陆路离开。玻利维亚驻中国大使馆最近公布的信息显示："中国公民可以在机场申请落地签证，申请人只需付清法律规定的签证费。"这里并没有提到离境机票。

其他旅客全走了，移民局工作人员反复看了我的申请材料，特别询问我的职业情况，担心我不是来旅游的。随后，他给上司打电话，结果当然是可以为我办理签证。

办理签证付费时，我一看计算器上显示"120"字样，我赶紧把手机上下载的，玻利维亚驻华大使馆公布的对中国人收取30美元的标准给他看。他马上把数学改为"100"，看来他内心不纯。我想：就当这里仍在执行原收费标准吧，时间已经不早了，再不给他点面子不知道什么时候才能办完。这样在等待1个多小时后，终于获得1个月签证。虽然耽误一些睡觉时间，花费100美元，但比起前往领事馆申请签证要方便多了。

出了机场已是凌晨4点，出租车很少，而等着坐车去市里的旅客挺多。好不容易等来一辆车，我和一个加拿大人合乘，司机开价200元人民币，我俩顾不上还价，反正每人一半。

出租车驶出机场，本想不足20公里的路程一会儿就到，可是行驶一段距离后，拐上了另外一条路，我察觉到没有行驶正常线路，也没说什么，反正车上还有加拿大人。

行驶几公里后，黑暗中前方路上横着一辆车，边上的车道用横木栏着，旁边站着一群人。我在想是不是遇上劫道的了，可司机并没有立刻调头，而是开到栏杆前。司机请这些人放行，对方不予理睬，我们只好从反向车道绕了过去。

开行几公里后，又遇到车辆横在路上阻断交通。司机与拦路人打了个招呼，这些人才让开一条路让我们过去。圣克鲁斯这是怎么了？这些人半夜不睡觉，跑到马路上拦阻车辆，真是奇怪。

出租车在市里左绕右绕，终于来到我预订的酒店，这位加拿大人决定不去他预订的酒店，也住在这里。

办理入住手续的时候，这个加拿大人通过手机翻译告诉我，这里的民众抗议政府，正在进行示威活动，并封锁道路。我顿时心里一沉，早就听说玻利维亚人喜欢上街游行，这回让我赶上了。这里的示威活动与阿根廷不同，阿根廷的示威者只围攻政府机构，这里是封锁整个城市交通，让你进不来出不去。我担心如果出现无政府状态，出现打砸抢那就危险了。想到这些我心里乱糟糟的，下面的行程该怎样安排呢？

我预订的这家酒店位于圣克鲁斯市中心，是一家五星级酒店，硬件设施相当于国内四星级标准。但房间很大，床很宽，是我见过最宽的床，而且价格非常便宜，每晚只需190元人民币，包含早餐。此时我心神不定，老是想着如何应对这种乱象。

等我洗好澡，躺在床上时，已经是早上六点，整整折腾了一夜。我躺在床上　时睡不着，肚子饿得难以入眠。我想不如吃过早餐再睡，那样可以睡得踏实些。

来到酒店餐厅，只有一个旅客在吃早餐，他匆匆吃完，拿起行李就离开了酒店。可能他做好了步行的准备，因为街上根本就见不到出租车，连其他车也没有。这里的早餐挺丰富，各种水果看上去非常诱人，我却没有好心情去享用。

回到房间，享受特别宽的大床，这一睡就睡到了中午1点钟。

起来后，我在想：下一步先去哪里？是乘飞机还是坐大巴？哪里没有示威活动？我只有先出去看看，了解一些情况再说。

街上空荡荡的。这里一点不像大城市的样子，有点像中国20世纪80年代的县城。我来到圣克鲁斯城市中心，这里有一座标志性的教堂，教堂前是广场和公园，周围是一些漂亮的建筑。此时教堂广场和公园里的人很少，显得冷冷清清，只有一些骑车的年轻人和儿童。

回到酒店，我一看这里的餐厅有自助午餐，25元钱一个人，非常便宜。我赶紧交了钱，吃了一顿扫尾餐。

吃过饭，我通过手机翻译询问酒店服务员："明天游行示威会结束吗？"得知今天晚上结束时，我的心情仍然有些忐忑不安。

我又来到街上转转，在附近几个路口，我看到有三处路口被横着的汽车或

玻利维亚圣克鲁斯市罢工时的街景，市中心的道路均被堵死，街上空空荡荡

路障所阻挡，只有摩托车和自行车能过去。有的路口有一些示威者，看上去他们比较平和。街道两侧的商店几乎全部关门停业，街上空荡荡的。不知道是市民响应号召罢市，还是因为交通被阻而被迫关门停业。

我回到酒店休息，一觉醒来已经是晚上7点钟，天已经黑了，马路上汽车多了起来，有出租车驶过。莫非游行示威已经结束？我赶紧下楼看个究竟。

教堂前的广场和街心公园与白天判若两样：各条道路上车辆穿行，有些餐馆开始营业，公园里亮起了彩灯，广场和公园里到处都是人，很多都是携家带口，人们表情轻松，如同过节一般。我也同当地人一起享受来到玻利维亚后的欢乐。

这时一对青年男女让我给他俩拍张合影，我得知小伙儿来自青岛，女孩是他的未婚妻。在这么遥远少有中国人的地方，遇到会说汉语的人，我们双方都很高兴。我们都还没吃晚饭，就一起来到一家中国人开的餐馆，边吃边聊。多

圣克鲁斯市中心夜景，在这里我无意中遇上了青岛小伙儿小于和他的玻国女友

亏遇到他俩，我才能了解更多信息。

小伙姓于，来自青岛莱西，西班牙语专业毕业后来到拉美国家，从事翻译工作，现在来到玻利维亚准备自己创业。他在当地找到了玻利维亚女朋友，快成婚了（在我写这本书的时候，他们的孩子已经会走路了）。

他说："今天的示威游行是因为玻利维亚政府出台了一些法律，引起医务人员和汽车驾驶人员的不满，引发了这次游行示威活动。示威者通过阻断城市交通迫使有关行业关门停业，体现他们的力量，迫使总统下台。"

"圣克鲁斯是玻利维亚经济总量第一的城市，GDP是我们莱西的4倍，而青岛的GDP是玻利维亚的4倍。"我说："青岛富可敌国。"

我问："玻利维亚人怎么样？"他说："与玻利维亚人打交道时要注意两点：一是不要借钱给当地人，二是不要轻信当地人所作的承诺。"我说："那就是当地人缺乏诚信。"他说："是的。但玻利维亚人比较实在，没有什么暴力倾向。"确实如此，半夜里我遇到阻拦交通的人，均没有暴力倾向。

天空之镜　女人的偏爱

玻利维亚的乌尤尼，有世界著名的盐湖景观，又被称为"天空之境"，到这里来的游客都是冲它而来。

经营乌尤尼盐湖一日游的旅行社非常多，打出各种广告，有一日游、二日游、三日游，还有落日游。我选了一家人气旺，广受好评的旅行社。这家旅行社门前，张贴着许多旅游信息，每7人一组（一辆越野车的人数），游客自行选择。我看到一日游外加落日游的线路还有两个名额，就直接报了名。30美元（200元人民币），包含午餐，性价比非常高。在玻利维亚旅行比较辛苦，却能享受到这里低廉的消费。

早上起来，万里无云，预示着将是一个精彩的游览日。

我按时来到旅行社门口，各组游客分别集合到相应的越野车上。我们这一组除我以外，还有1个来自阿根廷的男士，其余4女1男全部来自韩国。

我发现到乌尤尼的韩国人特别多，而且女性占比高，看来女人更喜欢"天空之镜"，更喜欢照镜子，在这里能够满足她们爱照镜子的心理。中国人很难见到，不是中国人不喜欢这里，而是太遥远了。

我们这辆车的司机兼导游名叫SAUL，经验丰富，带着我们驶向令人向往的乌尤尼盐湖。

乌尤尼盐湖在玻利维亚波托西省西部高原上，海拔3650米，长150公里，宽130公里，面积将近一万平方公里。这里降雨稀少，气候干燥，仅在夏季12月至次年2月间，有较多的积水。它是世界上最大的盐层覆盖的盐湖，有水无风的时候盐湖表面平静如镜，能够产生梦幻般的倒影，因此有"天空之镜"的美称。

我们来到湖边，这里的水比较深，只有越野车或者卡车可以驶入。我抹好了防晒霜，准备好太阳帽和墨镜，抵御烈日、白盐、镜面所产生的强烈光线

我们游览乌尤尼盐湖的一车人，聚在一起吃午餐，大家其乐融融

反射。

　　旅行社为每个人准备了长筒防水靴，可能是巧合，每个人拿到的都是新靴子。换上靴子，我们高兴地跳入水中，感受世界上最大的盐湖。大家不停地摆着姿势拍照，我觉得这么好的天气，等到太阳西下时，再找个车少人少的地方，拍出的照片才美呢。

　　我们的越野车向南开去，4个女士全部坐到了车顶的行李架上，一路兜风。我们来到一个建在盐湖上的简易酒店，这家酒店主体是用盐砖建成，大堂、餐厅里的桌子、凳子等全都是用盐做的。我们的午餐就安排在这里，所有的食物都是从市里带来的。在这独特的环境里用餐，我们都很高兴。

　　下午，继续在盐湖上巡游，我们三个男人爬到车顶上，换个视角看盐沼。我们来到一大片没有水的盐沼之地，干涸的湖面上由盐形成了美丽的花纹，纯

我们在巨大的"镜面"上，摆出各种动作，展现出美丽的倒影

粹的自然之美。

继续行驶，来到一片有着广阔"镜面"的地方，这里水不深，只有几厘米，车辆稀少，只是在500米远处停了3辆车。SAUL对我们说："拍照吧，晚上就在这里看落日。"我一看确实不错，SAUL会找地方。

傍晚7点，太阳即将落山，短暂的拍摄黄金时段到来。SAUL见有微风吹来，指挥我们转移到水更浅一点的地方，这里果然没有了风波，水面如镜。我们赶紧站在凳子上，摆出各种姿势，由SAUL咔嚓咔嚓不停地为我们拍照。

高原的太阳直到落山都没有产生鸭蛋红，仍然十分刺眼，倒是太阳落山后，成为拍摄镜面倒影的最好时刻。此时天空与"镜面"亮度接近一致，与逆光下呈现出暗色的人影形成较大反差，这样拍摄出的倒影非常清晰。我们抓紧拍照，这时拍摄的照片比之前拍的效果都要好。

我对"天空之镜"拍摄的体会是：夏季有水的时候；水不能深也不能浅，

太阳落山后是拍摄镜面倒影的最佳时间，照片美不美就看谁能摆出优美动作

深了容易起风波，浅了盐粒会外露；风要小，大了会严重影响镜面效果；晴天少云，蓝天白云色彩艳丽；拍照时间最好在日落前后。这些条件都具备可不容易。

回到旅行社已经是晚上8点多钟，包括我在内，有三个人为SAUL写了好评，并向他表示感谢。

我们7个人决定一起吃晚餐，吃的东西倒不怎么样，主要是大家聊聊天，热闹热闹，交流一下。

高原湖泊风光无限

我乘船来到位于的的喀喀湖湖中心的太阳岛，我预订的旅馆就在码头附近的山坡上，没敢预订山上的旅馆，在这海拔3900米的高度，背着包爬山可不是好受的。

这家旅馆坐山面湖，所有客房均是湖景房，有着很大的窗户，在房间里就能看到美丽的湖景。天气晴朗，阳光照射在湖上，码头附近山、树、湖、蓝天、白云、小船等构成一幅美丽的画面，令人心旷神怡。我不停地拍照，留下美好记忆。

的的喀喀湖位于秘鲁和玻利维亚交界的安第斯山脉中，湖面海拔3812米，是世界上海拔最高且大船可通航的高山湖泊，面积8300平方公里，海拔高而不冻，处于内陆而不咸。周围群山环绕，远处山峰常年积雪，湖光山色形成壮丽的高原风光。湖中最大的岛屿就是太阳岛，该岛全长9.5公里，宽6.5公里。岛上有超过80个古迹遗址，大部分建于15世纪印加时期。这里不仅有着优美的自然风光，还有着丰富的人文景观，印第安人一向把的的喀喀湖奉为"圣湖"。

晚上，湖面非常宁静，半夜里一阵大雨倾泻下来，风雨大作，这是典型的高原天气特征。

早上，天气多云，在这多雨季节想看日出比较困难。过了一会儿，太阳从云缝中射出，四周的景色变得清晰起来。旅馆的女主人为露台上的桌子铺上红色桌布，她头上两根印第安妇女传统的长辫子上戴着饰物。

我在露天享用早餐，早餐比较简单，主要感受这里优美的湖光山色。远方雪山清晰可见，湖水微波荡漾，反射着天空的亮光，一艘小船正驶离码头。早餐还没吃完，一场忽然而至的雨降了下来，我情愿淋雨，也要享受这难得的露天早餐。

太阳岛上狭长的山体露出湖面，相对高度只有200多米，但海拔很高。岛上没有公路，没有汽车、摩托车，只有适合高原运输的驴子。驴子一般是拉货的，人要上山得自己爬，爬不动的就只能在水边待着。我要沿着岛上崎岖的道路爬山游览，我把包放在旅馆，连水都不带，只带单反相机，最大限度减少负重。

在海拔4000米高的地方爬山，对当地人或者年轻人来说算不了什么，但是对初到高原的人或身体状况欠佳的人来说，是非常艰难或有一定风险的。对

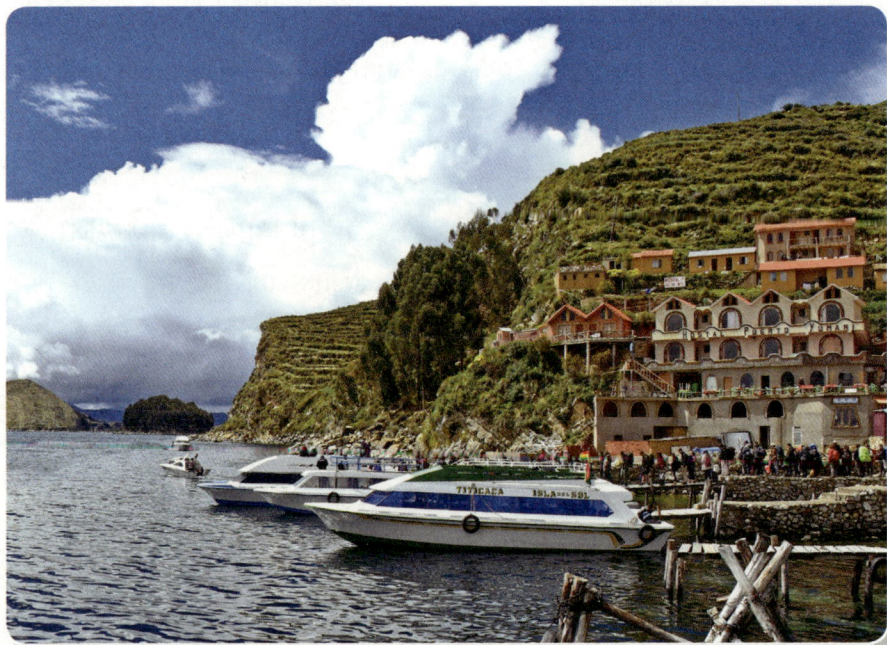

玻利维亚的的喀喀湖中心的太阳岛，我入住的农家旅馆就在湖边的山坡上

此，我采取了相应对策，这就是：减轻负重，缓慢前进，多加休息。

开始向上走时我的步伐非常缓慢，似乎是在磨洋工，即使这样，没走多远已是气喘吁吁，心跳加快，不时停下脚步进行深呼吸。这里起步就是3850米，比拉萨3650米的高度还要高200多米，缺氧状况相当严重。我已经有了一周时间的高原适应期，否则不敢贸然在这样的高度爬山。

上山的道路虽然有的地方有台阶，但并不平整，好在两边到处是鲜花和绿色植物，不时停下来观赏、拍照，可以减轻对高原反应的注意力，也能得到休息。小岛上，有数量不多的大树，高大粗壮，最具代表性的是桉树。昨夜和上午的雨水滋润了整个小岛，此时阳光普照，岛上植物显得郁郁葱葱，各种花卉竞相开放，散发着芳香。

岛上如果没有旅游业那是非常原始的，有了游客一切都变了：许多人家建起了家庭旅馆，有的不仅规模大，而且装修美观。有的建起湖景餐馆，周围种

边吃早餐边观赏湖景，太阳出来后这个高原湖泊景色会更漂亮

植了漂亮的花草，在这里就餐、休息真是一种享受。

　　岛上多数地方坡度比较大，为了适应农业生产，这里建有小规模的梯田，种植当地的特产马铃薯、蔬菜、花草等植物。当地人的生活悠闲自得，在岛上心情放松，很有安全感。

　　我顺着山脊一步一步往上挪，保持一定的节奏，最终耗时两个半小时，爬上了相对高度250米、绝对高度4070米的山顶。我很高兴，这证明了我这台"老机器"还能凑合着开。

　　有的年轻人快步往上爬，我羡慕他们年轻，刚要称赞两句，只见他们坐到地上累得直喘大气，一副难受状，这就是快步爬山的代价。

　　下午，我乘坐渡船离开太阳岛，前往科帕卡巴纳小镇，然后转乘面包车赶往首都拉巴斯。白天在4000米以上的高海拔地方爬山游览，晚上到海拔低一点的地方休息，这样能够多吸点氧气，有利于缓解疲劳。

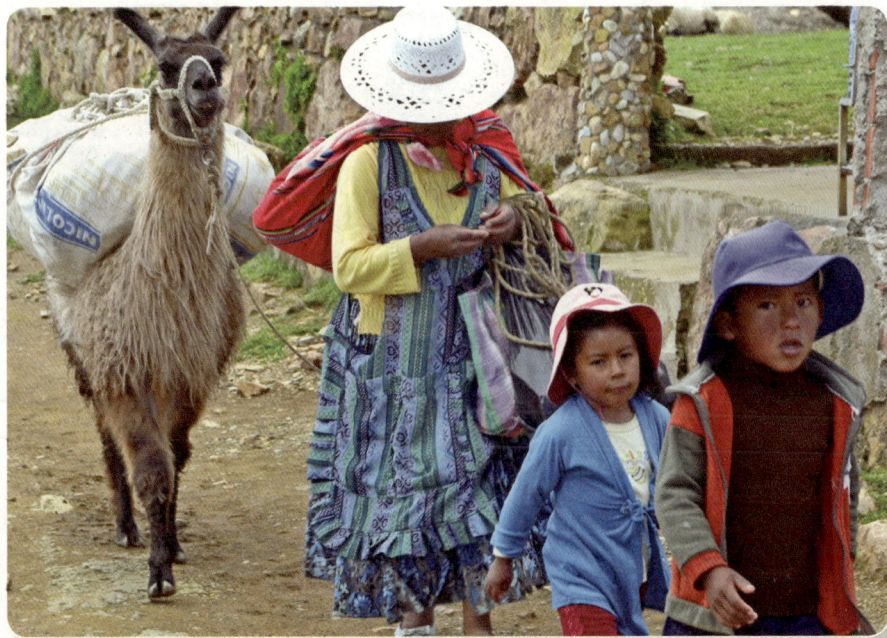

太阳岛上的印第安人有点像亚洲人，当地民风淳朴，用羊驼运输货物

在"死亡公路"上骑行

在"死亡公路"上骑行是种什么感觉？胆量比较大的人可以尝试一番。

距离玻利维亚首都拉巴斯不远的地方，有一条名为永加斯路的老的山区公路。因为这条路的许多路段是从陡峭崖壁上开凿出的山路，有的狭窄路段只有一个车道，悬崖一侧几乎没有护栏，会车非常困难，加上该地区多雨雾，路面崎岖湿滑，很容易发生交通意外，平均每年有200至300人因交通事故而身亡。所以有全世界最危险的公路之称，又被称为"死亡公路"。

自从有了新的盘山公路，这条险路早已不再承担交通运输，变成了玻利维亚的热门旅游景点，成为自行车爱好者光顾的地方。永加斯路虽然危险，骑行在路上能看到起伏的高山和美丽的山地森林，还能感受冒险的刺激，愉悦身心，因此，每年都有来自世界各地的游客，骑着自行车感受"死亡公路"独特的风景。

由于路面坑洼不平，加上弯多，遇上下雨路面湿滑，如不小心会连人带车坠入悬崖。据说这条路从1998年开始组织骑行以来，已经有18人在此丧命，大约每年死亡1人。从这个数字看，发生致命事故并不多，比起历史上每年发生交通事故死亡的人数要少得多。

我已年过60，不大适合参加这种有风险的活动，但对于从事交通工程工作的我来说，这种世界级的危险公路吸引着我，很想亲身体验一下，于是我就报了名。

我在网上了解了骑行情况，多数事故发生在后半段，主要是放松了警惕、车速过快导致的。我考虑好应对措施：控制车速，保持车距，认真观察，看景不骑车，骑车不看景，确保安全。

早上，旅行社的车来旅馆接上我，车顶捆绑着一排山地自行车。车里已经坐了7个人，3男4女，都是20多岁的年轻人，全部来自澳大利亚。

旅行车一路向东驶出城市，然后开始向上爬升，一直由3600米爬升到4400米，来到一处小湖边的开阔地。

我们下车后，进行骑行前的各项准备：从车上卸下自行车和装备，发给每人一套着装，包括头盔、衣裤、手套、护膝、护肘。每个人穿戴好，安排试骑，并讲解骑行中的注意事项。最后大家合影，击掌祝福。然后两个导游一前一后，带着我们开始了激动人心的"死亡公路"骑行之旅。

最初骑行的一段道路是新路，相当于国内山区二级公路，路基较宽，沥青路面平整，没有悬崖路段，即使有也会有良好的防护设施。这段路是给每个人热热身，体验一下路况好的感觉。

骑行几公里后，导游停下来，见大家都还可以，就加快了速度。我拍了一张照片，待我骑上车已经被甩在后面，我加快速度，想缩短距离。就在行驶到一段弯路时，天上下起小雨，这时路面湿滑，我赶紧刹车减速，但山地车开始摆动，一下控制不住滑倒在路上。由于我穿戴了防护装备，肘部和膝部着地时

我与来自澳大利亚的年轻人在"死亡公路"上骑行，湿滑的道路一侧就是悬崖

受到良好保护，手掌与路面接触时将手套磨破，手指磨破点皮，没有大碍。后面的导游和司机给我换了辆山地车，这辆车轮胎纹路较深。接着继续上路，这下我注意控制刹车，不让速度过快。

骑行一段时间后，我们离开新路，拐入狭窄的碎石路，这里是"死亡公路"的起点。我们在路边稍事休息，上厕所，喝咖啡，吃点香蕉和饼干，然后开始了真正具有挑战性的"死亡公路"骑行。

这条路有的地方宽，有的地方窄，窄的地方只有一个车道，全部是碎石路面，非常不平整。有些雨水汇集比较多的地方，路面成了小河。

最初骑行路段海拔很高，山谷间云雾缭绕，道路左边就是深渊，看不见下面究竟是100米深，还是300米深。道路直线段基本没有护栏，只有弯道处为防止车辆冲下去，有一些护栏。山地车骑行在这种路面上阻力较大，速度很好控制，我感觉完全能够掌控住山地车。

导游告诉我们：在死亡公路上骑行要靠左边，也就是靠近悬崖一侧，这样反而安全，万一有点情况可以往右侧的山体上靠。通过这里的汽车也一改靠右行的做法，全部靠左行，这样司机可以把头探出驾驶室，看着车轮在悬崖边上行驶，有利于会车。由于我能够有效地控制山地车，所以骑行在悬崖边并不感到恐惧，反而有一种自由自在的感觉，只要你不想往悬崖下面骑，就不会掉下去。

随着海拔的降低，我们驶离云雾，得以看清青山绿水，骑行轻松省力，心情大好。一会儿我们来到所有团队必停的一个景点，一处弯道上突出的悬崖。我们并排坐在悬崖边上，把腿伸到悬崖外拍照。

这段险路的一头一尾有两个标志牌，一个写着"欢迎来到玻利维亚探险中心"，一个写着"欢迎你来到死亡公路"。一路上只有停下时才能感受群山的巍峨，欣赏山景，到处鸟语花香，随处流淌着溪水。死亡公路被掩映在绿色之中，掩映在悬崖之中，如果是步行观景那是再好不过。通过这条路，每人要付50元人民币的过路费，相当于景区门票。

随着海拔降低，气温由低到高，逐渐热了起来，澳大利亚美女们纷纷脱去

我在"欢迎你来到死亡公路"的牌子前留影，纪念在危险公路上骑行

外套，最后都穿上了背心，成为路上的一道"风景"。

骑行的最后一段路程，坡度减小，必须用力登车，才能克服碎石路的阻力，对于年轻人算不了什么，但把我累得够呛。

最终我们来到海拔1200米的终点，骑行全程约30公里，其中惊险路段约20公里，海拔直降3000多米，是一次非常难得的体验。当我们脱去所有装备后，感到轻松愉快。我看了一下，在参与骑行的那么多人中，全是年轻人，中年人也很少见，没见到像我这样的老家伙。

返程时，司机开着车在新的盘山公路上狂奔，车内播放着流行音乐，澳大利亚美女们唱个不停。路的两边时常可以看到大大小小的十字架，表明这些地点曾经发生过交通事故，有人员死亡。看来有了新路仍然避免不了死亡，要看驾车人的素质和安全意识。

穿越亚马孙河上游

亚马孙河是世界上最伟大的河流，它是世界上流量最大（相当于7条长江）、流域最广、支流最多的河流，支流数量超过15000条，分布在南美洲各国广袤的土地上。

第一次环球旅行时，我曾经在秘鲁的普卡尔帕和伊基托斯等地，乘船见识了亚马孙河上游河景。由于时间有限，没能全程坐船航行到入海口。我一直有个愿望，就是从头到尾穿越整个亚马孙河。

第二次环球旅行，再次感受亚马孙河的机会来了，我要实现全程穿越亚马孙河流域的目标。以什么方式穿越呢？从哪里开始？终点在哪里？亚马孙河上游支流非常多，分布在许多南美国家，既然这次来到玻利维亚，就从该国的安第斯山脉开始，终点肯定是在巴西，我选择亚马孙盆地的门户城市——贝伦。

亚马孙河分为上游、中游和下游，我考虑乘车穿越上中游，乘船穿越下游。如果全部乘船会耗费太多的时间，况且上次我已经乘船穿越过上游和中游部分河段，再说船上不如陆上旅行能够看到更多风景。

上游段从首都拉巴斯开始乘车，至玻利维亚与巴西的边境，过境后乘车到巴西的波多韦柳。中游段从波多韦柳乘车穿越亚马孙热带雨林，到达亚马孙流域中心城市马瑙斯。下游段从马瑙斯乘船沿着亚马孙河顺流而下，至亚马孙河入海口附近的贝伦市。

从拉巴斯前往位于该国东北部靠近巴西的小城里韦拉尔塔，有900多公里之遥，前往那里的汽车在城市的角落里，连个像样的车站都没有，只有一间售票室，马路边就是汽车站。我花了180元人民币买了一张位于最后一排的车票，下午3点发车。

下午2：40开始上车。像我这样的人上车很简单，连票都不看，找到座位就行。其他人要把他们携带的物品称重付款后，才能上车，整个大巴车的下层全部是货仓，车上没有厕所，这辆车简直就是客货两用车。这辆大巴车虽然是进口车，但非常破旧，前保险杠已经拆下。车内座椅比较宽敞，坐上去还算舒适，只是没有空调。

下午3点半才发车，一次让我记忆深刻，最艰苦、最危险、最漫长的穿越亚马孙河上游的汽车之旅就此开始。

大巴车向城市东面的山上驶去，到达海拔4400米后开始一路下山。下山的道路景色非常壮观，即使是见过盘山公路的人，也会被这里的公路和山景所吸引。大山从下到上满目翠绿，由于纬度低，生态环境非常好，没有一点山体滑坡的地方。

我期望最好在天色完全黑尽之前，下降到平原或海拔500米以下的地方，这样夜间行车会安全点，不会出大事故。

驶过科罗伊科以后，海拔降到1000米以下，道路状况明显变差，远没有之前平顺。我坐在紧靠左边窗口最后一排，看到大巴车驶上碎石路，路面越来越窄，好像驶上了"死亡公路"一般。我朝窗外望去，观察车外险峻的路况。一会儿大巴车驶过一处非常狭窄的路段，右边是山体，左边是百米深的悬崖，路边没有任何防护措施。从我的视角看上去，大巴车似乎沿着悬崖边缘开行。我从未见过如此危险的状况，我想把头探出车窗看个究竟，又担心重心外移导致大巴车翻下山谷去。

过了一会儿又来到一处危险路段，同样右边山体，左边悬崖，外加道路泥泞，我担心路基软弱，沉重的大巴车会滑下山谷。我心里祈祷着大巴车千万不能侧翻下去。好在司机放慢车速，一点一点贴着右边的岩石，缓慢驶过了这段险路。谁知还有第三处危险路段，同样右边山体，左边悬崖，路面有积水，高低不平，大巴车行驶中左右摇晃，每一次向左摇晃，都令我心惊胆战。

我在世界各地坐过很多车，从来没有遇到过这么危险的道路，感觉比我在"死亡公路"上骑行还危险。在当地司机眼里，这些可能算不了什么，他们已经习以为常，临危不惧。

天黑以后，终于到达卡拉纳维小镇，这里海拔较低，没有高山峡谷和危险路段，心情总算可以放松下来。

本想像以往乘坐夜车那样在朦胧中睡去，谁知一整夜的煎熬就此开始。因为路况非常差，到处坑坑洼洼，大巴车颠簸得非常厉害，最后一排更甚，使人无法入睡。我试图睡去，但在剧烈颠簸时，处于睡眠状态还不如清醒时身体应对来得舒服。为了应对随时出现的颠簸，减少痛苦，我只好强打精神，不睡了。有觉睡不成，头一次遇到这种情况，真是太难受了。

半夜里，上来一位玻利维亚妇女，坐在我的旁边。她把座椅靠背往后倾，一会儿就睡着了，但一阵强烈的颠簸把她颠得直叫唤。真是睡也不是，不睡也不是，时刻准备迎接下一次颠簸的到来。就这样折腾了一晚上，好像在路况稍好的时候我睡了一会儿。

早上6：30，大巴车开到离马迪迪国家公园不远的鲁雷纳瓦克小城汽车站，算下来15个小时才跑了400多公里，平均时速不足30公里，这车速是真够慢的。

在这里有一段较长的休息时间，满足乘客各种需求。我来到车站里的厕所，交了钱还要排队，在玻利维亚几乎上厕所都要付钱。洗漱完毕，我到车站门口买了一份牛肉饭，5元钱，好吃不贵。

大巴车继续行驶，一出城就驶上了正在施工的道路，这是鲁雷纳瓦克至里韦拉尔塔的公路。之前我就知道，这条路由中国铁建负责建设。2016年5月，中国铁建在鲁雷纳瓦克市举行了开工仪式，时任玻利维亚总统的埃沃·莫拉莱斯亲临现场。

该项目将公路由拉巴斯延伸到巴西边境的瓜亚拉梅林，总建设里程508公里，双向两车道，合同额5.79亿美元。该公路将为玻利维亚沿线的农林、农牧和旅游等产业发展提供有力支持。作为一条重要的国际贸易线路，对巴西商品经由智利、秘鲁的太平洋港口发往亚洲具有重要意义。

这条公路基本上沿着原有道路建设，不能封闭交通。大巴车一路上要么在施工路段上跑，要么在原有土路上行驶。太阳出来了，车内很热，不能关闭车窗，尘土直往车内钻，弄得身上脸上到处都是灰尘。用纸巾擦一下脸，白纸巾就变成土色。整个上午备受折磨，连个口罩都没有，不知吸入多少灰土。

一路上，看到中国铁建的项目部所在地，看到正在施工的中国铁建工作人员和机械设备，感到非常亲切，想下车和他们聊聊，那是不可能的。

玻利维亚这片广大的地域，属于亚马孙热带雨林地区，地势平坦，地广人稀，到处都是热带草原、热带丛林或热带雨林，一眼望不到边的绿野。在这里修建公路可不容易，取土只能砍掉树木和植被，挖出下面的泥土，之后就形成了一个个水塘。大量的砂石材料要从几百公里以外的地方运来。

行驶中，大巴车很少停车，我不敢多喝水，免得憋尿。然而，这里地处热带，需要及时补充水分。在车上最怕出现上面口干舌燥，下面憋得难受的情况，这种罪在整个路途中是少不了的，必须得忍受着，年纪大的人体会更深。憋功也是长途旅行的一项基本功，憋功不行的人就准备尿不湿吧。

长时间行车，人会感到无聊，我身边的玻利维亚妇女跟我聊天，我对她说："我听不懂西班牙语。"她觉得很惊奇，与其他人一起冲着我连说带笑。我理解她的意思："你一句话也不会说，想上厕所怎么办？"我心里说："你也不

两辆对开的长途汽车，在玻利维亚亚马孙热带雨林腹地相遇，司机停车交流一番

想一想，我能从中国那么遥远的地方来到这里，若连这点小问题都解决不了，那我是怎么来的？"对于没有出过远门的人来说，确实有些难以理解。

一路上很少有村镇，下午在一处有几户人家的地方停车，大家纷纷下车买东西吃。我在一家小店铺里买了两小包饼干，店家对我用中文说了声"谢谢"。我想在这么偏远的地方竟然有人会说中文，一定是中国铁建人教的，感谢他们把中国文化传播到世界偏远的一角。

按照车速推算，我估计到达里韦拉尔塔要到晚上10点钟。这条公路的后半段总体路面比较平整，车速快了不少。司机也不管大家是否憋尿，为了赶路几乎不再停车，而大家的憋尿功夫都不错，竟然没有一个喊停车撒尿的。

晚上8点多钟，大巴车用时28小时，终于到达里韦拉尔塔小城，平均时速大约只有33公里，给人的感觉是那么漫长。一场惊险、艰苦、难耐的汽车之旅终于结束，令人印象深刻。

里韦拉尔塔小城紧邻马德雷德迪奥斯河，河水又宽又急，夹带着许多树枝，汛期的河水比较浑浊，有着一泻千里之势，浩浩荡荡朝着亚马孙河干流而去。这条发源于玻利维亚安第斯山脉的河流，只是亚马孙河众多支流的一条，如此浩大的支流，可以想象亚马孙河是多么的浩大无比。

五、巴西

穿越亚马孙河中游

亚马孙河流域有着广袤的热带雨林，它是世界上最大的热带雨林，有700万平方公里，从安第斯山脉东坡一直延伸到巴西的大西洋海岸，其中一大半位于巴西境内。这里雨量充沛，加上安第斯山脉冰雪消融带来的大量河水，使得这里到处都是河流与湿地。亚马孙热带雨林产生的氧气占全球总量的1/10，被称为"地球之肺"。这里生物物种占全世界总数的1/5，淡水资源占世界总量的20%，河里有2000多种淡水鱼。

亚马孙河中游河岸鱼市场，鱼老板向我展示亚马孙河河鲜，以及成堆的银龙鱼

我来到巴西的波多韦柳，一个位于亚马孙热带雨林南部边缘的城市，面对充满神秘色彩的亚马孙热带雨林，我期待着一次穿越。

波多韦柳，葡萄牙语的意思是古老港口，位于巴西西部内陆地区，马代拉河东岸。从这里坐船沿着马代拉河顺流而下，可以到达亚马孙河的中心城市马瑙斯。

我查看了2017年新版巴西地图，从波多韦柳到马瑙斯的BR319国道，是从巴西南部广大地区陆路前往马瑙斯的唯一公路，看来这条319国道对马瑙斯至关重要。其实不然，因为航空和水路有着明显优势，这条路并不起主要作用。

如果坐船从波多韦柳前往马瑙斯，只能在船上看河景，感受不到热带雨林深处的风景，所以，我从波多韦柳乘长途汽车前往马瑙斯，陆路穿越亚马孙河的中游地带。

在波多韦柳汽车站，我买好前往马瑙斯的车票，票价210雷亚尔（420元人民币）。候车室是个大棚，坐在没有空调的候车室里，身上不停地冒汗。这地方不算穷，但公共设施却不够完善，只因这里都是私人经营，谁都不愿意拿出钱来装空调，政府部门也不管，只有旅客受罪。

上车后感觉更热，空调出风口出来的全是热风，一定是空调系统出了毛病。我看到别的线路的车都是高档车，唯有开往马瑙斯的车这么差。大巴车驶出车站，开启一趟路途坎坷、令人难忘的陆路穿越亚马孙热带雨林之旅。

大巴车向热带雨林深处驶去，没走几公里就停在路边，原来是制动系统气压不足。空调不制冷，车窗打不开，客车失去了舒适性，气压不足客车失去了安全性，巴西的长途车怎么会这样。乘客全都下车乘凉，司机在打电话，过了一会儿司机招呼大家上车，掉头往回开。我以为开回车站换一辆车，谁知开进了汽车修理厂。看来今天意外增加了一个游览项目：参观巴西汽车修理厂。我看着巴西工人在努力地修着车，这辆车看上去缺乏保养。一个半小时后总算修好了。

当我们乘坐的大巴车再次开出时，已经晚点将近4个小时。大巴车驶过马代拉河不久，便进入了热带雨林。

晚上9点，大巴车来到重要站点乌迈塔，这里上来一部分旅客，车内基本坐满，这下车内更加闷热。虽然已经是夜间，但仍然需要打开车窗，保持通风，才能凉快些。离开乌迈塔之前，大巴车又加了一次油，看来前方加油站较少。

继续行驶没多久，感觉道路颠簸得厉害，好在坐在车上还能睡着。夜里12点，大巴车停在路边一处小餐馆前休息，乘客们下车放松一下。我这时才看清公路已经变成了土路，路面坑坑洼洼。这时我才明白：什么档次的路，用什么档次的车，这是穿越亚马孙热带雨林之路，高档车在这种路上根本受不了，再好的车也会变成烂车。

从波多韦柳到马瑙斯880公里路程，只有这一条公路，没想到富裕的巴西竟然有这样差的公路，行驶在热带雨林深处感受到原始与狂野。

凌晨4点，我被大巴车发动机的轰鸣声和阵阵抖动惊醒，立刻意识到大巴

通往亚马孙热带雨林深处中心城市马瑙斯的 BR319 国道，夜里我们被困于荒野

车陷入泥泞中，心想这一路怎么这么不顺。外面漆黑一片，司机下车查看一番后，试着向前开或者向后倒，车身晃来晃去，就是无法脱离困境。黑夜里，汽车陷入泥坑动弹不得，困于荒野，只能等待天亮后想办法脱困，全车人在黑暗中睡去。

天亮了，车上下去一些人，我脚上有点破皮不便踩到泥水里。有人用铁锹铲轮胎旁边的稀泥，有人拿来树枝往车轮下面塞，几经努力大巴车还是无法脱困。从陷入泥坑到天亮，这条路上竟然没有一辆车通过这里。

天大亮后，我才看清这条BR319国道的面貌：亚马孙热带雨林深处，一条红土路伸向远方，雨大的时候会积水，水多的地方就会沉陷，白天还好，夜晚看不清的时候，容易开进泥坑里。

终于来了一辆施工车辆，不知是打电话喊来的，还是路过这里的。连上钢丝绳后，两车一起用力，大巴车才驶出泥泞之地，摆脱困境。

8点，大巴车在只有一户人家的地方停下来，乘客在这里洗漱，喝咖啡，吃早餐。我没有看到厕所，只好向公路的一边走去。这里是茂密的热带雨林，长满植物，好不容易找到一块空地，蹲在那里惶恐不安，就怕招来热带毒虫。

继续前行，太阳出来了，天气又开始热起来，又要忍受车内的闷热和烈日烘烤。有限的水不敢多喝，生怕路上买不到水。

12点，我们来到一处渡口，一条颜色如同可乐一样的大河拦住了公路。在这么偏僻的地方有自助餐可以吃，我又买了瓶水，解决了缺水问题。

当大巴车开上渡船，我们也陆续上船后，一个当地小姑娘走到河里，我以为她要游泳，却见她站在水里，双手拍打着水面，发出特有的振动波。一会儿两条粉红色亚马孙河豚向她游去，其中一条大的与她亲密接触，伸出长长的嘴巴与她亲吻。看到这一幕，我感到小姑娘与亚马孙河豚之间有着相当高的默契，体现了当地人与动物之间和谐相处，亲密无间。这种河豚是一种体形很大的淡水豚，非常适合在有水的树林中穿行，可以利用回声精确定位河里的猎物。

下午大雨而至，我情愿雨下到车里都不愿关上窗户，只为能够凉爽一些。

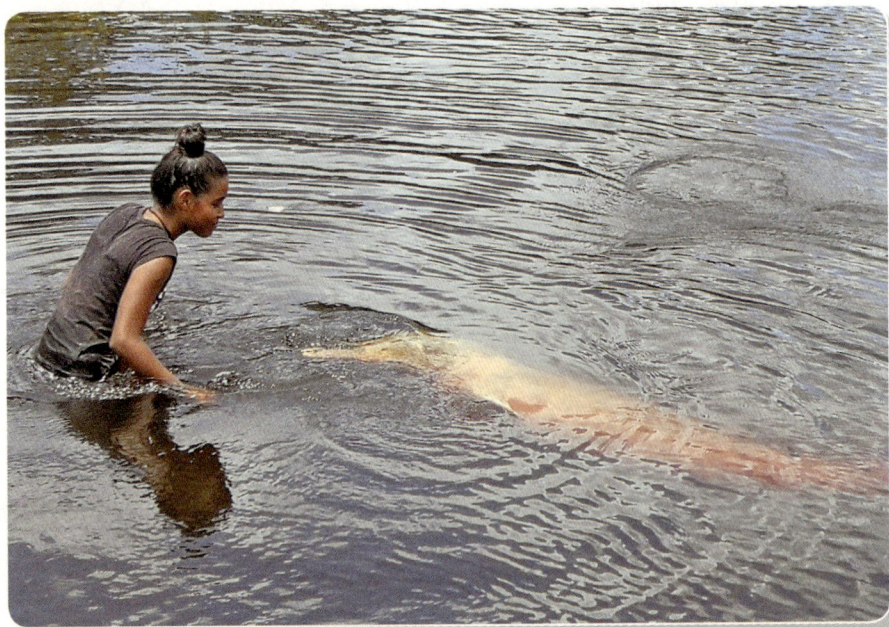

生活在热带雨林深处的巴西小姑娘与亚马孙河豚亲密无间，一起玩耍

天气一会儿烈日炎炎，一会儿大雨滂沱，反复不断，这就是热带雨林的特点。在水热丰富的环境中，这片土地上的植物自由生长，竞争能力强的得以长成大树，能力差的，得不到足够的阳光，失去发展的活力。

下午4点，大巴车来到亚马孙河南岸的一处渡口，河对面就是马瑙斯。然而，经过26个小时的颠簸，这辆大巴车再也开不动了，抛锚在河边。

我拿上背包和其他乘客一起来到汽渡旁边的快艇码头，花了11雷亚尔（22元人民币）买了张船票。满载乘客的快艇，开足马力，向亚马孙河北岸高速驶去，船头高高翘起，后面卷起黄色的浪花。

不一会儿河水变成了可乐一样的黑色，我立刻想到这里是马瑙斯黑白河交汇处，这是一处著名的旅游景点，没想到今天顺带游览了一番。之所以会形成黑白河景观，是由于北面的内格罗河流经人迹罕至的原始森林，水中富含腐殖质，使河水呈现可乐一般的颜色，所以又称"黑河"。亚马孙河干流发源于

在亚马孙热带雨林中，我看到生长在这里的珍贵猴子

安第斯山脉，上游的冰雪融水落差大，沿途携带有泥沙，形成了浅黄色的"白河"。这一黑一白两条河流在马瑙斯相汇，由于流速相对平稳，一时相汇不相融，形成黑白并流的奇观。中国也有类似的景观，成语"泾渭分明"说的就是这种奇观。

这次全程走过BR319国道，才知道这是巴西最烂、最慢、最寂寞、最狂野、最纯净的公路。

穿越亚马孙河下游

第一航行日

马瑙斯被称为"亚马孙心脏"，这里对外交通根本就不指望BR319国道，主要靠航空和水路。每天有很多航班往来巴西各地和国外，机票也不算贵。这里水上运输非常发达，费用低廉，是当地人习惯的出行方式。

按照计划我将从马瑙斯乘船沿水路前往亚马孙河入海口城市贝伦，完成穿越整个亚马孙河的目标。

我来到靠近河边的马瑙斯大市场，这里有个游客信息中心，我把用葡萄牙文写的购买船票信息拿给服务员看，她非常热情，立刻带着我向河边走去。

我俩来到亚马孙河码头附近，这里没有想象中的售票大厅，靠河边的人行道上有七八个撑着大伞销售船票的摊位，与我想象的售票处完全两样。这里的水上运输完全是自由经济，各船家独立经营，各自摆摊售票，连个简易的候船室都没有。

服务员带我来到售卖贝伦船票的摊位，吊床票每人300雷亚尔（600元人民币，吊床自备），舱房票1000雷亚尔（2000元人民币）。陆路穿越亚马孙河上中游，让我吃尽苦头，所以我包下有上下铺的舱房。

马瑙斯是个水运之都，交通运输主要靠船，这里多数客船档次不高，不够舒适

这里售卖船票采用传统的手工填写方式，没有网上售票，信用卡无法使用，更别说手机支付了。这里的水运交通相对比较落后，当地人依然延续着传统的生活与出行方式。

河边趸船两边停满了客船，旅客们忙着上下船。河滩上是一个鱼市场，刚捕获不久的鲜鱼被当地人用小船运到这里售卖。只是卖的人多，买的人少，因为这里的鱼太多了。

登船后，办理简单手续，领取房间钥匙。来到舱房一看，比我想象得要差很多，这是个只有4平方米的铁屋子，有上下两张铺，没有卫生间，没有自来水，吃喝拉撒洗与吊床同样待遇。床上只有床单和枕头，连盖的单子都没有。好在有一台格力空调，使得这个狭小的铁屋子有了一点"档次"。

这艘船不大，长约40米，共有4层。最底层是轮机舱；第二层是主甲板，

刚刚捕获的亚马孙河鱼又大又新鲜，只是买的人不多，巴西人喜欢吃鸡肉和牛肉

这一层堆满各种货物，包括汽车、摩托车、各种建材等；第三层客舱层，前面是数量不多的舱室，后面是很大的吊床大厅，里面挂满了吊床，配有两台空调，后面是餐厅；第四层也是客舱层，只不过该层是敞开的，依靠自然通风。

中午12点，客船起航，向着亚马孙河下游驶去，历时5天的亚马孙河水上之旅就此开始。

行至马瑙斯港区，这里有着世界上最长的浮式码头，以适应水位的变化。当下只有两艘船靠泊，多数泊位空着。

回到我的小铁屋，想睡上一觉，没有盖的，我就把上层的床单拿下来盖，条件差我也能凑合，总比连续4天睡吊床要舒服些。

晚餐时间我来到餐厅，吃晚饭的人寥寥无几。我花15雷亚尔（30元人民币）买了一份炸鸡块和米饭，又贵又不好吃。好在船上有直饮水供应，不用花钱买饮用水。

从马瑙斯到贝伦客船的舱房，设施非常简陋，比起睡在吊床上要自在一些

天黑尽了，河面上什么也看不见，客船进入夜航。水面上连个航标灯也没有，一片漆黑，河上行船靠的是导航仪。船上有一个大的探照打，不时开启照亮前方，为的是发现水上大型漂浮物，以便及时避让。

第二航行日

早上，我来到餐厅一看，没有什么人，船上多数旅客都是自带食物，我只好先饿着。我看了一下手机上的离线地图，前方不远处就是较大的城镇帕林廷斯，停靠码头时可以买些吃的东西。

我来到客船最顶上的平台，此时没有赤道附近强烈的阳光照射，客船行进产生的风吹在身上非常舒爽。在地球之肺的中心地带，空气十分清新，没有一丝污染。宽阔的河面上，目所能及的地方只有我们这一艘船在航行。

上午9点，客船停靠帕林廷斯，一靠岸码头上的商贩拿着各种食物向旅客

每当客船停靠码头时，小商贩就向旅客售卖各种食物，用长长的竹竿收钱

售卖。我花了20雷亚尔（40元人民币）买了两份盒饭。这盒饭与昨晚在船上吃的几乎一模一样：鸡肉、米饭、面条、黄豆等，口味比船上好点，而且便宜。船上许多人都买了岸上的餐食，这样船上的餐厅就更没生意了。

客船正在河中航行，只见一条小船靠了上来，这可不是海盗，而是客船有意放慢速度方便小船并靠。原来小船上载满了一箱箱亚马孙河鱼，转到大船上运往别的地方销售。小船上七八个壮汉，费了很大劲才把一箱箱鱼搬到大船上。他们单独拎着一条漂亮的大鱼，看来是送给船长的。

中午12点，天气晴朗起来，这是来到马瑙斯以来难得一见的晴好天气，蓝天、白云、黄水、绿岸，这些色彩搭配在一起非常好看。我来到船头，这里已经坐了不少人，迎着扑面而来的河风，观赏美丽的河景，呼吸着新鲜的空气，成为航行中难得的享受。

天气很好，阳光明媚，但并不炎热，在舱室里不需要开空调，这得益于

我乘坐的客船航行在亚马孙河上

亚马孙河庞大的水系和广袤的热带雨林，太阳辐射的热量大部分都被吸收了，所以这里没有33摄氏度以上的高温天气，只要空气湿度低一点就会感到比较舒适。

船上洗脸刷牙用的水、淋浴用的水、冲厕所的水全部从河里抽取，不进行过滤直接使用，看上去与河水颜色一样。我使用直饮水刷牙，不少人直接用抽上来的河水刷牙。

船上的厕所采取直排入河的方式，这样理论上船上使用的自来水是含有排泄物的水，只不过含量极低，可以忽略。我国长江上已经实现了"船舶生活污水零排放全接收"，全部污水转送到岸上进行处理，这样可以保护长江水质。亚马孙河由于流量巨大，直排尚未影响总体水质，但显得不够环保。

午夜12点，客船停靠在亚马孙河下游重要城市圣塔伦。我走出舱房，想看看市景，可是码头附近冷冷清清，全无城市景象。

第三航行日

早上走出舱室向外一看，客船仍然停泊在码头上，原来客船一整夜没挪窝，仍然停靠在圣塔伦。客船出故障了吗？一时搞不清楚。

我问船员，他告诉我："船停在这里是等待货物和乘客。"圣塔轮是一个比较大的城市，船运公司为了经济效益，尽可能满载航行，所以不惜长时间等待。

我问："这船什么时间开？"他在我手上写出"11"字样。我又问："我可以到城里转一圈吗？"他说："没问题。"这下我高兴起来，心想你们爱怎么停就怎么停吧。我原先曾想过到圣塔伦停留一下，游览一番，考虑到反复上下船比较麻烦，就放弃了。这下游览圣塔伦的机会来了，而且没有重新乘船的麻烦。

我立刻下船，开始圣塔伦半日游。走到街上由于没有手机导航，不知城市中心在哪里，也不知有多远。这时来了辆摩的，我与司机说好5雷亚尔（10块钱）到市中心。这样我坐车去，然后一路走回来，既节省体力，又可以游览路上的景色。

摩托车载着我来到这座城市教堂前面的广场，这里是市中心。我在街上买了蛋糕和酸奶，算是一顿早餐，然后抓紧时间游览。

这里的街道不宽，到处都是商铺，对于当地人来说，要想富，开商铺，因为在亚马孙热带雨林地区工业企业非常少。

圣塔伦地处塔帕若斯河与亚马孙河的交汇处，塔帕若斯河水质清澈，在汇入亚马孙河时，形成"清白并流"的景象，我乘坐的客船就停泊在清水区域。

这是一个主要依靠水上运输的城市，我来到客船密集的码头。这里的客船普遍要小一些，主要往返于圣塔伦周边地区。人们上上下下，往返于船岸之间，搬运着各种生活物品和货物，一派水上生活风情。这里的河滩是洁净的沙滩，清澈的河水一波一波拍打着河岸。

离市中心不远处有一个旅游码头，有信息中心和旅游纪念品商店。这里展示周边亚马孙河支流上的一些旅游景点，因为河水清澈，有点像海滩，只是没

每到黄昏，听着船尾播放的音乐，观赏河上落日，这是一天中最舒适、最浪漫的时候

时间到这些景点去看看。专程到圣塔伦来的游客很少，大部分游客都给亚马孙河上游或马瑙斯吸引去了，忽略了这边的美景。

往回走的路上，我路过圣塔伦城市博物馆，顺便进去参观一番。这里免门票，只是这个博物馆很小，门厅展示的是圣塔伦历任领导者的照片。还展示了这里发现的古代石制工具、陶瓷制品、工艺美术品、艺术画作，以及亚马孙河里巨大的河鲸骨骼，成为这里的一个亮点。

回到船上，我决定趁着河水清澈洗个澡，不然离开这里水又要发黄了。船上的洗澡水只有凉水，相当于大家都在河里洗澡，当地人早已习以为常，不论男女老幼。外来者特别是女士可能会感到不适应，其实，热带地区的河水并不太凉，既然来到亚马孙只能入乡随俗。

晚上，夜航中的客船上一片寂静，我暂时还不想睡，来到空无一人的船头。此时，四周一片黑暗，每隔一段时间探照灯便会亮起，打出一束强光，灭灯后又是一片黑暗世界。

在探照灯开启的时候，我发现奇特的景象：河面上有许多类似海鸥的鸟在水上过夜，而一般鸟类都是在陆地上或树上过夜。当探照灯照射到它们时，它们受到惊吓四处躲避。这些鸟真会找地方睡觉，河面上又安静，又宽敞，又安全，即使被河水带到远方也无妨。看来它们非常适应这里的生存环境，过得自由自在、无忧无虑。

没有月光的夜晚，渺无人烟的热带雨林，河面一片漆黑，天空中点点繁星尽显光芒，长长的银河清晰可见，这可是海拔不足百米的地方。

在空气清新的亚马孙河上，能够看到如此美丽的星空令人兴奋。虽然我已经有了睡意，但依然流连在船头观赏星空，不冷不热，轻风吹拂，伴有行船中产生的浪花声，令人陶醉。

第四航行日

早上起来，客船航行在宽阔的河面上。

我想看一下手机上的离线谷歌地图，确定航行位置，可是离线地图消失

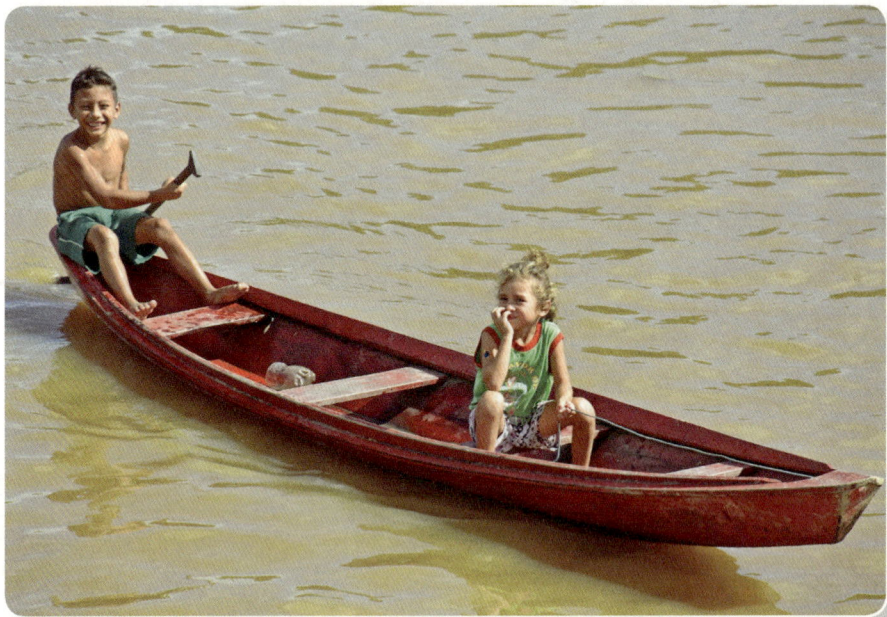

生活在巴西亚马孙热带雨林地区的孩子，喜欢划船玩，以此为乐

了，再也无法定位。

航行在亚马孙河上，我发现时间产生离奇的变化，我有三个计时工具：一个电子手表，两个手机，它们三者之间产生奇怪的差异，相互间相差六七分钟，之前它们都很准确，误差以秒计，可能是由于无法接收到信号所致。

当下处于无网络、无手机信号、无离线地图、无法定位、无准确时间的状态，与外界完全隔绝。

中午，当我听到外面的声音发生变化时，出去一看，客船已经驶离亚马孙河干流，拐进通往贝伦的狭窄水道。这条水道宽度只有150—200米，地图上很难找到。两岸是茂密的热带雨林，如同欣赏一幅移动的画卷。

河道两边有不少民居，还有小教堂。这里对外交通全靠各家的船只，男女老幼都会划船，小船成为孩子们的玩具。孩子们划着小船在河中飘荡，没人担心他们会被淹死。

居住在热带雨林的当地人，拥有取之不尽的河水，拥有广袤的森林，但是森林不能轻易砍伐。当地没有种植业，没有多少经济收益，森林的主要作用就是"地球的肺"。因此，人们守着富饶过着清贫的日子。为了摆脱贫困，当地人有着谋生之道：驾驶小船快速靠上客船，然后登船售卖食品。他们动作敏捷，男人、女人，甚至是孩子都能轻松登上大船。卖完东西后，他们解开拴在客船上的绳子，乘上小船轻松而归。

这里还有一种景象：当客船通过水道时，两边人家的小孩会熟练地划着小船，向大船驶来，有的离大船非常近。看多了我才知道他们有两个目的：一是来冲浪，寻求被波浪抛起抛落的快乐；二是靠近大船，讨要一些吃的东西。这里的孩子太寂寞了，周围的密林阻挡了他们接触外面的世界。

晚上7点，客船驶进更窄的水道，河道的宽度大约50米，只是天色已晚，看不清两岸的景色。黑暗中，蛙声与蟋蟀的叫声清晰可闻，客船产生的波浪拍打着两岸。

第五航行日

早上天气阴沉，船甲板上到处是积水，看来昨夜下了不少雨。

我在船尾小卖部买了一碗方便面，这是船上最后一顿早餐。我估计中午1点左右能到达贝伦，这样就可以到市内餐馆吃午饭，改善一下餐食。

上午来到船头，迎着凉爽的河风继续欣赏河景，此时的河面又变得非常开阔，这里距离河流入海口已经不远了。贝伦这边的河流已经不属于亚马孙河干流，河水明显要清澈一些，泥沙含量很少。

我来到位于上层最前面的驾驶室，向里望去，只有一个人驾驶着客船。驾驶台上有个小型导航仪，帮助驾驶人员很方便地确定行驶方向和线路，使驾驶轮船变得非常轻松。

这艘客船正常情况下可搭载150多名乘客，装载的货物数量非常大。船上150名乘客中，像我这样的游客大约有十几个，其中有一个韩国人，在亚马孙河上很难见到中国人。

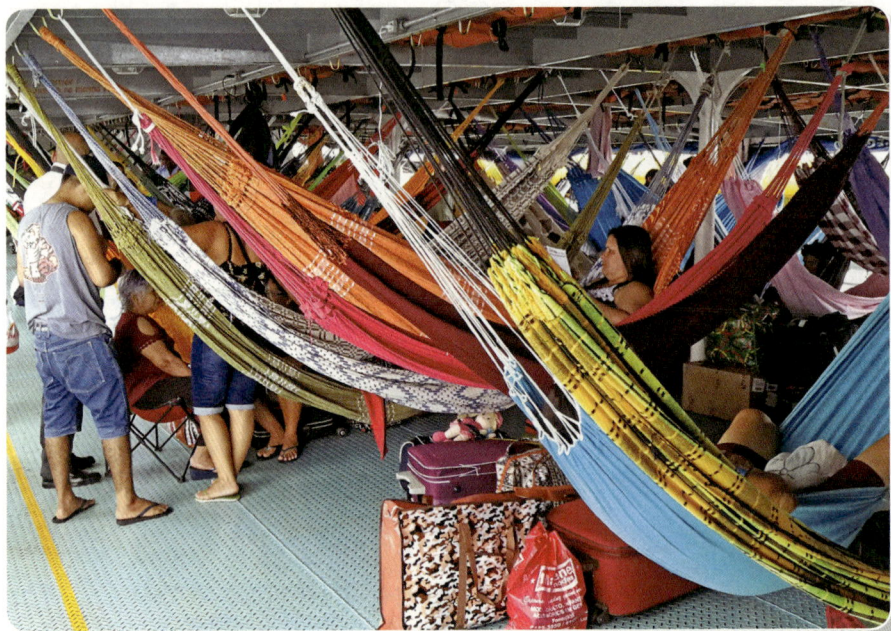

在亚马孙河上旅行的乘客需要自带吊床，以此度过漫长的河上之旅

下午1点，已经能够远远地望见贝伦，远看高楼大厦非常密集，像个现代化大城市的样子。船上的旅客都挺高兴，纷纷站在甲板上，远望着即将到达的目的地。随着客船越来越接近贝伦，反而没有之前那么漂亮，没有了大城市的气势。

下午2点，我们的船终于靠上码头，从而结束了亚马孙河下游漫长的旅程。从马瑙斯开船的时刻算起，整整四天四夜零一个半小时，绝对称得上慢船。虽然这四天四夜吃了不少辛苦，但收获丰厚，观赏到许许多多的美景，令人印象深刻。此时，就要离开这艘客船，还有一些留恋。

我觉得，只有从头到尾全程穿越亚马孙河，才能感受到世界第一大河的壮美，才能领略"地球之肺"的博大胸襟。这一次我做到了，成为永久的记忆。

参观伊泰普水电站

我来到巴西的伊瓜苏，这里有世界著名的伊泰普水电站。

来到伊泰普水电站景区，我买了一张特别参观票，之所以特别就是能够进入水电站内部，参观巨大的发电厂厂房、内部发电设施和控制室，票价82雷亚尔（162元人民币）。我以前从事交通工程相关工作，也喜欢水电工程，今天一整天就泡在这里。

首先来到展示馆，这里通过照片、模型和实物介绍了伊泰普水电站的建设过程。这里列出了来自世界上203个国家的游客到此参观的人数，截至2017年6月，来此参观的中国游客有18万余人。参观实景之前还要看一部短片，主要介绍伊泰普水电站的建设过程和建成后产生的综合效益。

伊泰普水电站位于巴西与巴拉圭之间的界河巴拉那河（世界第五大河，年

作为工程师我喜欢参观工程建设项目，能够参观伊泰普这个世界级水电站机会难得

径流量7250亿立方米）上，是世界上第二大水电站，1975年由巴西与巴拉圭合资建设，发电机组和发电量两国均分。伊泰普水电站的建成为巴西提供了大量的清洁能源，同时满足了巴拉圭全部的电力需求。

伊泰普水电站总装机容量为1400万千瓦，大坝全长7744米，坝高196米，库容290亿立方米。中国三峡水电站是世界上最大的水电站，大坝全长2308米，坝高185米，总装机容量为2250万千瓦，库容400亿立方米。

伊泰普水电站历史上发电量最高的年份是2013年，发电量达986.3亿度，当时成为世界上发电量最多的水电站。三峡电站2014年发电量为988亿度，创下了世界水力发电记录。这两个水电站所起的作用并不相同，三峡电站兼具防洪、发电、航运等作用，每年汛期到来前会降低水位，腾出库容，这样会大大减少发电量。而伊泰普水电站主要作用就是发电，水位常年维持在最高水平，这样发电效率非常高。虽然伊泰普水电站装机容量比三峡电站小得多，却一直

伊泰普水电站大坝内部厂房，三峡大坝后来居上，其规模比这里还要大

是世界水力发电的冠军，即使是亚军，也是发电效率之王。

经过安检后，我登上了旅游观光车。在导游的带领下，首先来到坝前平台，14道白色巨型引水管一线排开，我用手触摸后感到整体在颤动，里面是高速高压水流，直接冲向下方巨大的水轮机。

来到大坝内部，这是一个巨大的混凝土建筑，如同超级宫殿一般，往上看高耸，往下看深渊，不得不佩服人类的建造能力。这个大坝建成的时候，三峡大坝还未开工。

进入电站的核心区域——中央控制大厅，可以看到整个中央控制室里的工作情况，电站的每个细节都能观察到，这是我们今天所能看到的最大亮点。三峡大坝别说是中央控制室，就是大坝内部想进去参观都比较困难。

乘电梯下到发电机大厅，这里是整个水电站最大的坝内厂房，又高又宽又长，如此巨大却空无一人。继续乘坐电梯，下到水轮机房，巨大的噪音和震颤

伊泰普水电站中央控制大厅，工作人员监控着整个水电站的安全运行

使说话的声音都听不清。巨大的水轮机轴强有力地旋转着，将动力传给上方的发电机。

我们乘上双层观光车，来到泄洪坝对面。此时，14孔的泄洪坝开启了6孔，无法利用的河水，从泄洪孔宣泄而下，形成了气势磅礴的人造瀑布，如果泄洪孔全部打开，将会更加壮观。

观光车载着我们开上了大坝的坝顶，一路驶过7700米长的大坝。北面是宽阔的人工湖，下方是巍峨的大坝，南面是流向远方的巴拉那河。

一天的参观游览圆满结束，对我来说那可是满载而归。

中国在长江上游建设了一连串的梯级电站，成为世界上最大的清洁能源走廊。其中，2022年建成的白鹤滩水电站，总装机容量1600万千瓦，成为世界上第二大水电站，伊泰普水电站又降了一位，名列第三。中国在世界水电建设方面那是真牛！

旋转着的水轮发电机机轴传递着强大的动力，水轮机在下方，发电机在上方

游览世界七大奇迹之基督像

凡是来到巴西里约热内卢的游客，应该去观赏一下世界新七大奇迹之一的基督像。

基督像又称救世基督像，是一座具有艺术风格的大型基督雕像，位于里约科科瓦多山（又叫基督山）710米的山尖上。该雕像高38米，张开的双手宽28米，重1145吨，1931年建成。如今，基督像已成为里约热内卢的象征和标志。

早上，我按照谷歌地图提供的交通信息，来到离酒店一个街区的乘车点。这里并没有公交站牌，我询问街边小店的老板，他热心地用纸条给我写明去基督山的下车地点，并告知我注意手机，别给人抢走。我表示感谢，同时也对这里的社会治安感到愤懑和无可奈何。过了一会儿，7路车来了，老板特意从店里出来示意我上车，我再次向他表示感谢，不管走到哪里，好人总比坏人多。

在风土人情浓烈的城市萨尔瓦多，感受巴西的夜生活，欣赏热情奔放的歌舞

这是一辆比较小的巴士，车票3.4雷亚尔（7元人民币）。这辆车行驶没多久，就拐上了上山的道路。山路弯弯曲曲，有些路面是以前用块石铺筑的，街道两边是传统的葡式建筑。随着高度的增加，山坡上出现了成片的贫民区，大部分是用红砖和水泥建成的房屋。在里约市区，类似这样的贫民区非常多，不时显现在道路两侧，这种场景容易使人联想到抢劫。巴西没有外部威胁，不需要较大的军费投入，自然资源又那么丰富，在消除贫困方面应该比中国容易得多。然而，由于体制等问题，巴西在减贫方面难以取得较大成效。

在通向基督山的岔路口，巴士司机让我下车，并指了指通往山上的道路。此时天气并不热，我决定步行上山。走在雨后满是密林的山路上，空气非常清新，并带着植物的芳香。

盘山路上一些自行车爱好者向山上骑行，步行上山的只有我一个人。我担心贫民区有人趁人少抢劫我，转念一想劫匪哪有像我这么勤快早起的。我不停地走着，虽然有些累，有些热，但一直没有停下来。行走了大约45分钟，上行了大约4公里，8点到达公园门口。

我花了42雷亚尔（84元人民币）买了一张门票，然后乘上公园的旅行车，继续向山顶开去，我们几乎是今天第一批游客。

虽然是阴天，但能见度很好，从700多米高的山顶可以看到里约热内卢的全貌，这时才能真正感受到里约之美。里约南面是一望无际的大西洋，一个优良的海湾为里约提供了天然良港，这是世界三大天然良港之一。整座城市依山临海，许多山非常陡峭，形态峻美。城在山中，山在城内，山海交融，优美的自然风光与人文景观在这里融为一体。

我仔细观赏基督像的建筑和艺术之美，欣赏这座世界闻名的纪念雕像，感受巴西文化。能够来到里约并徒步登上基督山，对于中国人来说真不容易，比去一趟欧美还要困难。今天怀着游遍世界新七大奇迹的愿望，走了一段长长的山路，够执着的。

上山并未感到很累，我决定步行下山。一路上仍然没有见到步行的人，骑自行车的倒不少。路上见到了长尾猴和长鼻浣熊，长尾猴的高空跳跃确实精彩。我还见识到了一只漂亮的虫子，热带的山林动植物真是种类丰富。

下山后我乘坐7路公交车，原路返回酒店，这样往返交通费一共花了6.8雷亚尔（13.5元人民币），有游客包车上基督山花了160雷亚尔（320元人民币），我连它的零头都不到。

亚马孙盆地门户城市贝伦

贝伦是巴西北部最大的港口城市，距大西洋有130多公里，是进入亚马孙盆地的门户。这里靠近赤道，地势低洼，终年高温多雨。

维拉佩索市场是贝伦的一张名片，历史悠久，现在依然是贝伦最热闹、最有特色、商品最齐全的集市。当你来到这里，满眼是人流，到处是商铺，商品五花八门，多为当地特产。

这里有众多的小吃摊点，能品尝到当地的风味小吃，如炸鱼、烤肉，还有用亚马孙原产植物果实做成的冰激凌和果汁等，令人眼花缭乱。我不敢品尝，只是看看热闹。

这个市场最有特色的应该是鱼市，因为地处亚马孙河入海口，所以这里既有海鲜又有河鲜。

贝伦的魅力在于早上和晚上。从5点开始，位于河边上的维罗佩索鱼市就开始热闹起来，来自亚马孙河或大西洋上的渔船纷纷在此卸货，各种海鲜和河鲜被摆上鱼市摊位。还有大量水产品被装箱，压上冰块，由卡车运往巴西各地。

我走进室内的鱼市场，虽然已经过了高峰时间，但仍然能看到琳琅满目的水产品，要想区分海鲜还是河鲜可不那么容易，需要仔细看。这里的鱼又大又新鲜，非常诱人，有许多鱼被加工成净鱼肉冷冻后出售。在这里想买什么鱼，想买什么部位都有。

鱼市外面停着一些渔船，由于落潮许多船只已经搁浅，渔民等待涨潮后再离去。这里成了鸟的天堂，最多的是大白鹭，它们在这里很容易找到食物。它们不怕人，游走于船、车、人之中，给这里增添了一道风景。

行走在巴西，葡萄牙语一窍不通，吃饭点菜成了难题，好在巴西有独特的自助餐，俗称"公斤饭"。这种大众化餐食，巴西各地都有，自己取好盘子，选择喜爱的食物，然后称重计费。有些菜品味道挺好，口味与中餐差不多，而且便宜，我是巴西自助餐的常客。

中午，我来到市内一家自助餐馆吃公斤饭，一餐饭25雷亚尔（50元人民币），好吃不贵。吃完饭又在街上花2雷亚尔买了一个冰镇椰子，湿热的天气喝下冰凉的鲜椰汁，那叫一个舒服。

下午，首先游览位于河边的卡斯特洛城堡，门票4雷亚尔（8元人民币）。这里不仅是贝伦最古老的建筑，也是贝伦发展的起源，也就是先有城堡，后有贝伦城，因此有着"贝伦建城纪念碑"的称号。

贝伦码头上有许多大白鹭，它们也是这里的主人，游走在人、车、船之间

城堡周围集中了贝伦最具代表性的一批古老建筑，其中有葡萄牙风格的市政厅、大主教教堂、英国风格的大钟广场、现代美术馆等。这些建筑风格各异，大多保存完好，成为亚马孙地区和巴西东北部的历史和文化遗产。

我被这里的临河风景所吸引，巨大的古树下有着很大一片阴凉地，配有长椅。这是一个多么好的乘凉、休息、观景的地方啊！我坐在这里，边赏风景边休息。河风吹在身上真舒服，比在空调房里还要舒坦，看着往来的船只更是悠闲自得。河边停着一艘巴西军舰，有士兵在上面站岗。一开始我不敢对着军舰拍照，当看到当地人就在军舰旁边拍照时，我才放下心来。巴西与邻国没有纷争，没有别国威胁，几乎不打仗，所以军事设施不敏感。

来到市中心，遇到一个大型超市，我进去一看也有自助餐，还有许多水果。我拿个盘子只选各色水果，在有空调的室内，吃着各种新鲜水果，那叫一

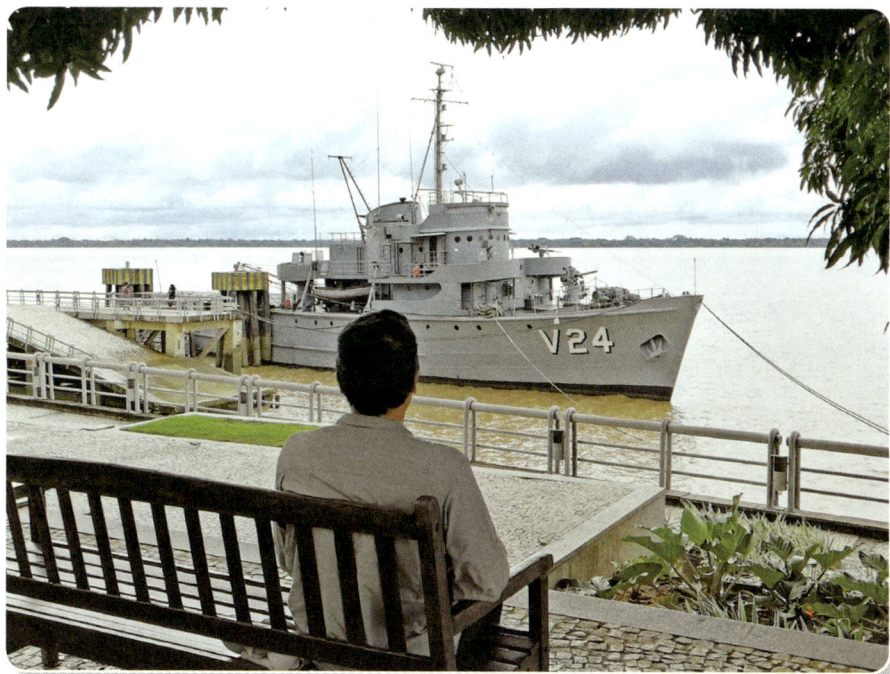

贝伦位于巴西东北部帕拉河畔，是沿水路进入神奇的亚马孙热带雨林腹地的门户

个舒爽，神仙过的日子不过如此。如果我没有经过室外长时间行走，就没有这种感受，舒乐需要辛苦来衬托才能充分体验到。

我来到位于市中心的共和国广场，贝伦的和平大剧院，就位于这里。该剧院于1874年建成，当时属于世界一流的大剧院，许多欧美著名艺术家都曾受邀到此演出。随着世界汽车工业的兴起，人们对天然橡胶的需求量猛增，于是欧美橡胶商人纷纷来到亚马孙采购橡胶，从事橡胶贸易，贝伦由此成为世界橡胶的集散地。

靠橡胶业暴富起来的商人，花巨资从欧洲进口大量的建筑材料，修建豪华住宅，现在广场上还能看到这些精美的建筑。

这个广场如同城市公园，周围是现代化高层建筑，广场内大树参天，绿草如茵，花卉盛开，许多美女雕像与西式亭台分布其中，是一个既漂亮又有艺术内涵的公园，为贝伦增色不少。

巴西首都世界文化遗产

我来到巴西首都巴西利亚，走出机场，按照指示标志很快找到机场大巴车站，花了12雷亚尔（24元人民币），坐车来到市中心。一路上感受到这座城市的独特：马路宽阔，建有许多结合地形的立交桥，道路中央和网边到处是绿树和草坪，稀疏的建筑位于绿色之中，非常整洁有序。

巴西利亚位于海拔1100米的巴西中部高原，虽然今晚多云没有晚霞，但高原的夜色格外美。我站在立交桥上注视着往来的车流，感受这座城市独特的美景。

晚上预订了一家五星级酒店，不是我奢侈，而是便宜一点的酒店均远离市中心，往返市中心需要耗费时间，吃饭游览均不方便。这里的五星级酒店并不算贵，每晚380元人民币，性价比高，就算对我前几天在亚马孙河上睡铁屋子的补偿吧。这家酒店的客房确实不错，设施非常好。

巴西首都是一座年轻的现代化城市，与我的年龄差不多，自1956年开始，用三年多时间在一片荒野上建造起来。这里没有大都市的繁华与喧闹，充满着现代理念的城市格局，有着别致的建筑以及寓意丰富的艺术雕塑。1987年，巴西利亚被联合国教科文组织确定为人类文化遗产。

这座城市按照飞机形态布局："机头"位置是三权广场，即议会、法院和总统府的所在地；机身是一条8公里长、250米宽的主干道，其中"前仓"是政府各部门，分两侧排列在主干道两边；"后舱"是文教区、体育城、国家剧院、电视塔等建筑；"机尾"是为首都服务的工业区；"机翼"是居民住宅街区。

我首先来到"机身"与"机翼"交叉的城市中心位置，在汽车站附近的餐厅吃午饭。这里有两家自助餐厅，昨晚去了一家，今天换到另一家，感觉都不错，好吃不贵。

当我走到图书馆前的大草坪时，突然草地上一声鸟叫，吓了我一跳。原来草地上一只大鸟在孵蛋，它看我快要踩到它，所以发出了叫声。怎么把蛋下到

巴西首都巴西利亚的生态环境非常好，这只大鸟把孵蛋的地方选在了图书馆旁边

这里啦？怎么在这里孵蛋呢？哪里孵蛋不比这里好啊！我想给它拍照，一接近它就叫，它想飞但又不能离开蛋。我只好安慰它："别怕，我只是给你拍张照片，不会影响你孵蛋。"

巴西国家博物馆像一个半圆的球壳扣在地上，这里免门票，参观的人不多。我进去参观一番，里面展出的是摄影、绘画、美术工艺品等，喜欢艺术的人会有所收获。

我继续向"机头"方向走去，来到巴西利亚天主教座堂。由于附近是大面积草坪，比较空旷，所以整个建筑显得比较小，不够宏伟。进入内部才感觉这座教堂大而美，锥形的屋顶布有彩色玻璃，光线透射进来显得很漂亮。

巴西议会大厦由两座28层大楼组成，大楼两侧的裙楼上有两座巨碗形的半球建筑，众议院是个朝上的"大碗"，象征"广纳民意"；参议院是个倒扣的"大碗"，象征"集中民意"，与我国的民主集中制是何等的相似。

巴西首都巴西利亚天主教座堂，这座城市显得很空旷，是在一片荒野中建造的城市

参观议会不需要任何证件，而且免费，进入时只需安检。当工作人员得知我不懂葡萄牙语时，专门安排了一位英语讲解员全程陪同参观。这让我有些不好意思，我不习惯这种一对一的礼宾待遇，有些内容我也听不懂，麻烦人家说了那么多。我先后参观了接待大厅、参议院的会议室，欣赏了各国送给巴西的礼物，其中就有中国赠送的珍贵艺术品。

来到巴西遇上狂欢节

早上睡到自然醒，五星级酒店确实舒服。我来到酒店自助餐厅，早餐如网上评价的那样棒，尤其是水果种类丰富，切成片整齐地摆放在盘子里，不带边边角角，都是成熟的果肉。我吃了许多水果，旅途中主要靠水果来补充维生素。

餐厅服务员告诉我：周末这里连续三天举行狂欢节，他给了我一本介绍狂欢节活动的小册子。我一看全是葡萄牙文，看起来太费劲，只能看看图片。这次有幸在快要离开巴西时，不经意遇上巴西狂欢节，可以感受一番狂欢节氛围，体验异域风情。

巴西狂欢节是世界上最大的狂欢节，有世界上最伟大的表演之称。每年2月中旬或下旬举行三天，今年从2月10日开始，正好让我赶上。狂欢节在巴西的许多城市举行，以里约热内卢狂欢节最为著名，规模最大。其实，每个地方的狂欢节各有特色。

我来到巴西利亚文化中心附近的广场，这里停着许多大型狂欢节彩车。我正在对着彩车拍照时，车上热情的巴西人主动喊我上去参观。车上有许多音响、鼓乐和照明设备，待到傍晚狂欢节游行时，在主持人的召唤下，车上的鼓手敲出震耳欲聋的欢乐鼓点，歌手引吭高歌，桑巴小姐跳起欢快的桑巴舞。

参观狂欢节的年轻人，三五成群地陆陆续续来到这里。在狂欢节正式开始前，许多人开始预热：身戴女人塑料前胸的男士，骑着自行车在人群中穿来穿去，彰显着自己，寻找快乐；脚踏滑板的人自由地穿梭，享受自由自在的快乐；许多人摆出各种姿势，让我给他们拍照，展现他们的欢乐之情；女孩子们不断扭着屁股，体验着桑巴舞的乐趣……

下午5点，彩车上的主持人不断通过高音喇叭发出召唤，现场的人群随着鼓乐声欢快地载歌载舞，开始了狂欢游行的序曲。人们随着舞台上的歌舞节奏，一起扭动着腰身，边唱边跳边喝边聊边闹。在这里要想见识接吻太容易了，有男女接吻，男男接吻，还有女女接吻，整个是一片喧嚣的海洋。

在巴西狂欢节上，女性化的狂热程度可以说在世界上都是独一无二的，许多男人把自己打扮成女性的样貌：有穿各种女士裙子的，还有穿三点式内衣的，竭尽女人的装扮。还有袒胸露背的、奇装异服的、戴着浴帽腰上围着浴巾的，尽情地搞笑。

由于我已经买好机票，不能全程观赏，当晚飞往巴西的圣保罗，可以接着观赏圣保罗的狂欢节。

在巴西首都举行的狂欢节上，能看到许多有趣的场面，当地人用各种方式搞怪

圣保罗是巴西最大的城市，也是南美洲最繁华最富裕的城市。

上午，我在繁华的市中心闲逛，感受这座大都会的风采。我穿过市中心的几条街区，这里有许多超高层建筑，显示出繁华景象。这座南美洲现代化城市规模非常大，宽阔的马路上车水马龙，纵横交错的街道密如蛛网。

我来到圣保罗主教座堂，这是南美洲最大的教堂之一，是一座典型的哥特式建筑，高大、宏伟、精致、华丽。教堂正门广场上两排高大挺拔的椰树非常漂亮，为建筑增色不少。只是四周流浪者太多，有的席地而坐，有的躺着，有的在喷泉池边洗澡，确实有碍观瞻。

下午，我向狂欢节所在的大街走去。在主城区的一条街道上，交通全部封闭，人行道上摆起了隔离栏，傍晚狂欢节游行就在这条街上进行。道路沿线专门安装了照明灯和音响设备，还有为狂欢节评委们搭建的台子。

巴西首都巴西利亚，孕妇也赶来参加狂欢节，可见狂欢节的魅力

年轻人是巴西狂欢节的绝对主力，只要我朝着他们举起相机，他们就会摆出各种姿势

晚上六点半狂欢节游行正式开始，一队队身着奇装异服的人，在彩车的引导下，在鼓乐声中载歌载舞地穿行在大街上，吸引了许多市民前来观赏。

在狂欢节游行队伍里，不分贫穷和富有，不分尊贵与卑微，人们尽情地唱歌跳舞，忘却平庸生活带来的烦恼。人们期待浪漫，期待激情，尽情地表现。狂欢节使人们得到放松，释放生活中的压力，借此张扬宣泄一番，得到快乐的同时，一切都是那么爽。

大西洋上旷世美景胜地

我从巴西大陆乘飞机来到位于大西洋上的费尔南多·迪诺罗尼亚岛，该岛西距巴西大陆350公里，属于世界自然遗产地。

该岛任何时候都限制登岛人数，每天就那么几个航班，因此机票比较贵。

以飞鸟的视角俯瞰大西洋上的小船，海鸟并不介意和它一起"飞行"

进入该岛像入境另外一个国家似的，先填表格，然后核实信息，交纳520元人民币的环境保护费。没办法，谁让这里漂亮呢。

此时的费尔南多·迪诺罗尼亚岛正值旱季，放眼望去能看到许多秃枝干草，许多道路是坑洼不平的黄土路，令人怀疑这就是旷世美景胜地？当我来到海边时，才感受到令人震撼的美景：这里的海滩保持着原始的纯净，看不到一点人类污染的痕迹，清澈的海水闻不到一点海腥味儿，海洋动物与鸟类非常丰富，比较容易观赏到它们。

被称为最值得一去的全球旷世美景胜地费尔南多·迪诺罗尼亚岛，是一座火山岛，是南大西洋海底山脉露出来的山峰，只是这个山峰面积大了点。这里有16个海滩，金黄色的沙滩，碧蓝的海水清澈透明，能见度达40米，是浮潜、游泳和冲浪的好地方。

岛上动植物丰富，陆地上有仙人掌科耐旱植物；岩石海岸上到处是鲜艳的

费尔南多·迪诺罗尼亚岛保持着原始状态，海浪清澈，沙滩上没有一丝人类污染

费尔南多·迪诺罗尼亚岛的海岸上可以见到色彩鲜艳的螃蟹，只是它们个头不大

螃蟹，它们爬上爬下；海岸上空盘旋着各种海鸟，寻觅着海中的食物，不时出现垂直入水抓鱼的场面；海岸悬崖边的树上栖息着各种大鸟，不时发出求偶的叫声；在海岸边，偶尔能够与岩鼠相遇；岩石或树上到处都能见到小蜥蜴；辽阔的海面上不时出现大量的鱼群，时常会有海豚光顾，只是它们不肯跃出水面。

岛上阳光明媚，空气清新，气候宜人，常年气温在摄氏20—30度之间，只要躲避骄阳，中午时分也会感到一丝清凉。傍晚，是一天中最舒适的时候，坐在海边观赏美丽的落日，享受浪漫时光。

费尔南多·迪诺罗尼亚岛自然，纯净，优美，这里没有豪华酒店，没有超过两层的楼房，尽量保持着原始、质朴、狂野的气质。岛上比较安全，心情可以放松下来，这在巴西是一种难得的感受。岛上几乎所有东西都来自巴西大陆，所以消费水平较高，而且网络很差，上网困难。岛上有蚊子，令人不爽。

由于限制游客到访，岛上游人相对较少，宽阔的海滩上有时见不到几个

在费尔南多·迪诺罗尼亚岛上观赏大西洋上的落日，伴随着轻轻海风和阵阵海浪

费尔南多·迪诺罗尼亚岛海边突起的山峰，高达 323 米

费尔南多·迪诺罗尼亚岛承受着大西洋海浪的拍打，是个冲浪的好地方

人。由于距离遥远，加上这是一个低调的旷世美景胜地，岛上很难见到亚洲人，到这里来的游客大多数是巴西本国人。虽然岛上人不多，但并不缺美女，身着比基尼的美女成为这里一道靓丽的风景线。

我在费尔南多·迪诺罗尼亚岛度过了整整4天时间。每天都是海滩、餐馆和旅馆三点间的轮转。往返各点之间全靠搭乘公交车，或在烈日下行走在凹凸不平的道路上。赏美景，吹海风，观动物，洗海澡，拍照片等等，乐此不疲。饿了就在岛上小餐馆里享用美味的"公斤饭"，入住六人间青年旅馆还算舒适。美景、美食、快乐和辛苦成为这四天的全部。

六、巴拉圭

花费24块钱的跨国游

巴拉圭是南美洲中部的一个内陆国家，与阿根廷、巴西和玻利维亚三个国家接壤，中国游客想去这个遥远的国家旅行，显得非常困难。巴拉圭曾经有着古老的印第安文化，在被西班牙人征服以后，原属于自己的古老文明几乎消失殆尽。西班牙人在1537年建立了亚松森市，也就是现在巴拉圭首都。

巴拉圭的第二大城市叫作东方市，是巴拉圭东部的重要城市，也是该国重要的口岸城市。东方市与巴西的伊瓜苏市隔巴拉那河相望，河上有一座连接两国的友谊大桥，是连接两国的重要通道。

巴西处于世界的一角，没有其他国家的威胁，也没有恐怖主义威胁，所以与邻国之间的边境口岸管控很松。巴拉圭与巴西之间的友谊大桥口岸，每天都有许多人来往于两国之间，没人进行检查。这样巴西伊瓜苏与巴拉圭东方市之间的边境，实际上是自由边境，不但当地人可以自由出入，其他国家的人也是如此。

既然已经来到巴西的伊瓜苏，我决定利用这个机会过境到巴拉圭东方市游览一番。据说如果不坐车的话，可以直接从桥上走过去。

巴拉圭首都亚松森，因繁茂的红花绿树，加上河道纵横，被称为"森林水都"，我很想去看看，因为没有签证，我怕路上遇到麻烦，这次就不准备去了。

由于天气炎热，距离较远，为了节省体力，我放弃徒步的想法。我来到汽车站，坐上开往巴拉圭的国际公交车，上车买票，6雷亚尔（12元人民币）。当公交车距友谊大桥还有两公里时，道路开始拥堵，这座桥由于较窄，已经成为两国之间的瓶颈。公交车走走停停，开到两国边境口岸时，果然无人过问，大巴车直接开了过去。

东方市的繁华地段离大桥很近，过了桥没多远我就和大多数人下了车。从巴西这边看东方市高楼较多，其实城市并不大。这里是巴拉圭的免税城市，每天都有许多当地人和游客来此购物和观光。

一到这里我就感到浓重的商业气息：大街上一眼望去有许多大型商业广告，大大小小商业店铺一家挨着一家，道路两边摆摊设点的小摊贩也很多，摩的遍及城市各处，这里既显得嘈杂，也不失繁华。

据说这里的华人很多，从这里商店和大楼的招牌就能看出，很可能大陆人比台湾人都多。街上银行和超市门口有持枪保安，还能看到街上持自动枪支的摩托车巡警，看来这里的治安应该不算太好，这些提醒我在这里要小心谨慎。

我不买东西，也不想逛商场，根据谷歌地图显示的信息，我来到城市西边郊外的公园。这里有平静的湖水，有高大的树木，有嫩绿的草坪，空气非常清新，还带着植物的芳香。有一些当地人在这优美的环境里沿着湖边跑步。

南美洲巴拉圭共和国东方市市中心街景，这是一个内陆小国，来一趟可不容易

巴拉圭东方市街景，当地人用各种植物草药捣碎后，制作各种饮料

　　我想买瓶水喝，可是没有当地的货币，更别说吃饭了，只有忍着。

　　结束了在巴拉圭东方市的游览后，我本想走过大桥回到巴西一侧，由于天气炎热，我再次乘公交车返回巴西伊瓜苏市中心。这样只花了12雷亚尔（24元人民币）游览了巴拉圭。

七、圭亚那

低调的世界级大瀑布

第三次环球旅行我来到南美洲的圭亚那。

这个国家许多人都不知道在哪里，可能都未听说过，前往该国比较困难，因为距离中国太过遥远。

圭亚那位于南美洲北部，赤道附近，是个水乡，河流众多，森林覆盖率很高。人口只有80多万，多数是黑人，他们是非洲人和印度人的后代。该国是南美洲唯一讲英语的国家，首都乔治敦。

圭亚那国内没有反政府武装，政局稳定，由于经济发展落后，成为南美洲最穷的国家。该国社会治安形势严峻，盗窃、抢劫等案件时有发生。我在乔治敦分别询问过4个人，他们一致认为治安不好，建议外出不要带钱财，手机放在口袋里，晚上别出门。我外出的时候，不时观察四周情况，看看有没有可疑的人接近我，我倒像个做贼心虚的人。在这里带着防范的心情去旅行，令人不爽。

圭亚那森林密布，木材资源丰富，首都乔治敦许多房屋都是用木材建造的，包括市政厅、教堂、楼房等大型建筑。甚至用木板修建城市排水沟，木材多就这么任性。城里的动物园养起了驴，看来驴子是这里的稀有动物。由于海岸靠近河口，所以这里的海水呈现出河水一样的黄色。

从空中俯瞰圭亚那，更能感受到这个国家的特点：作为赤道附近有着热带雨林气候的国家，覆盖着茫茫的原始森林，到处都是生机盎然的绿色。由于降雨充沛，全国遍布大小河流，形成许多瀑布，最为著名的就是位于圭亚那中部的凯尔图尔瀑布。

该瀑布号称"世界一次落差最大的瀑布"，落差为226米，宽达106米，雨季来临时河水流量较大，瀑布更壮观。

瀑布雄奇壮观与否，主要看落差、宽度和流量，这三项指标都比较大的瀑布一定雄伟壮观。世界上著名的三大瀑布（尼亚加拉瀑布、伊瓜苏瀑布、维多利亚瀑布），流量和宽度都很大，但落差不算大。世界上一些落差很大的瀑布，往往是由多级组成，或者流量较小。唯有凯尔图尔瀑布这三个指标都比较大，很是壮观。

然而，凯尔图尔瀑布深藏于热带雨林之中，陆路交通极为不便，如果乘汽车往返需要两天时间，大部分时间都花在颠簸的路上。最便捷的方式就是搭乘小型飞机往返，单程大约一小时。前来观赏凯尔图尔瀑布的游客很少，以至于很少有人知道这个世界级大瀑布。

我报名参加大瀑布双飞游，我们一行9人乘坐小型螺旋桨飞机，飞越广袤的原始森林，降落在瀑布旁边的跑道上。这个1870年由英国地质学家布朗发现

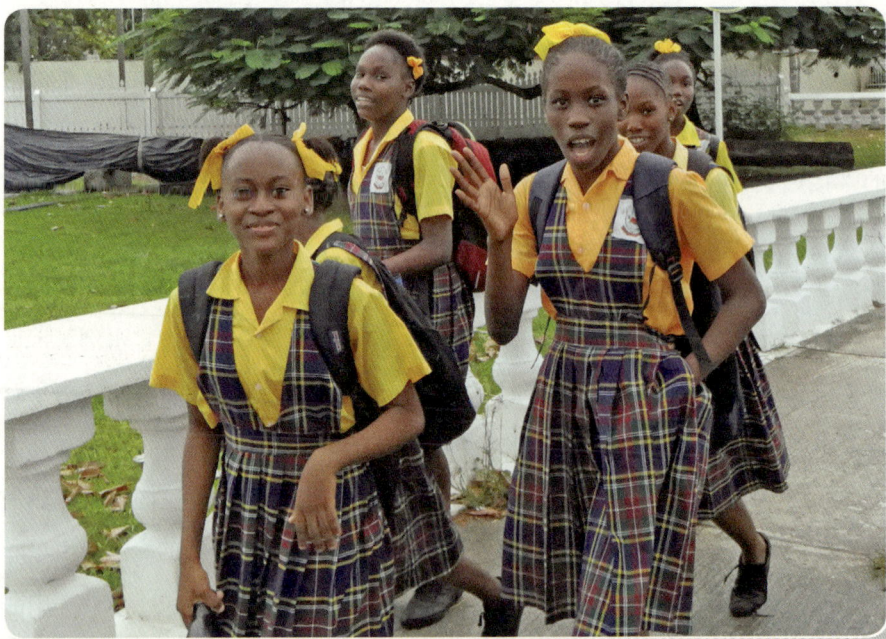

圭亚那是个以黑人为主的国家，多数为非洲裔或印度裔，该国女子喜欢穿连衣裙

的瀑布，现已辟为凯尔图尔国家公园，周围的热带原始森林里有许多珍贵的动植物。

我们在公园导游的带领下，穿过森林向大瀑布走去，一路上导游向我们介绍这里的植物。我们在飞机上就已经看到波塔罗河和凯尔图尔瀑布，当我们来到瀑布面前时，更加感受到它的壮美。

平静的波塔罗河自帕卡赖马高原突然下跌226米，形成气势磅礴的瀑布，并在底部的岩石上砸出26米的深潭。如此大的落差，如此大的流量，使得丰沛的河水像脱缰的野马泄向绝谷，在谷底激起阵阵水雾，弥漫在峡谷间。由于峡谷太深和岩壁遮挡，虽然可见磅礴之势，却感受不到多大的声响。

这里完全处于原始状态，自然形成的观景平台下方是悬崖峭壁，没有任何栏杆，游客身处悬崖边全靠相互间的信任。站在无阻无拦的悬崖边上观赏瀑布，既兴奋又刺激。这里没有一丝人工开发的痕迹，想要下到谷底从另一个角

往前一步就是两百多米的深渊，为了保持自然状态这里不设栏杆

我坐在观景台边上，下方有两百多米深，身处悬崖边全靠各国游客间的信任

度观赏瀑布非常困难。

　　此时，在凯尔图尔国家公园里，只有我们9个游客，全天的游客量可想而知，比起世界上知名瀑布每天成千上万的客流量，这个世界级大瀑布真是太低调了。

第五站

南极洲

南极洲是地球上最后被发现的大洲，它孤立于地球的最南端，95%以上的陆地面积被极厚的冰雪所覆盖，有"白色大陆"之称。观赏冰雪和企鹅，体验极地生活，感受最纯净、最安宁的世界唯有南极。

南极洲有着非常诱人的魅力，对于中国人来说太过遥远，是最难以接近的地方。与南极大陆最近的城市是南美洲阿根廷的乌斯怀亚，它们之间隔着900多公里宽的德雷克海峡。

受极地旋风影响，德雷克海峡常年有狂风大浪，一年365天，风力都在8级以上。即便是万吨巨轮，在波涛汹涌的海面上，也被摇晃得像一叶小舟。

前往南极旅游，绝大多数人选择相对便宜的乘船往返，即使这样仍然需要支付昂贵的费用。穿越德雷克海峡可不容易，需要忍受大风大浪和晕船的考验。这种艰辛与考验成为南极游的一部分，将与南极的美景共同留下深刻的印象。

一、花费3.8万元游南极

10天9晚南极游全部花费3.8万元（平均每天3800元），看起来非常昂贵，十足的奢华游。如果了解一下南极游的行情，可能会觉得这个价位相当便宜。

新冠疫情前的2019年底，10天9晚参团纯南极游约10万元左右（国内出发，总天数15天）。如果在游船出发地乌斯怀亚，购买最后一分钟船票，也要5万元左右。中国已经成为南极游第二大客源国，从总体趋势看，南极游的费用会逐年上涨，南极游已经成为奢华游的代表。

怎样才能降低南极游的费用呢？根据我的经验，下面三点可以有效降低旅行费用：一是购买单船票；二是尽可能提前预订，越早越好；三是结合环球旅行到达阿根廷后，顺便前往南极旅游。如果这三点都做到了，有可能节约一半的费用。

不参团，只买单船票，这属于自由行。国内很少有购买单船票的机会，比较可行的途径是在经营南极旅游公司的网站上购买。这涉及语言能力、南极旅游与购票经验等问题，有一定难度。还有一个办法，就是先到阿根廷的乌斯怀亚，在那里购买最后一分钟船票。

南极游船票比较昂贵，一旦决定购买，应尽可能提前，宜早不宜迟。每年南极的游览时间从11月到次年的3月，如果每年在5月份以前购买，船票价格会有一些优惠。

我在准备环球旅行时，提前在网上搜索，发现穷游网上有南极10日游单船票，双人舷窗房，票价每人38500元。我觉得这是一个难得的机会，我所需要的就是单船票，结合环球旅行到达阿根廷后，接着前往南极游览，可以省下一大笔往返机票的费用。我当即决定购买，由于预订较早，最终优惠价为38000元。

我夫人和女儿觉得这确实是一个好机会，也一起购买了单船票。我们相约12月上旬，在阿根廷汇合，一起游览南极。

二、遭遇狂风游轮受阻

我们全家在阿根廷首都布宜诺斯艾利斯成功汇合后，一起飞往乌斯怀亚，然后乘船前往南极。

参加本次华人包船游南极的200名游客，汇集到乌斯怀亚码头，在这里登船。在这200人中，只有10个人购买单船票，其中包括我们一家三口，其余全部是参团游。这10个人中还包括一对母子，一对夫妻，一位马来西亚男士，一位北京男士和一位陕西男士。

我们乘坐的是"海洋极光号"极地游船，这是一艘由俄罗斯建造的可以破冰的科考船，现已改造成游船，隶属于丹麦公司，专门从事南北两极极地旅游。

我们乘坐的"海洋极光号"极地游船，该船具有破冰能力，每年只在南北两极航行

登船时，部分船员在舷梯旁迎接我们，有种亲切感。登船手续很简单，交上护照、保险单和健康表格后，就在大会议室休息，每个人得到一杯果汁，感觉挺温馨。

这艘船刚刚重新装修，这是装修后的首航。从外面看这艘船很普通，但内部比较豪华，与邮轮有些相似，只是舱室比较小，住在里面还算舒适，比预想中的要好。

下午5点，全体人员在大会议室进行安全教育，并进行逃生演练。随后，探险队长通报天气情况：在德雷克海峡北部，靠近合恩角的大片区域有强风暴，为了安全起见，今晚游船航行到比格尔水道出口处抛锚避风，暂不驶入德雷克海峡。这是一个不好的消息，这意味着我们将延迟到达南极，也意味着我们在南极的游览天数会减少。德雷克海峡的狂风一开始就给我们一个下马威，前往南极真难啊，南极真是"难及"。

晚上7点，我们的船在阴雨之中驶离乌斯怀亚，行驶在平静的比格尔水道。

晚上的自助餐很好，因为有中国厨师，完全适合中国人的口味。看着海景，吃着美味的饭菜，真是愉快的享受。

三、盼望晕船早点到来

早上起来天气挺好，我们的船却静静地停泊在比格尔水道里，不敢驶入德雷克海峡。

早餐挺好，由于是华人包船，所以饮食上充分考虑中国人的饮食习惯，有油条、馒头、米粥、豆浆等中国元素。

上午全体人员在大会议室开会，首先介绍探险队全体成员，然后学习《南极条约》的主要精神，讲述国际南极旅游组织协会对赴南极旅游人员的基本要求，讲解橡皮艇的使用注意事项。最后展示了天气实况图，在南美洲最南端的

我们一家三口与南极极地探险队长和极地摄影师合影留念

广阔海城有一片红色大风浪区，预计下午4点才能启航。

随后，全体人员分成8个登陆组，逐一到更衣室试穿防水靴，并为每个人的登陆服吸尘，看来南极真是一片净土。

与我同往一个舱室的是来自湖南株洲的余先生，他为这次南极游做足了准备，特地买了一部全画幅单反相机。他还准备了一条红幅，上面印有"中国国家铁路集团公司株洲车辆段余某某南极行"，请一路上的人物在上面签名留念。他首先请船长在红幅上签了名。

我们在船上默默地等待，期望能够早点驶过德雷克海峡到达南极。等待中我有些焦虑：这每一分钟都是在消耗我们在南极的游览时间。之前我有点怕晕船，现在盼望晕船能够早点到来，那样意味着我们的船已经航行在德雷克海峡上，有望尽早抵达南极。

下午5点，我们的船终于重新启航，在驶离比格尔水道后，轮船起伏摇摆逐渐变大。我们决定抓紧时间吃晚饭，然后上床睡觉，以减轻晕船反应。

我们来到餐厅，点好菜后耐心等待。此时风浪越来越大，餐厅位于船头，上下颠簸得非常厉害，许多人已经有了晕船反应。我们也不例外，每人赶紧吃了一片抗晕船的药片，然后强忍着不适，等待饭菜上来。谁知轮船颠簸越来越大，晕船反应越发严重，到了难以忍受的地步。我们无法继续等待，每人拿了几个面包赶紧返回舱室。

我吃过面包后来到船尾，对着波涛汹涌的大海拍了几张照片，立刻回到舱室躺下睡觉。我担心难以入睡，谁知一会儿就睡着了，原来晕船药具有安眠作用。

四、喜欢船上的讲座

早上起来，晕船反应减轻了许多，似乎有点适应了这种颠簸的生活。我去喊家人一起吃早餐，她俩不想去，让我给她们带回来。

我来到游船的前台，这里与前两天人员不断的场面截然相反，除了值班的中国小伙外，空无一人。我对他说："这会儿真清净啊"，他说："清静倒是清静，就是要求送餐到房间的电话打个不断"。看来这一夜的颠簸让许多不适应的人连房间都走不出去。

餐厅里用早餐的人明显减少，逐渐适应的我吃饭已经变成享受。吃早餐的时候，我与马来男、北京男、陕西男四人同坐一桌，边吃边聊。马来男与我同龄，从事财务工作；北京男小我们俩一轮，从事文化旅游相关工作；陕西男看来是个老板，花100美金开通了Wi-Fi，保持与公司的联系。

上午，在大会议室举行南极鸟类讲座，随后我们来到船尾实地观鸟。船尾有不少尾随的鸟，不知它们晚上落在哪里睡觉。由于离得较远，没有长焦相机根本无法拍摄海鸟。

下午参加两场专题讲座，一场是关于动物摄影技术讲座，另一场是关于鲸鱼的知识讲座。听课的人非常认真，每次都能从专题讲座中学到不少知识。

下课后，我指导同室的余先生学习使用单反相机，使他能够尽快掌握全画幅单反相机的使用。机不可失，来一趟南极可不容易。

晚上，在大会议室举行南极生态系统讲座。为什么在冰天雪地的南极很少有植物却有很多动物？主要是南冰洋海面含有大量的藻类和浮游生物，这为南极鳞虾提供了大量食物。有了数量庞大的鳞虾，鱼类和鲸鱼等动物就有了食物，有了鱼类就有了鸟类和其他哺乳动物的食物，由此形成了一个庞大的食物链和整个南极的生态系统。

五、到访中国南极长城站

轮船起伏摇摆越来越小，预示着我们已经驶离西风带，到达南极水域。

天气渐渐转晴，许多人来到船顶平台上，观赏远处的冰山和海中偶尔一见的鲸鱼。极目远望巨大的冰山就在南边，越来越近。此时我们的心情也飞扬起来，令人期待的南极就在眼前。

下午2点，我们的船停泊在距离中国南极科考站长城站3公里远的海面上。探险队长下达了登陆的指令，一艘艘橡皮艇被吊到了海上。

每位游客都在做着自己的准备。我准备起来很简单，冲锋衣、防水裤、帽

我们全家到达地球上最难以到达的南极洲，并参观中国长城站

子、手套、墨镜、围脖都已具备，擦好防晒霜就算准备完毕。

下午3点，开始登陆乔治王岛。乔治王岛上建有我国第一个南极科考站——长城站，32年前中国首次在南极建立了这个科学考察站，闻名全国。这里成为中国人到访南极的标志，似乎没有来到长城站就不算到过南极。如果想到访另外几个中国南极科考站，对一般的中国人来说几乎不可能。

我们换上防水靴，穿上救生衣，登上橡皮艇，开始海上巡游。在这片广阔的海湾里很容易看到鲸鱼，只是橡皮艇始终与它们保持较远距离，我们只能远远地看着鲸鱼换气，偶尔露出背部和尾巴。就算有长焦镜头相机，也很难拍出满意的照片。

轮到我们登陆了，我们的橡皮艇向插着五星红旗的长城站驶去。驶上浅滩，我们蹚水登上乔治王岛。这里到处是冰雪，融化的雪水四处流淌。

我们来到长城站最早的站房，现在是一个小型展馆，长城站的工作人员在门口欢迎远道而来的我们，让我们感到很亲切。进去后，排队等候加盖纪念邮戳，每个人拿着厚厚一打明信片。

参观过这里的展示后，我们利用剩下的时间与科考站的工作人员交谈，然后到科考站周围参观拍照。一个小时的参观游览时间一晃而过，大家都有点意犹未尽。

昨天当船上广播提醒大家不要浪费食物时，有人提议：将点餐改为自助餐。今天的晚餐果然按照大家的意愿改为自助餐，这样可以减少剩菜剩饭，减少浪费，还能缩短等待时间。

六、游船驶入火山口

上午，我们登上橡皮艇，向扬基港方向驶去。此时天上飘着小雪，能见度比较低，不能指望在南极地区会遇上好天气，只能靠运气。

我们来到扬基港一处自然港湾，橡皮艇搁浅在岸边，我们蹚水上岸。海湾里到处是未融化的海冰，岸上是裸露的石滩，不远处是陡峭的山峰。在这广阔的海滩和陆地上，聚集了大量的巴布亚企鹅，足有上千只。此时正值南极的夏季，这些企鹅在此生儿育女，繁衍后代。在离海岸不远的地方，它们用石头垒砌巢穴，卧在里面孵蛋。站在边上观赏的同时，需要忍受企鹅难闻的气味。

大家见到这么多憨态可掬又如绅士般的企鹅非常兴奋，但只能在5米以外

在南极每天都要乘坐橡皮艇登陆各个岛屿，沿途会遇上千姿百态的浮冰

观赏。拍摄孵蛋的企鹅最好拍，只是体现不了企鹅可爱的样子，要拍就拍站立或行走中的企鹅。借助我的入门单反相机，总算拍了几张比较满意的照片。

返程的时候，探险队员特地将橡皮艇开到一块较大的浮冰跟前，让我们近距离观赏蓝色纯净的冰体。阴天之下显得如此漂亮，如果是晴朗的天气，这块蓝冰说不定会更漂亮。

回到船上，我们在大会议室听讲座，主题是关于南极的冰。南极的冰分为降雪形成的冰和海冰，前者几乎覆盖整个南极大陆，面积达一千多万平方公里，最厚的地方有4000多米，是世界上最大的冰原。第二大冰原在格陵兰岛上，有180万平方公里。海冰形成于每年冬季，其面积与南极大陆冰原大致相同。由于大气变暖，海冰冰域面积正在减少。

最后提到帝企鹅，它是南极洲最大最漂亮的企鹅，它们离我们现在所在的南极半岛有几百公里之遥，我们这次无法见到。

下午，我们的船驶向奇幻岛。首先听关于火山的主题讲座，地质学教授讲解了地球的构造、地球板块运动、火山的形成等内容。奇幻岛看似是一个环形岛屿，环形岛的中央是大海，实际上这是大海中的一个火山口，只有一个很窄的缺口与南冰洋相连。我们的船正是通过这个缺口驶入了火山口。奇幻岛上遍布着火山，以前曾多次喷发，在一次喷发中摧毁了智利等两个国家的科考站。

我们登上奇幻岛，登陆的地方叫捕鲸者湾，20世纪初一些捕鲸者来到这里，通过捕鲸提炼鱼油。随着石油的发现和开采，很快这里的捕鲸炼油产业就被石油所取代，捕鲸者湾便被遗弃。

这里是火山岛，岛上有些地方流出的地下水温度较高，冒着淡淡的蒸汽。企鹅寥寥无几，它们可能嫌这里的海水有点热吧。

七、拜访南极洲"原住民"

船上广播通知：因天气和自然条件所限，无法在奥恩港登陆，只能在海上巡游。我们登上橡皮艇，冒着风雪离开了大船。

云雾渐渐散去，原来我们的船停泊在一个三面都是陡峭山峰的峡湾里，山上较为平坦的地方被厚厚的冰雪所覆盖，陡峭的山峰上没有积雪，显露出岩石的本色。陆地上厚厚的冰雪从各个方向缓慢滑向海中，形成陡峭冰雪绝壁。我感到这里很可能是此次南极之行最美的地方之一，然而天公不作美，能见度低，恶劣的极地气候就是这样让人感到遗憾。

果然，奥恩港的四周都是大大小小的冰块，堵住了登陆通道，即使没有这

虽然天气阴沉，海冰依然展现出诱人的蓝色，有着一尘不染的纯净

些冰，陡峭而狭窄的陆地也容不下多少人。可以想象站在狭小的陆地上其实看不到多少景色，沿着海边一路巡游可以更好地观景。现在不求登陆，只求好天。但是好天气是求不来的，风雪依旧，远处朦朦胧胧，只能看到近景。冰天雪地里的企鹅，爬到海边高高的岩石上，它们不惧风雪，在岩石上面筑巢，敬佩它们超强的耐寒能力。

下午首先听讲座，主题是"南极的极地生活"。由地质学教授大卫讲述他在南乔治亚岛，进行数月科学考察时的生活经历。令人印象深刻的是：他曾连续一个月吃压缩饼干、罐头等他认为难吃的食物；他用融化的雪水快速洗澡；内衣脏了没有条件用水洗，拿到外面晒一下接着穿。

接着我们乘坐橡皮艇，向库弗维尔岛驶去。海面上到处是大大小小的浮冰，大的如高楼一般，呈漂亮的蓝色。冰块之所以发出诱人的蓝光是因为太阳光通过冰块时，波段较长的红橙黄等光线被冰体吸收，只有蓝色光可以穿透冰

企鹅是南极的主人，登上南极陆地随处都能看到它们憨态可掬的身影

体，所以我们见到的冰是蓝色的。

登上库弗唯尔岛，只见这里到处都是企鹅，从海中到岸上，从坡下到高高的山坡上都能见到它们的身影。企鹅可是南极洲的"原住民"，此时它们忙于求偶、生蛋、繁衍后代。我们被企鹅庞大的数量所震撼，也为它们不辞辛劳、爬上高高的山坡的毅力而赞叹，因为它们的腿太短了。

突然，我们看到一只贼鸥，偷走了企鹅的一个蛋，叼在嘴上快速逃离现场。贼鸥飞到远处的山坡上，开始享用美食。贼鸥的掠夺天性使它时常偷蛋，可怜的企鹅就算发现被偷也只能眼睁睁地看着，无可奈何。

八、在南极冰海中游泳

　　早上，我来到轮船的最顶层，四处望去我们的船似乎停泊在四周是白白雪山的湖泊之中，水面非常平静，四周的雪山洁白险峻，太阳穿过云层隐约可见，这里的景色太美了。

　　上午我们乘上橡皮艇，前往不远处的朱格拉海岬。登上陆地，天空的一侧出现一点蓝天，此时无风，这里的积雪又白又厚，一派纯洁宁静的景象。几只海豹懒洋洋地躺在冰雪上，我们不能靠近，只能远距离地观看和拍照。

　　陆地上有一堆鲸鱼的遗骨，从巨大的骨头可以想象这头鲸鱼是多么庞大。这里的积雪纯净厚实，每前进一步既吃力还有可能陷进去，没走多远已经浑身

我们登上纯净的南极岛屿，这里一尘不染，海上到处都是浮冰，岛上到处都是企鹅

发热。在这无风、明媚、宁静、纯洁的极地，我们趴在雪地上，尽情享受纯美世界。在这旷野里，衣服不会弄脏，翻滚在雪野中，脏衣服也会变干净。我羡慕企鹅选择南极这么好的地方，无忧无虑，饮食无愁，只要不怕寒冷，这里就是天堂。

随后，我们乘橡皮艇来到古迪尔岛。该岛上有英国南极科考站，现已成为一个小型博物馆供游客参观。这座旧科考站始建于1944年，当时正值二战时期，英国人担心德国人占领南极陆地，便派科学家以科考为目的来到南极。最初他们想在南极半岛的最北端建站，由于找不到合适的地方，最终选址在这里。

英国南极科考站的工作人员，向我们介绍了该站的基本情况。这里有一个小邮局，花上很少的钱就可将明信片邮寄到世界各地。我们仔细参观了这个有着70多年历史的科考站，里面的展物很有特点。科考站房子周围有许多企鹅，

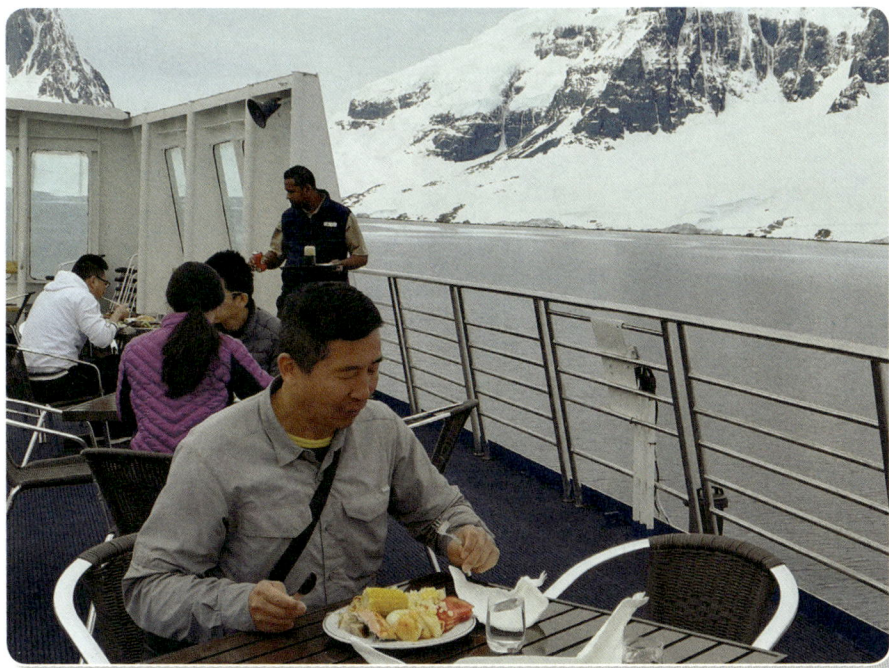

在南极的游船上，我穿着夏天的衣服，享受船上的美食

它们与科考站的人共同生活在这里，它们不嫌弃人，这里的人却嫌弃它们的气味。

中午，在船尾平台设立户外烧烤，我们在露天处享用船上美食。南极的夏天，只要无风就不会感到很冷，今天就是一个无风日。我身上穿的只比在38度高温的迪拜多一件T恤衫，在露天的船上边欣赏极地风光，边品尝美食，难得的绝美享受。

下午，船上举行南极冰海游泳活动，对于会游泳的人来说是在南极冬泳，对于不会游泳的人来说只是在冰海中涮一下。我会游泳却没有冬泳的经历，年纪大了缺少冲动。今天的海水温度是1.6摄氏度，接近冰点。

担任翻译的丹麦人捏着鼻子第一个跳入冰海中，然后顺着梯子快速爬上船。其他男男女女接连跳入海中。他们大多泳技不佳，只是勇敢地展示自我，

南极大陆有许多高大俊俏的山峰，接近垂直的山体使得冰雪没有容身之地

感受难得的冰海刺激，享受快乐。现场欢笑声不断，打破了南极的寂静。

夫人对我说："好多人都跳了，你去看看能不能跳？"有了夫人的支持，我立刻来到出发台。此时一对小夫妻刚跳完，我问他们："在哪里报名？要多少钱？"他俩说："不需要报名，也不要钱，谁想跳都可以。"我一听立刻回到舱室拿泳裤。

我身穿泳裤在出发口排队，每个人跳海前都要系上安全绳，这样等待的时间比较长，还未下海就已经冻得直打哆嗦。虽然游泳是我的强项，但从未有过冬泳经历的我，此时还是有些紧张，就怕出现意外。

轮到我了，来到出发台，向船上方的家人招手示意，然后纵身跃入冰冷刺骨的海中。由于紧张的缘故，入水后并未感到有多么寒冷，我划了几下就游到对面的橡皮艇前，拍了一下小艇，然后转身用自由泳快速回游。返回时感受到海流，我双臂奋力划水，才游回大船上。上船后披上浴巾，喝了一杯船上提供

在南极看到日照金山可不容易，一是要遇上好天气，二是要等到晚上十点以后

的威士忌酒，此时全身皮肤发红，感受不到寒冷，只是头有一点发晕，真是一种奇妙的感受。

我们的船继续向南行驶，向着雷麦瑞海峡驶去。雷麦瑞海峡又称利马水道，是位于南极大陆和布斯岛之间狭长的水域。该水道长11千米，宽800—1600米，被称为南极半岛风光最美的水道。受两岸山体和浮冰的限制，实际可通行的航道很窄，我们的船缓慢地穿行于冰块之间。

进入水道深处，两岸雪山高耸陡峭，近似垂直的绝壁露出黑色的岩石。水道中的海水非常平静，如同一面镜子，两侧山体在水中产生美丽的倒影，我感到这里就是南极的三峡。

我们在船上一直观赏了两个小时的美景，直到这段水道还乘最后一段时，前方浮冰太多无法通过，被迫掉头。至此我们的船航行到本次旅程的最南端，也就是南纬66.5度，距离南极圈只差0.5度。

由于极夜现象，太阳很晚才开始落山，这么多天以来，在我们返程的时候出现难得一见的日照金山，太阳照在雪山之巅，既漂亮又壮观。

九、获得两张证书

早上，轮船上下起伏得非常厉害，我从舷窗向海面望去，海浪又高又大，我们再次体验到德雷克海峡的狂风大浪。

我们来到餐厅，此时吃早餐的人不多，许多人因晕船被迫待在房间里。我们再次适应了船上摇摆起伏的生活，适应了大风大浪，可以随意品尝船上的美食。

用餐时，阵阵大浪向船头打来，巨大的撞击产生轰轰的声响和很大的震动，餐桌在移动，餐具掉到地上，犹如地震一般令人恐惧，有人受到惊吓而发出叫声，让我们实实在在感受到德雷克海峡狂风巨浪的厉害。

下午，轮船驶近南美大陆最南端的合恩角，此时船的左侧是太平洋，右侧是大西洋，我们行驶在两大洋交汇处。这是船长临时做出的安排，给这次旅程增加了一个"景点"，对受风浪影响而耽误的行程进行补偿。

今天船上安排游客参观驾驶舱，我们单船票游客被安排在最后一批，这样也好，只有我们10个人，可以尽情参观。在驾驶舱，我们一边参观各种仪器设备，一边观看纸质海图和电子海图，并向驾驶人员询问有关问题。此时我们的船航行于南美洲大陆的边缘，风浪小了很多，这里离比格尔水道已经不远了。

下午在大会议室听讲座，主题是"南极的矿物与矿业"，由来自英国的大卫教授主讲。在南极的边缘地带已经发现多种矿物，在南极内陆由于覆盖着很厚的冰盖，至今没人在冰上钻探，所以也就无从知晓南极内陆矿物储藏情况。从矿业开采的经济性来讲，南极矿物开采成本很高，所以不具备开采价值。

晚上，船上举行欢送晚会，又称船长晚餐。此时轮船不再颠簸，大家冲着最后一顿晚餐而来，就餐率非常高，整个餐厅坐得满满的。

船长首先致辞，然后向大家敬酒致谢。随后全体探险队员一齐向大家致谢，大家高兴地分别与船长和探险队员合影留念。

今天得到船上发的两张证书：一张是到达南极洲的证书，另一张是在南极冰海中游泳的证书，很有纪念意义。

第六站

北美洲

一、巴拿马

真把自己当成了外国人

第二次环球旅行我来到巴拿马，我最想参观巴拿马运河。

闻名世界的巴拿马运河是这个国家的名片，它沟通了太平洋和大西洋，是世界七大工程奇迹之一，被称为"世界桥梁"。对于从事交通工程工作的我来说，有着浓厚的兴趣。

我询问旅馆前台服务员怎样乘坐公交车后，来到公交车站。由于这里乘车都要刷卡，我只好让别人代我刷卡，然后我付给她1美元，她没有零钱找给我，实际上只要0.25美元。

来到巴拿马城长途汽车站，我找到前往巴拿马运河的乘车点。上车时，我仍然求助当地人帮我刷卡，我再付钱给他，这比买公交卡方便多了。公交车开行了几公里，远远就能看到运河建筑，公交车直接开到运河景区门口，下车即到。乘公交车来这里比较方便，只需花费1.5美元，只是比乘出租车时间要长一些。

运河景区门票外国人15美元，当地人只要3美元。我老远就看到有一艘邮轮正在通过运河，待我来到观景台一看，邮轮已经通过船闸，有点不凑巧。我决定先看展览和电影，然后再看轮船通过运河。

运河展览馆不算大，但展示的内容比较全，展厅里有轮船通过整个三级船闸实景仿真展示，有一种身在巨轮驾驶室里通过运河的感觉。

从职业爱好的角度，我细致地观看了整个展览，了解整个工程修建的历史全过程。对于100年前，整体技术水平较现在非常落后的情况下，完成这样一个世界级伟大工程，极为不易，不愧为世界工程奇迹。

巴拿马运河横穿巴拿马地峡，属于水闸式运河，南北两侧各建有三级双向船闸。运河长82千米，宽152—304米，将太平洋和大西洋连通起来，是世界上非常重要的航运通道。

1880年，该运河最初由法国人开凿，由于巴拿马当地气候条件非常恶劣（降雨、泥泞），热带疾病（疟疾、黄热病）流行，造成相当高的死亡率，加之其他一些原因迫使法国人放弃了这项工程。

1903年，该工程由美国接手建造，最多有4万名工人同时施工。他们同样面临潮湿闷热、毒虫遍布，令人难以忍受的恶劣环境。炎热的天气使得疫病蔓延，夺走了大批工人和技术人员的生命。

当时的施工机械比较落后，有的地方采用人推矿车。由于没有大型自卸汽车，运输土石方要靠火车，每开挖一层要先铺筑铁轨。大型施工机械多数是外燃机，效率很低，很多施工都是靠人力。

开凿这条运河总共死亡人数高达3万人，平均每开凿一公里就有近400人倒

被誉为世界七大工程奇迹之一的巴拿马运河，巨轮正缓缓通过运河船闸

下，可见施工条件非常恶劣。经过10年艰难施工，1914年巴拿马运河正式通航。

看完展览，已经是中午12点钟，我看到三楼有自助餐厅，没有细问进去就吃。吃完结账，包含10%小费一共49美元（320元人民币），真是太贵了。谁知这里竟是五星级酒店的收费水平，我只好自嘲："吃饭之前怎么不问一下价钱，真把自己当成了外国人。"昨天和今天节省的打车费全给了这家餐厅。

吃过午餐正好赶上1点30分的电影，十多分钟的电影介绍了巴拿马运河的基本情况，许多镜头展览馆里都有。

下午，两艘巨轮几乎同时从科隆方向，朝观景台这边的双向船闸缓慢驶来。这两艘巨轮通过运河船闸，需要借助两侧的齿条牵引车牵引着平稳驶入船闸。

不远处，新的、更大的船闸已经建成。2016年6月，巴拿马运河拓宽工程举行竣工启用仪式，至此巴拿马运河的通过量大大增加，许多超大型船舶都可以从新船闸通过。目前中国是巴拿马运河的第二大用户。

运河两端城市反差巨大

我从巴拿马城乘车前往运河另一端的城市科隆，从太平洋沿岸到大西洋沿岸，来一次穿越巴拿马地峡之旅。

前往科隆的道路很好走，全程高速公路。大巴车行驶了一半路程才有人开始卖票，票价两美元多一点，一个半小时后到达科隆。穿越这段地峡真快，道路两侧多数是热带森林，由于正值旱季，到处显得比较干燥。

来到科隆明显感到这里非常破旧，我想可能市中心会好一点。我拿出手机查看了一下位置，我预订的酒店不算远。

我步行朝着酒店方向走去，街道两侧显得破旧，路面坑洼不平，要么是碎石路面，要么道路积水，难得有像样的道路。城市建筑多数比较陈旧，很难见到高大漂亮的建筑，街道上空的电线纵横交错，似乎这里是个贫民区。

我在想科隆怎么会是这样？与巴拿马城的繁华截然相反。一路上没有看到旅馆或酒店，幸亏我提前进行预订，否则在这么破烂的地方，顶着太阳到处寻找住的地方，令人难堪。如果真是那样，我可能会立刻掉头，坐上大巴车返回巴拿马城。

我来到预订的酒店，这幢大楼是附近最高最好的建筑，其实就是一家普通酒店。门外道路很窄，还是碎石路，门口站着一个持枪的保安。我说明要住在这里，保安让我上楼办理入住手续。

上到二楼，我看到一个被整块玻璃隔开的窗口，如同银行柜台一般。我仔细一看确实是酒店的前台，大玻璃中间开了一个圆孔，用于说话交流，下边一个孔用来递钞票，跟银行柜台一样严密。里面的服务员办理入住手续真慢，这哪里是入住酒店，就像在银行里办业务。

总算入住下来，这个酒店的硬件条件还可以，看到外面乱糟糟的样子又不想出去，只好在房间里休息。

巴拿马首都巴拿马城高楼大厦较多，街道整洁漂亮，显得现代而繁华

下午5点，我觉得总该到市中心转转，顺便找个地方吃晚饭。我走出酒店，对保安表示出去吃晚饭，保安提示我酒店里有餐厅，还说了一些我听不懂的话，可能是提醒我注意安全。

我一路向市中心方向走去，来到一处街心广场，这里稍微有些看相，有不少黑人在踢球，我在没人注视的地方用手机拍了两张照片。

继续往前走，一路上我发现黑人比较多，三三两两聚在一起，看上去无事可做。这里似乎没有市中心，看不到一点繁华的地方，也没有见到餐馆，到处显得脏乱差，房屋年久失修，怪不得从谷歌地图上找不到市中心。

我来到教堂前，这里应该就是城市中心位置，里面正在举行宗教仪式，我在外面拍了张照片。科隆街上汽车较多，多数都是老旧车辆，出租车特别多，看来这是一种主要谋生方式。

天色已经不早了，再往前走还是这种破旧样子，在这种区域有一种不安全感，时刻要保持警惕。可是晚饭还没有着落，我决定到超市买点东西，然后直

巴拿马第二大城市科隆，街道显得脏旧差，好像与首都巴拿马城不在同一个时代

接返回酒店。在超市里好不容易挑选了一点面包和水果，晚餐只能将就一下。

巴拿马第二大城市科隆位于巴拿马运河的北端，与首都巴拿马城只有一个多小时车程。然而，这两座运河之城却是两重天地：一个破败，一个现代；一个贫穷，一个富有，反差之大令人吃惊，这成为我此次科隆之行的最大感受。

买到最后一分钟邮轮船票

环球旅行一路上即使吃得再好，住得再高档，一段行程下来也会感到疲惫。像我这种提倡经济旅行的背包客，如果前往边远、人烟稀少的地方旅行，辛苦与疲惫会一路相伴。

之前，我横穿了南美大陆最宽的地域，从玻利维亚高原小城乌尤尼到达巴西临近大西洋城市贝伦，在全程穿越亚马孙流域的旅程中，吃尽了辛苦。

从苦乐均衡的角度出发，我需要好好补偿一下。采取什么方式好呢？我觉得最好的方式就是乘坐邮轮，船上能够提供好吃、好喝、好睡、好玩的环境，可以享受一番。我把它称之为：苦乐搭配，旅行不累。

也许有人认为乘坐邮轮会很贵，其实并非如此。环球路上，我在网上搜索嘉年华邮轮公司加勒比海巡游船票信息，由于网络不好一直没有购买。临近发船日期时，我发现邮轮公司打出最后一分钟船票信息，比原来显示的票价便宜400美元。我立刻购买了8天7晚巡游加勒比海的特价船票，票价2850元人民币，平均每天356元。我曾经带着母亲坐邮轮，从上海出发到日本，6天5晚的船票，每人6200元人民币，平均每天1033元。之前参加的10天9晚南极游，票价38000元，平均每天3800元。可见我买的最后一分钟船票非常便宜，只是我一个人住一个房间，需要补房差，即使这样性价比也非常高。

购买船票后，我收到嘉年华邮轮公司发来的电子邮件，催我提前在网上办理登船手续。网上在线办理登船手续，需要阅读大量相关信息，还要填写一些表格，对于英语水平高的人来说算不了什么。但对我来说相当困难，我只好借助百度翻译，一点一点地翻译，填写相关内容，忙了几个小时。

加勒比海上航行着许多漂亮的邮轮，胳膊粗的缆绳将巨轮固定在码头上

有些内容比较离奇，比如：提前一天到达波多黎各（邮轮出发地，美国属地），需要填写住宿信息；航程结束后当天不飞离的，也要填写住宿信息；还要填写飞来和飞离的航班信息。这些信息与乘坐邮轮没有任何关系，游客都是自行前往或离开码头。看来这是美国为了反恐而设置的层层防范措施，通过邮轮公司给游客布置"家庭作业"。幸亏邮轮公司要求提前填写，如果登船时现填，不知会忙成什么样子。

午夜12点多，我拿着U盘到旅馆前台请求帮忙把登船资料打印出来，服务人员没有一点怨言，一会儿就打好了。

虽然费了很多精力，一直忙到深夜，但完成了搭乘邮轮最后一道程序，令我非常高兴，我这个英语不大灵光的人，也能完成翻译做的事，有点小自豪。

我为什么到波多黎各乘坐邮轮？因为船票便宜。世界上70%的邮轮航线在北美，北美70%的邮轮航线集中在美国佛罗里达州，波多黎各离佛州不算太远，邮轮航线多的地方船票就会比较便宜。

二、加勒比海诸岛国

登上邮轮有一种成就感

第二次环球旅行我来到波多黎各的圣胡安，这里是加勒比海地区的美国领地。

我准备乘坐T3路公交车前往邮轮码头。来到公交车站，上车只收硬币，一美元的纸币不能用，这里可没有刷手机支付，真是太不方便了，我只好另想办法。

车站对面有一家快餐店，我决定进去吃午餐，顺便换点硬币。我花了4.5美

我乘坐的"魅力号"邮轮，通体白色，巨大的船体充满着魅力

元（30元人民币）买了一个三明治和一杯饮料，吃了一顿简单的午餐。

我乘上T3路公交车，向邮轮码头驶去。行驶了两公里，从很远处就能看到嘉年华邮轮公司"魅力号"邮轮红色的烟囱，我立刻兴奋起来，乘坐特价邮轮的目标就要实现。

公交车终点站就在邮轮码头附近，这里是圣胡安的老城，景色很美，沿着海边是长长的景观带，巨大的"魅力号"邮轮静静地停泊在码头上。该船1994年建造，10万吨级，虽然建造年代比较久，但通过翻新并不显得老旧，线条优美，外观依然漂亮，特别是独特的飞翼型烟囱，非常醒目。

我拿出打印好的登船卡和护照，直接进入码头，然后是登船前的商业拍照，接下来领取房卡。服务小姐似乎对中国护照不熟悉，看来很少有中国游客在此登船，她喊来主管。这位主管看了一下资料向我发问，我一时没听懂，他用谷歌翻译给我看。我一看才明白，他是问我有没有在美国签证更新系统中登

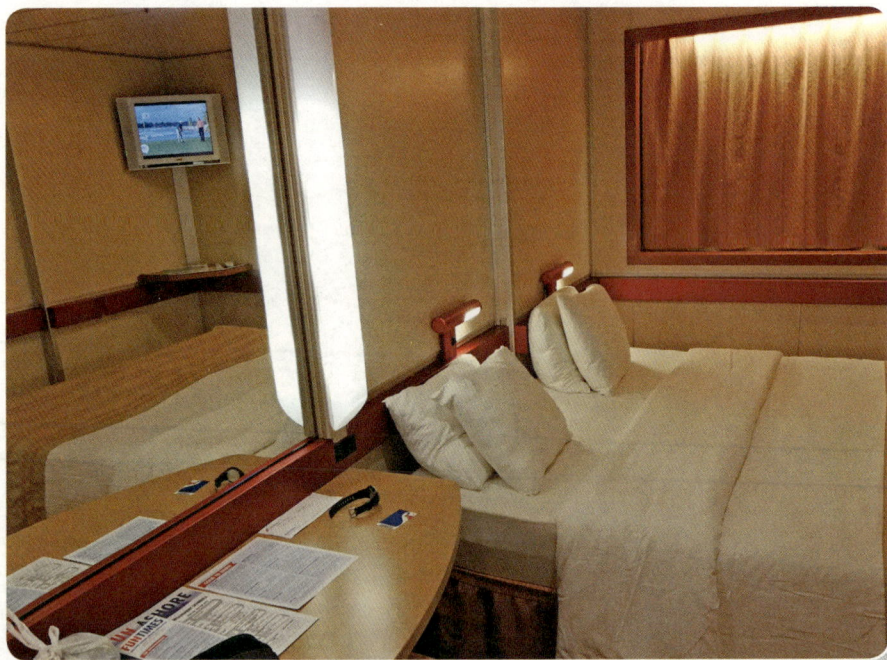

我入住邮轮的内舱房，虽然从房间里看不到外面的景色，却同样舒适

记。我说："登记过了，如果未登记就到不了这里。"服务员随即把房卡发给我，一切就这么简单，实际上许多工作我已经在前天晚上完成了，他们只需审核一下。

接下来安检，比上飞机要松一些，最后出关。上船后，当我进入房间时，我对依靠自己的能力，预订到超便宜的船票，并且完成网上登船手续充满喜悦，有一种成就感。对于一个只懂得一点外语的人，能够做到这些挺不容易。

进入房间先是参观一番，然后拍照，接着洗个澡，弥补昨天没洗澡的状况。船上的淋浴间感觉比酒店的还好，虽然小，但实用，水温调节精细，出水顺畅。

我来到船的最顶层，前前后后参观了一番。这艘船的顶层面积很大，有一个小型高尔夫球场，站在上面感到很开阔。美丽的圣胡安尽收眼中，雨后黄昏使这里的景色更具魅力，港口内各种船舶不断进出，旁边的机场不时有飞机起

航行中的邮轮如同一座移动的五星级酒店，有着好吃、好喝、好睡、好玩的环境

降，这座港城太美了。

晚上，我来到船尾的自助餐厅，这里的餐食全部都是西餐，我先从中选择一点品尝，第二轮再吃喜欢的食物，总能找到自己喜欢的食物。

晚上8点，我来到船上的演出大厅观看节目，今晚的主题是欢迎登船。一开始主持人与观众互动，主持人不断报出国名，看看有多少人来自这个国家。当然最多的是来自美国，还有来自加拿大、智利等国。当问到中国时，我举了一下手，不敢出声，我怕主持人与我进行语言交流。除了我没有其他人响应，看来船上没有中国人，因为中国游客怎么会到波多黎各坐船呢，几乎全都去了佛罗里达州。

享受邮轮上的大餐

海上航行日，船上称之为嘉年华邮轮欢乐海上行。

面对餐厅西式早餐，我选择了盐焗土豆、油煎香肠、西式蛋卷、烤西红柿、闷鸡蛋、西式黄豆、酸奶、燕麦粥，还有5种水果。吃起来挺有味，我在慢慢适应船上的西餐。我看到坐在我旁边的老外，盘子里全是香肠、香肚、培根、煎鸡蛋、炸土豆等高脂肪食物，而且数量还挺多，这么吃怎么能不胖呢？

加勒比海的天气不错，白云朵朵，没有什么风，海面非常平静。刚吃完早餐，服务员推着小车过来，问我要什么饮料，我要了杯咖啡。

老外们（其实我才是标准老外）或是晒太阳，或是阅读，或是闲聊，或是游泳。我品着咖啡，看着海景，感受舒适的温度和清新的空气，享受船上悠闲的慢生活。

我来到船尾的廊道，这里既不挨晒，也没有风，气温适宜，非常舒服。不喜欢晒太阳的人会选择这里，或是阅读，或是闲聊，或是看着大海发呆。我一边享受这里舒适的环境，一边写着游记。一会儿天上下起雨来，晒太阳的人们纷纷躲避，没多久雨就停了，太阳又露了出来，热带地区就是这种特点。

中午1点，我才去餐厅吃午餐。我所选的食物都挺好吃，印象深的有：西

吹着微微海风，呼吸着纯净的空气，享受着日光浴，我这种亚洲人的皮肤可享受不起

邮轮上有大型水疗按摩池，我遇到了巴基斯坦朋友，他的夫人穿着衣服享受水疗

式鱼肉卷、烤西红柿、烤肉、蛋挞、西式汤，还有冰激凌和各种水果。

吃过午餐我又来到船尾，享受舒适的温度和微微的海风，这一赖就是一整天。这种旅行生活挺好：吃完可口的餐食，然后静心阅读，困了就小睡一会儿，这是许多年长的欧美人旅行休闲方式。

晚上，我来到自助餐厅看了一下，感觉晚上的菜没有几个中意的，于是决定去正餐厅吃大餐，不过要等到晚上8点，吃大餐需要付出时间代价。

晚上8点，我们第二拨人才开始进入正餐厅。看着菜单我有些为难，需要用手机翻译，而且我不大会点菜，不知道什么菜好吃，如果随便点不好吃就麻烦了。

我费了好大劲总算把菜点好，我点的汤是意大利蔬菜肉圆汤，主菜是三文鱼，还有一份印度餐，吃起来口味不错，但总觉得好吃的大菜没点到，别人点的大虾我在菜单上没看到。

吃完晚餐已经10点钟了，晚上的演出也没能看成，时间搭上去不少。

黑人发达国家巴巴多斯

我乘坐邮轮来到加勒比海岛国巴巴多斯。这里阳光灿烂、海水湛蓝、沙滩洁白、草木葱绿，一派热带海岛风光。

联合国认定美洲有三个发达国家，即：美国、加拿大、还有一个就是巴巴多斯。该国人口中大部分是非洲人后裔，这里政治稳定，经济发达，社会安宁，街区安静，是一个热情友善的黑人国家，成为加勒比海的旅游胜地。

上午8点半，我第5个走下邮轮，开始游览巴巴多斯。坐邮轮抵达就是方便，没有人查验证件直接入境。来到码头接待大厅，我一看这里有免费Wi-Fi，赶紧上网，刚把微信打开接收了一些信息，网速就不行了，只能发送文字，图片发不出去，谷歌地图也无法下载，免费的网谁都想用。

我在游客服务中心拿了张当地的旅游图，直接出了码头，步行向市内走去。我考虑到时间有限，来不及乘车到岛内其他地方游览，只能在首都布里奇顿市内游览。

我沿着海滨路向市中心走去，这里的海水非常清澈，而且发出诱人的蓝色，道路另一侧的房屋色彩鲜艳，非常漂亮。我来到位于海边的鱼市场，市场规模不大，该国本身人口就很少，但很干净，整洁有序。渔船上正在往下卸鱼，这些鱼全部经过冷藏，然后放入统一尺寸的塑料储存箱中进行运输，既保鲜又卫生，方便运输。

在鱼市场里，不仅售卖鲜鱼，现场还进行海产品加工，如同小型食品加工厂，非常整洁。这里所有的员工都是黑人，可见该国黑人比例非常高。从这个小小的鱼市场，就能感受到巴巴多斯这个国家文明程度比较高。

我来到卡里内奇河的河口，这里的河水全都是海水，清澈湛蓝。这条河是这座城市的代表，沿河有许多码头，有临河而建的历史街区，有许多小桥，还

爱美的巴巴多斯女孩，她头上和身上的装饰很有特色，很有非洲韵味

巴巴多斯是英联邦成员国，该国普通人家的住房很小，有点英国房子的风格

有城市广场。沿河码头上停靠着许多漂亮的游艇，从邮轮上下来的一批批游客纷纷上了游艇。他们脱下衣服，尽情地晒着太阳。

我沿河往市中心走去，来到河边附近的国家英雄广场，广场周围有一些代表性公共建筑，其中有两座用珊瑚石建成的哥特式建筑，一栋是巴国议会大楼，另一栋是圣米希尔教堂。较为繁华的布罗德大街就在广场附近。沿河的建筑虽然并不高大，却有着岛国的特色，体现出这个城市的历史风貌，也是这座城市最漂亮的地方。

我看了一下旅游图，城市东南面的海滩离得不远，我决定先去海滩游览一番，根据我的经验热带海岛一到下午云彩就会多起来，没有阳光的海滩色彩将会打折。

我沿着当地黑人住宅区向海滩走去，这里虽然是普通黑人街区，但仍然比较整洁，住房虽然不大，有新有旧，但不乏漂亮的住房，而且有着英式住宅的

蓝天、白云、阳光、碧海、沙滩是包括巴巴多斯在内的加勒比海岛国的"特产"

建筑风格，该国曾经是英国的殖民地。由于这里的黑人素质较高，行走在这里不用担心安全问题。每当我向黑人问路时，他们都会热情地告诉我怎么走。

来到海滩，烈日当空，白色沙滩亮得刺眼，海水清澈湛蓝。这里有不少游乐和休闲设施，许多当地人和外国游客来此游玩，享受日光浴，享受蓝天、大海和沙滩。

巴巴多斯这个黑人国家怎么就成了发达国家呢？主要是因为该国政治稳定，当经济出现问题时，政党之间进行协商，一起努力解决问题，而不是相互对立。

巴巴多斯是拉美地区较少对中国人免签证的国家之一，只是该国太过遥远，来一趟可不容易，可以从美国佛州或波多黎各乘坐邮轮来到该国。

美丽岛国圣卢西亚

加勒比海岛国圣卢西亚多山，到处覆盖着茂密的森林，一派绿意。圣卢西亚岛南北长，东西短，呈鸭蛋形。该国只有18万人口，大多数是非洲裔黑人。

我乘坐邮轮来到圣卢西亚，巨轮停靠在首都卡斯特里。这里的港口、码头，还有附近的机场，被青山环抱，蓝天、白云、港湾、房屋、绿色植物构成了一幅美丽的画面。这里同时停靠着4艘邮轮，另有一艘停靠在港外，看来挺受游客欢迎。

圣卢西亚如同介绍的那样是一个非常漂亮的海岛，海边陡峭峻美的山峰成为该国的标志性景观，可以说圣卢西亚是加勒比海地区最美的岛国。

我来到邮轮接待大厅，这里有许多介绍当地旅游景点的图片，展示并介绍圣卢西亚的旅游线路。我选择了苏弗里耶尔这条自然景观最美的线路，只是这

岛国圣卢西亚自然风光优美，沿着海岸线有着峻峭的山峰，属于世界自然遗产

条线路游客较多，距离较远，往返一趟相当于半个环岛游的距离。

走出邮轮码头，大门外的马路上排得全是车，原来码头里面场地小，限制车辆进入。我询问后得知包车最低价100美元，这比在码头里面乘车便宜60美元。我想找人合乘，这路上哪有同行的人呢，考虑到今天游览往返路程很远，沿途有许多景点，随时需要停车，为了看美景还要节省时间和体力，乘出租车是必须的。

我坐上出租车沿着环岛公路向南驰去，这是一辆日产轿车，比较旧，但车内整洁，黑人司机服务周到。岛上全都是山，这里的公路相当于山区三级公路，弯道较多，许多路面并不平整，但也不难走。

一路上游览了热带海景风光，冒着烟的火山地貌，火山泥浆温泉，以及小镇风光。在苏弗里耶尔小镇附近，海边突起的陡峭山峰景观属于世界自然遗产，可惜我没有乘船以更好的角度观赏它的峻美。

观赏飞机的绝佳之地

我乘坐邮轮来到加勒比海圣马丁岛。该岛面积不大，却分属两个国家，南边属荷兰，北边属法国，任何人都可以自由穿越岛上荷法边界，两国在该岛上和平相处已经有三百多年，这在世界上绝无仅有。清澈湛蓝的海水和洁净的海滩，以及宜人的气候是圣马丁岛最大的亮点。

我和邮轮上下来的游客合乘出租车，开始游览岛上各个景点。汽车行驶一段时间后，司机将车停在路边，随手拿着一棵蔬菜下了车。路边有一群当地特有的动物——鬣蜥。我虽然见过不少动物，但这一场景鲜有遇见。鬣蜥见有人喂食蔬菜，纷纷围了上来，但它们还是有点怕人，它们是一种食草动物，对人没有攻击性，只是看上去有点像小号鳄鱼，让人有点害怕。

圣马丁岛东北部的东方海滩，这里划出一片特色海滩——裸体海滩。之前我听说：裸体海滩不裸不给进入，也许这是开玩笑，也可能真要"入乡随俗"。

司机把车开到紧靠裸体海滩的停车场，从车窗里就能看到海滩上赤裸的男女。我悄声地走近裸体海滩的边缘，这里完全是自由开放的，敢于裸露的人，一点也不在乎，赤裸着身体到处走动着，自由自在地享受天体海滩的阳光。多数人躺在躺椅上裸晒，男多女少，年长者为多。在这里不同的人会有不同的感受，大可不必用文明与下流、高雅与丑陋来评判，无需用是与非、美与丑来界定，愿意你就裸，不愿意你就看。

今天的主要景点是玛候海滩，这是令我期待的景点，我在预订船票时特意考虑停靠这个小岛的邮轮。为什么呢？因为这里能以很近的距离观赏飞机起降，这是一处独特的景观。

圣马丁岛多山，这给修建朱莉安娜公主机场带来很大的困难，使得这座机场的跑道一端朝向山，另一端与玛候海滩连在一起。为了充分利用有限的跑道，飞机起飞和降落时非常靠近玛候海滩，使得这里成为世界上能以很近距离感受飞机起降的地方。当飞机降落时，以非常低的高度掠过海滩，似乎跳起来

圣马丁岛上的鬣蜥，外表让人联想起凶恶的鳄鱼，其实它很温驯，胆子很小

就能摸到飞机，成为不少游客寻求刺激的地方。

我来到玛候海滩，游人明显比别处多，海滩上有不少人在戏水，也有不少拿着相机等待拍摄飞机的人。海滩的一侧是个很大的酒吧，酒吧里坐满了游人，边喝酒，边休息，边观看飞机，很是热闹。飞机一架接一架降落，以接近海滩的高度呼啸而过，只是小飞机多，大飞机少，宽体客机一架也没看到。要想把快速移动的飞机清晰地捕捉到镜头里可不容易，一旦拍到飞机掠过海滩的特写照片，令人非常开心。

一架大型喷气客机离开停机坪，向玛候海滩这边慢慢滑行过来，进入起飞位置，机尾朝向海滩，准备起飞。

这时几个年轻人跑到飞机正后方，双手抓住机场隔离栏，朝向飞机。我一看这架势就知道他们这是要玩刺激，赶紧对着他们拍照。飞机喷出的气流使我无法站立，我想起旁边警告牌上人被吹倒的画面，赶紧腾出一只手抓住路边护栏。此刻，飞机发动机加速轰鸣，如同12级台风般的强大气流瞬间迎头喷向

圣马丁岛上的机场跑道与海滩紧密相连，飞机常以非常低的高度掠过海滩

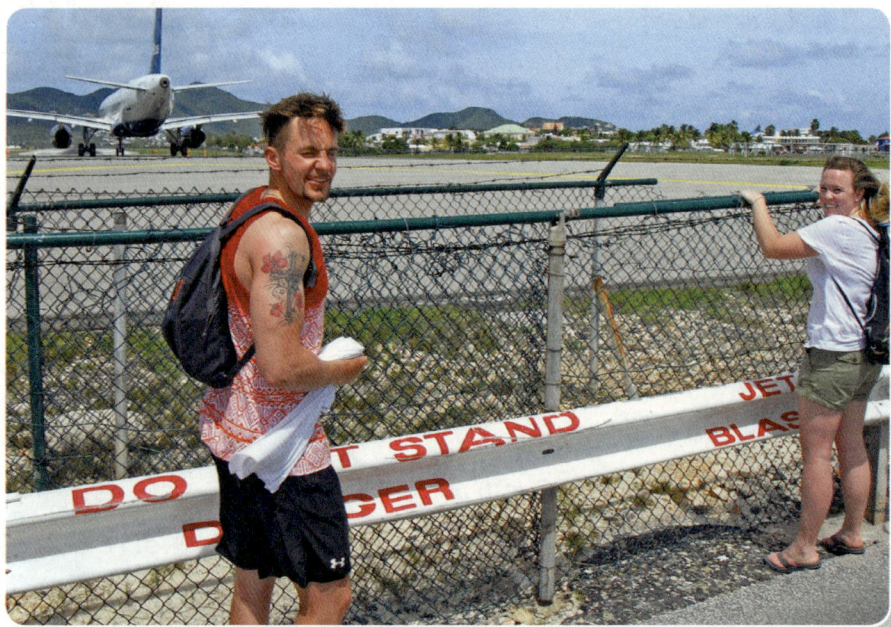

飞机等待起飞尚未加力，气流让人被迫扭过头来，接下来没有抓牢的人将被吹翻

我们，地面上飞沙走石，我下意识地转过头来，在极端状况下拍了几张海滩照片。有人被吹翻在海滩上，我的帽子差点被吹到海里。

一场刺激过后，所有在场的人都很开心，内心想的一定是：太有趣了，真够刺激的。

三、加拿大

房车游或许是最佳选择

我们全家三人一起来到加拿大旅行。

加拿大纵横辽阔，990万平方公里的国土面积居世界第二位，人口只有3500多万，是个典型的地广人稀的国家。雄伟的落基山脉，辽阔的五大湖区，茂密的原始森林，偏远幽静的海岛，纯洁优美的自然环境，为喜爱大自然的人提供了绝佳的去处。

北美森林中的小鸟全身羽毛呈黑色，翅膀两边各有一点红色就可以装扮自己

加拿大有许多国家公园，要想感受大自然的纯美，可以减少在城市里的游览，把更多的时间投入到自然美景中，一定会收获满满。

在地广人稀的加拿大，前往各个国家公园和偏远的地方旅行，不能指望公共交通，租车自驾游是一种理想的游览方式，可以解决旅行中行与游的两大问题。但是，旅行中还有两个要素需要考虑和解决，那就是吃与住。就加拿大而言，离开城市来到风景区或国家公园，就餐与住宿远没有城市来得方便，寻找起来相对困难。如果在国家公园里，特别是遇上旅游旺季，住宿与餐饮会变得更加不便，往往需要提前预订，费用也会上涨，有可能找不到合适的吃住地点，给旅行带来诸多不便。

有没有吃、住、行、游都能有效解决的旅行方式呢？答案：有。这就是租一辆房车，上述困难和问题可以轻松解决，吃住行游一车搞定。

加拿大房车租赁业务非常发达，房车营地等配套设施比较完善，租一辆房车在广袤的加拿大旅行那是再合适不过了。

房车旅行既是一种旅行方式，也是一种生活方式，这种生活方式在欧美发达国家比较流行，特别适合地广人稀、景色优美、治安良好的国家。来到加拿大，应该尝试一下房车生活。国内虽然也有房车，但旅行环境并不理想，感受也会大不相同。

租房车比租普通小车要贵很多，有可能是三倍以上的费用，但是如果综合来看：房车+自己做饭+住车上的费用低于租小车+餐馆就餐+住酒店的费用。

作为一种生活方式，房车旅行会带来非常好的体验：不用起早带晚赶路，景区里想住哪里就住哪里，想吃什么做什么，随时可以休息，随时可以泡杯热茶，随时可以如厕，等等。

在加拿大偏远地区旅行，作为一个家庭，租辆房车或许是最佳选择。

租房车环游大湖区

北美五大湖区，是世界上最大的淡水湖群。富饶美丽的五大湖区，湖滨平原沃土广大，地形复杂多样，森林辽阔，自然景色秀丽多姿。

我们来到位于多伦多以北博尔顿小镇的房车公司。办理租房车手续之前，首先观看20分钟房车使用录像，然后是房车实际使用培训。由于今天提车的人较多，一批接着一批，只好将大家聚在一起培训。接着签租车协议，办理相关手续，交车，车况检查，熟悉房车各部分使用与操作。

我们租了一辆崭新的房车，里程表显示只行驶了810公里，也就是从生产厂家开到房车公司的距离。一切都是崭新的，这让我们非常高兴，可大大减少旅途中出现故障的可能性，因为房车上出点小问题就可能影响某些功能的使用。

下午5点，我们将房车开出，驶往最近的一家生活超市购买食物。我们买了不少东西，足够几天食用，费用低于昨天一天的餐费，这就是房车省钱的一个方面。

正值周末，又遇上加拿大的小长假，其中周一是维多利亚日。我们联系了

房车比起一般小车要大得多，为了确保安全，应该具有驾驶类似车辆的经验

几家房车营地都已经订满,加之此时已经是晚上7点多钟,我们决定在超市的停车场做饭,可能的话就在这里过夜。

晚上,我们首次使用房车上的厨具做了一顿面条,虽然简单了点,但在可移动的家里,吃起来非常有味道。晚餐后,我在超市附近各个路口转了一圈,并没有夜间不能停车的提示,我们决定在此扎营。

房车也会内急

我们在车上吃过早餐后,我驾驶房车离开超市停车场向北方驶去,前往140公里外的Honey Harbour,开始围绕五大湖之一的休伦湖环游之旅。

由于正值当地小长假,加拿大400号高速公路上车辆很多,我控制车速保持在每小时90—100公里。由于车体较大,受横风影响明显,开起来没有小车平稳。

房车接通电源和自来水,将排水管接到排污口,这样就可以长时间正常使用

下午我们来到Georgian Bay Islands National Park国家公园游览。这个公园主要部分在大湖中的岛上，需要坐船前往，当地人都是自驾小艇前往。这片广大区域覆盖着森林，湖泊众多，几乎到处都是公园。

我们来到预订好的一家私人营地，这里地处森林之中，靠近小湖，非常幽静。这个营地只能为房车供电、供水，没有废水排放的地方。我们的房车经过昨天一晚和今天白天，已经"内急"，等待排放。无奈之下，我们又换了一个8公里外的营地。

这家营地在一个省立公园内，规模比较大，有300多个车位，同样位于森林之中，濒临湖畔。今晚这里只有两个剩余车位，我们选了一个，然后将房车开到集中排放处，排空黑水（马桶水）和灰水（厨房和洗浴水），加满自来水。停车就位后，接通电源，我们移动的家又回复了活力。

晚餐夫人做了一道菜：土豆胡萝卜烧羊肉，配米饭。这顿正餐我们都觉得很好吃，看来是这里的原料好，烧出来的菜味道香，当然也和做饭者的厨艺有关。

中国有没有蚊子？

凌晨，感觉车里比较冷，天气预报显示最低气温只有4摄氏度，虽然已经是5月下旬，但这里是加拿大。夫人和女儿都说睡得冷，于是决定到沃尔玛超市买被子。

我们驾驶房车向北80公里外的Parry Sound驶去。刚出营地没多远，只见公路上躺着一只被撞不久的动物，我赶紧停车。我在车上，夫人和女儿下车查看，此时有车辆经过此地，我怕被误解是我们撞的，赶紧喊她俩上车。她俩告诉我那是一只浣熊，从刚拍的照片看挺漂亮的，太可惜了。

在沃尔玛超市，我们买了一床薄被和一些食品，然后前往预订的房车营地。到达营地，工作人员得知我们来自中国后，在电脑中选择国家时，竟然找不到中国国名，看来我们是首批中国人。办好手续时，工作人员特地问我们：

"中国有没有蚊子？"这让我们感到有些奇怪，看来这里的蚊虫一定很多，同时表明她对中国非常不了解。

这里的停车位上水、下水、供电齐全，接完管线，我们到营地各处走走看看。这里停了很多房车，有些看上去是长期停在这里，以此为家。走到靠近滨湖的地方，蚊虫多了起来，而且越来越多，赶也赶不走，甩也甩不掉，直往人头上钻。这使我想起同纬度的中国黑龙江省北部林区，还有新疆北部等地，夏天蚊虫多得人们需要戴面罩。相隔万里之遥，却如此相似。

我们赶紧往回走，快步回到有着纱门纱窗的房车。早上气温这么低，怎么还有这么多蚊虫？其实这又算得了什么，冬天零下30多摄氏度呢。当地人怎么不在乎这些蚊虫？怎么会在此长期安营扎寨？接下来的行程都是围着湖水和森林转，是否还会遇到同样的麻烦？

晚餐夫人做了两个菜：青菜香菇、香辣豆腐，外加米饭，依然非常美味。

住在房车里如同住在家里一样，吃喝拉撒洗浴，以及学习与休息一并解决

有些北美人靠房车养老

早餐后，我们继续驾驶房车北上，行驶160公里，到达位于萨德伯里南郊的一个汽车营地。这里停车区域大，铺满嫩绿的草坪，营地周围是清澈的湖泊。

我们绕着房车营地步行转上一圈，靠近湖边的草地上开满了野花，野鸭妈妈带着小鸭在水中觅食，就像歌词里唱得那样充满诗情画意。

营地里停了很多房车，多数是拖挂式大型房车。我们的邻居是一对居住在萨德伯里的老年夫妻，我们同他们闲聊了几句，感受一下他们的生活：冬天他们住在家里，夏天开着房车到此并一直住在这里，看来他俩是房车候鸟族。有时他俩也会去美国佛罗里达州的迈阿密。

许多人的房车又大又好，而且在房车周围建起了自家的花园，似乎将这里

在超市买好食材，放入房车的冰箱里，早上轻松完成一顿营养早餐

当成了一个可长住的家。看来这已经成为加拿大人的一种生活方式：正在工作的人们，每逢节假日，开着房车到各处休闲度假；已经退休的老人，一到春暖花开的季节，就来到房车营地，享受优美的环境，这成为加拿大老人的一种养老方式，比住在养老院里更贴近自然。在美国，有75万人生活在房车里，房车已经成为美国和加拿大等发达国家人们生活的一部分。

晚上，我做了一道红烧阿拉斯加鳕鱼，夫人炒了个芦笋木耳，既有营养，又健康、好吃。

这个房车营地设有淋浴间，在里面洗澡热水充足，非常干净、舒适、方便。

世界上最大的湖中岛

上午离开房车营地，前往沃尔玛超市购买食品，然后给房车加满油，准备驶往位于休伦湖中的马尼图林岛。房车油耗比较高，加满一箱油要150加元（750元人民币）。

我们沿着加拿大横贯公路向西行驶，大约行驶了60多公里到达此次环湖行的西北端，然后转向南。高速公路变为双向两车道公路，路面变窄，坡度变大，道路两边的景色也更美了，好像行驶在公园里。

行驶了一个多小时，一处红绿灯拦住了我们的车，仔细一看原来要通过一座前往马尼图林岛的钢桥，该桥只有一个车道宽，靠红绿灯控制两端车辆通行。

马尼图林岛长130公里，面积2766平方公里，岛的形状极不规则，是世界上淡水湖中面积最大的岛。岛上湖泊众多，马尼图林湖是世界上最大的湖中湖，面积达100平方公里。

驶入马尼图林岛后，景色更加优美，休伦湖的广阔水域包围着马尼图林岛，岛中的湖泊如闪闪的明珠镶嵌在岛的各处。岛上地广人稀，保持着良好的自然生态，该岛是世界上最大的拥有纯净水域的岛。

行驶40余公里，来到马尼图林岛的中部，到达我在国内就选好的房车营地MINDEMOYA COURT COTTAGES & CAMPGROUND，这是一个包含小屋别墅的房车营地，有10幢小屋、17个房车位，有一片宽阔的草坪，一处滨湖码头。该营地濒临MINDEMOYA湖，周围森林环抱，景色非常优美。我们办好手续，将房车停到湖边的停车位上，然后开始细致观赏这座不大但非常精美的营地。

　　营地大门内外是原始森林，阳光照射下的林木一派翠绿，非常养眼。进入大门是一排朱红色的小屋和绿色的大草坪，白色的小路通往房车营地。泊车位被绿树环抱，靠湖一侧波光粼粼。走近湖边码头，我被这一湖清水所震撼，水质清澈透明，没有一丝污染，这里湖底是岩石，没有什么水生植物，水中很难见到鱼，有种水清则无鱼的感觉。湖中的岛屿和远处对岸皆是绿色的森林。环视四周美景，验证了我的选美能力，令人欣喜。

　　傍晚，我们来到湖边码头，欣赏美丽的湖景和落日。只是西边云彩较多，落日不尽理想，但仍然很美，我们独享这美好宁静的时光。

在世界上最大的湖中岛上的湖上（湖上有岛，岛上又有湖），观赏湖上落日

利用房车上的厨具，同样能够做出与家里一样可口的饭菜

　　昨晚的一场大雨使得早上的空气既清新又湿润，而且非常清凉，呼吸起来真是太爽了。窗外非常宁静，只有小鸟的鸣叫声。我来到平静的湖边码头，湖面雾气蒙蒙，一切显得静悄悄，非常喜欢这里。

　　春天来到这里，几乎只有一种颜色，那就是绿色，绿树、绿草、绿水；几乎只有一种声音，那就是鸟鸣；几乎只有一种空气，那就是PM2.5几乎为零的纯净空气；几乎只有一种水，那就是毫无污染的湖水与河水；几乎只有一种生活环境，那就是宁静与平和。这里游客很少，几乎见不到中国游客，这里远离大城市，从多伦多开车到这里，不算路上时间，仅汽车轮渡时间就需要两个小时。这里的环境如同天堂一般，令人陶醉。

　　逗留两天后，我们离开营地，前往位于马尼图林岛东南部的汽车轮渡码头，35分钟后到达。购买渡船船票很简单，工作人员用轮式测量仪，测量了房车的长度，然后收费151加元（755元人民币），包括房车和三个成人，费用挺贵，这还是淡季票价。

大型渡轮在茫茫雾气中靠上码头，各种车辆鱼贯而出，接着几十辆各种车辆驶入船舱，只用时20分钟。渡轮准时起航，驶往休伦湖南岸布鲁斯半岛上的托伯莫里。

这艘渡轮挺漂亮，我们四处游走，并参观了船上的展示，了解这条渡轮航线的发展历史，以及周边的旅游景点。航行过半，湖上雾气散尽，深绿的湖水、绿色的岛屿、白色的灯塔展现在眼前。

两个小时后，完成了美好而短暂的渡运。我们驾驶房车驶入森林中的营地，这个房车营地很大，由于是淡季，空位很多。营地里满是绿意，草地上长满了蒲公英，由于树多水多，蚊子也不少。

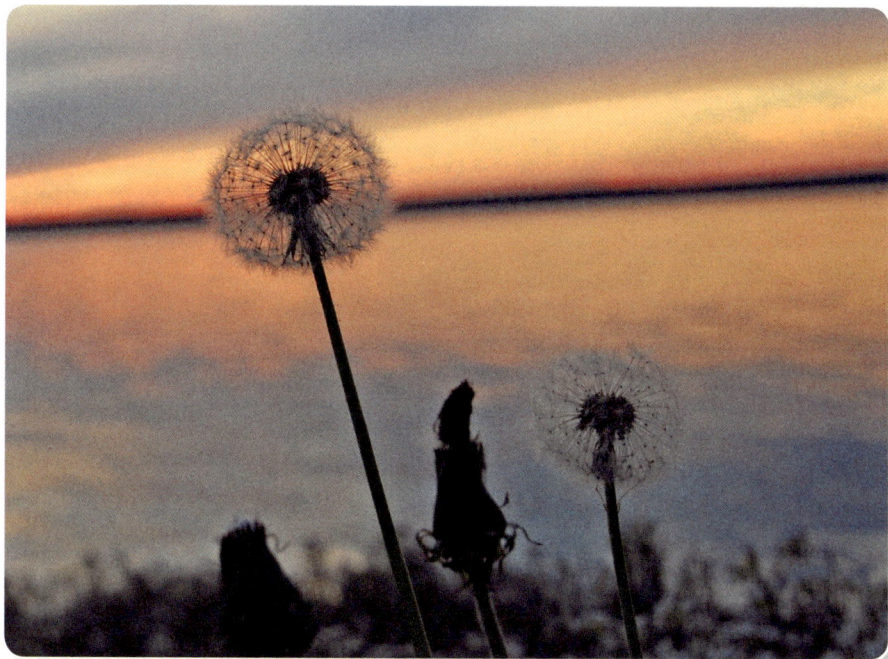

春天的北美五大湖地区，绿地上到处生长着蒲公英，只等随风飘散到四方

天然的"大花瓶"

我们乘上游船，前往五浔国家湖泊公园花瓶岛游览。

天气非常给力，风和日丽，是游湖的好机会。游船首先驶入一处湖湾，这里有当地人从事湖上航运时，遭遇风暴等意外情况而沉没的两艘沉船。湖底两艘沉船清晰可见，偌大的游船就在沉船上方航行。在港口附近的湖域，共有22条沉船。

花瓶岛位于港口外东北方6公里处，是一个林木茂盛的小岛。岛上有一处灯塔，为来往船只提供方位。岛上有两座如同花瓶般的巨型石柱，矗立在湖边，外形上大下小，非常奇特，成为该国家公园的标志性景观。这两个石质"大花瓶"是由于湖水的侵蚀、冲刷、风化、崩落而形成。

这个石质的"大花瓶"是大自然的杰作，这里的湖水清澈诱人

到达花瓶岛后，游船环岛一周，让游客从船上观赏岛屿风光，然后游客登岛游览。我们先后来到小花瓶和大花瓶两处景点，近距离观赏大自然的杰作。岛的四周是清澈碧绿的湖水，水与石相互衬托，加上岛上翠绿的林木，来到这里的游人都被这里的美景所震撼。

中午，我们在岛上一边吃着自带的午餐，一边欣赏翡翠般的湖景。

下午，我们驾驶房车前往115公里外的欧文桑德小城，来到名为Campground Owen Sound KOA的房车营地。这家营地位于小城郊外一片森林内，是房车公司提供的营地介绍册中推荐的，采取连锁化、标准化经营管理。停好车，我们来到林边的池塘，清澈的水中游弋着许多三文鱼，衬托着这里的景色。

今天的天气有些热，好似夏天，有点想打开房车里的空调降降温。十几天前在首都渥太华感受到的是冬天，转瞬间夏天就到了。

晚餐后，我们到营地外面散步，营地外是农庄，一条石子路伸向前方。这里的农民不种粮食作物，只种牧草，这个季节满目青翠，野花盛开。黄昏时刻，显得宁静和漂亮，四周望去见不到人，只有我们全家在这里享受异国乡间的幽静。

畅游五大湖中的休伦湖

早上，我们来到营地森林边上的小溪旁，一条大三文鱼被困在了小溪里，我们带上面包去喂食它。我们扔下去的面包，三文鱼就像没看到，辜负了我们一片好心，看来受困的鱼没有食欲。我们又带着面包到池塘边喂食三文鱼，鱼儿竞相争食。

上午我们驾驶房车前往休伦湖乔治亚湾的瓦萨加湖滩，这是世界上最长的湖滩。我们将房车停在湖边公园的停车场，这里位于整个湖滩的中部。湖滩大约长4000米，由于尚未进入盛夏，湖滩上休闲的人不多，下水游泳的更少。

我换好泳裤，用脚探入湖中，感觉湖水很凉。能够来到世界上五大湖之一，在洁净的水域游上一把，既难得又兴奋。这里的湖滩非常平缓，向湖中深

我兴奋地跳入五大湖之一的休伦湖，感受世界上最广阔的淡水水域

入百米湖水才达胸部。我忍着寒冷，在湖水中畅游，实际上只是在身体刚进入水中时，冷刺激最强。

夫人在湖滨的房车上做好午餐，吃过午饭，我们向预订的房车营地驶去。

一路上，道路两侧呈现出优美的田园风光，加拿大的农民依靠大型农业机械，每家每户可以耕种大面积的农田，如果中国农民也是如此，三农问题在中国早就得到解决，早就进入了小康社会，只可惜中国人均耕地面积太少。

接近营地的一段公路，纵向坡度非常大，完全顺着原有地形行进，而且一个长坡接着一个长坡，视觉效果可以用震撼来形容。我走过很多公路，像这条公路上下起伏的纵坡景象我是头一次见到。

今天的房车营地距离多伦多只有70多公里，地处乡村，位于林木茂盛之地，树木中以枫树为多。现在是一片翠绿，秋天的枫叶将使这里展现鲜艳的色彩。

预购里程计算精准

早上起来天气很好，明媚的阳光照射在枫树上，显出一片靓丽的绿色。

加拿大大湖区房车之旅就要结束，上午抓紧时间整理物品并清理房车，然后离开营地，驶向多伦多北部的博尔顿小镇。

还车之前还有一项麻烦的事，就是补充丙烷气（厨房燃气），我们跑了五六个加油站，都不能对固定在车上的钢瓶充气，浪费了我们不少时间。

上午11点到达房车公司，办理还车手续。这次房车之旅总行驶里程1008公里，比预先购买的1000公里里程包只多了8公里，我估算得非常精准，没有浪费购买的里程。我们做饭用掉的四分之一丙烷气体，房车公司向我们收取了17加元（85元人民币），早知不需要我们充气，能节省不少时间和精力。

女儿在当地的UBER网上叫了辆网约车，从房车公司到多伦多皮尔森国际

北美的松鼠可以轻松地倒趴在树上，享受刚刚得到的花生

机场20余公里，因为是首次用车免去20加元，只花了6.5加元（32元人民币），节省了100元费用。

下午，我们从多伦多搭乘飞机，飞往加拿大西部城市卡尔加里。我们预订了包含免费机场接送服务的一家酒店，代价是在机场等候了将近一个小时。

再租房车游览洛基山

加拿大最美的地方在洛基山，洛基山脉是加拿大境内最著名的山脉，也是著名的旅游度假胜地。在这个呈南北走向的巨大的风景区内，汇集了4个国家公园，集雪山、冰川、森林、瀑布、湖泊、河流、谷地、小镇于一体，野生动植物资源十分丰富，这是个没有旷世奇景却无处不是风景的地方。

我们将再次租辆房车，游览高山峡谷景观，感受狂野的大自然。

早上，我在酒店可以遥看到西边延绵的洛基山脉，能够看到许多白雪皑皑的山峰，期待近距离观赏。

房车公司的车来到酒店接上我们，前往位于卡尔加里以北20公里的房车公司。首先办理租车手续，然后由专人介绍房车各部分如何使用，加满油后将车交给我们，提车过程比较顺利。我们都觉得这家房车公司管理比较规范，但价格比较高，这次租的房车比上次的要小，租期也短，但费用反而高一些。看来加拿大洛基山是加拿大旅游热门地，在这里租房车的费用自然要高。

我们开着房车来到卡尔加里市内的大统华超市购买食品，又到沃尔玛超市买了一些食材。下午3：00才正式离开卡尔加里，向洛基山进发。

按照计划，今天首先到达洛基山山脉南部的卡纳纳斯基斯。我们沿着加拿大国家1号公路向西驶去，行驶了大约80公里后转向南，随后在洛基山峡谷中行进，道路两侧景致越来越漂亮。

这里有漂亮的滑雪场，有漂亮的山地酒店，这里曾经举办过G7国家领导人峰会。这里还有众多徒步旅游步道，是亲近大自然的理想之地。

我们到达预订的房车营地，办完手续后前往卡纳纳斯基斯湖。

山区公路在森林中蜿蜒起伏，道路两边是冰雪尚未消融的山峰，这里车辆不多，显得更加宁静。卡纳纳斯基斯湖分为上湖和下湖，两个湖有一定的高差，由于时间关系我们直接前往上湖。一路上云彩越来越多，到达上湖，阳光短暂出现，抓紧时机拍下有阳光色彩的山湖景色。高大的雪山临近湖边，相互衬托，景色优美。

　　我们返回营地的路上，一群麋鹿在公路两侧觅食，它们非常壮实，大的比较谨慎，小的却不在乎。我们没有下车打扰它们，只是在车上观赏拍照。

　　夜晚，森林中的营地只有寥寥几辆房车，我们以山水森林为伴，感受寂静，没有不安全的感觉。房车使我们把家搬到了山野之中，融入美丽的大自然中。

这辆房车比之前那辆小许多，费用也高，只因这里有着世界级的山水美景

雪山融水煮面味道美

早餐后，我们全家到营地外围来了一次森林徒步。我们穿过森林，跨过小溪，来到清澈的河边，高山融雪形成的河流非常清澈和湍急，配以原始森林和高山，如果消除一点点恐惧，会有融入原始与自然的亲切感。

上午我们驾驶房车离开卡纳纳斯基斯，前往班夫镇，那里是班夫国家公园所在地。

我们来到班夫火车站，这座建于百年前的火车站，见证了班夫的变化。目前只有货运列车进出，客运列车已经没有了。现在的火车站成为班夫旅游信息中心，这里还有咖啡馆和灰狗大巴车站。我们在信息中心咨询了洛基山各国家公园的旅游信息，同时了解未来六天的天气情况，便于有针对性安排游览线路。

我们穿过班夫镇前往弓河瀑布游览，我们在弓河北岸停车场停好车，走上

在优美的瀑布旁边，吃着用雪山融水煮出的面条，味道自然很美

观景台，具有百年历史的费尔蒙托酒店，展现在弓河对面茂密的松林里。古色古香的建筑外观和它的历史，以及它临高山而建的位置，都衬托了它的美。

我们沿着弓河开始徒步游览，从弓河两岸观赏美丽的河景和瀑布。徒步过后，开始忙午餐——下面条，我拿着锅，到弓河里取水，来一次雪山融水煮面。

随后我们前往双杰克湖游览。到了湖边，天气阴沉，不一会儿下起了大雨。我们索性在房车里休息，睡上一觉，真是想走就走，想睡就睡。

一觉醒来，乌云散开，雨停日出，湖区景色立刻变得艳丽起来，我们拿起相机向湖边奔去。湖边到处是地松鼠的洞穴，胆大的松鼠任你观看拍照，有的就像小模特一样站在石头上秀自己。

我看到许多人把车停在紧靠水边的湖滩上，我也将房车开到了湖滩上，临近水边。从高坡上放眼望去，高山、白云、翠湖、绿树、停在湖边的一排汽车……景色太美了。我们庆幸在这里等了一个多小时，看到雨后美景。

洛基山班夫国家公园的地松鼠并不在乎游人，任你观赏拍照

晚上，我们来到班夫最大的房车营地——隧道山营地。这里环境优美、设施完善，但预定时需要额外支付11加元（55元人民币）的预订费，看来是不鼓励预订。

令人惊艳的蓝色湖景

天气终于转晴，灿烂的阳光对于游览落基山非常重要，有了阳光一切变得多彩多姿，充分展现山水之美，大自然之美。

我们驾驶房车行驶在冰原大道上，只见前方道路上停了许多车，我意识到又有动物出现，我赶紧将车停在路边，三人拿起相机下了车。原来是一只棕熊出现在路边，这是我们此行所见到近10只熊中唯一一只棕熊，其他皆为黑熊。包括我们在内的十几个游客拿着长枪短炮，对着棕熊一阵拍照，棕熊对我们不

高大的山峰，蔚蓝的湖水，绿色的树木，组成了沛托湖令人惊艳的山水美景

屑一顾，一会儿便消失在密林中。

接着我们来到沛托湖停车场，从这里要走一段山间小道才能到达观景台。虽然已是6月，但山林中白雪仍未化尽，走在其中呼吸着清凉、新鲜、湿润、带着松树芳香味的空气，令人心旷神怡。

到达观景台，向下俯瞰沛托湖，我们被它惊艳的蓝色所震撼。我在安排行程时就知道它很美，可没想到会这么美，这么蓝，我们庆幸遇上好天气。为什么沛托湖会产生这么惊艳的蓝色？原来流入该湖的水中夹带着矿物质，当阳光照射到湖水时，含有这些矿物质的湖水吸收了阳光中其他颜色的光，只反射蓝色光，所以我们可以看到如此漂亮的蓝色湖水。

根据女儿得到的信息，再往西边走还有一处观景点，我们沿着小路来到一片没有松树，满是石头的开阔地。果然，换一个角度观看沛托湖，是另一番的美景，没有那么多树木遮挡，沛托湖显得更美。

车窗外有着山水美景，在这样的背景下享用才出锅的美食，只有房车方便做到

我们决定到下一个美景点做饭。来到水禽湖畔，风景如画，夫人在车上做饭，我和女儿下车赏景。一会儿香喷喷的炸酱面就做好了，面对美丽的湖景，吃着可口的午餐，只有开房车才能方便做到，其感受不亚于在五星级酒店享用大餐。

与黑熊近距离并行

早上，大半个天空被云彩遮挡，我们决定先游览玛琳峡谷这种受光色影响不大的景点。

玛琳峡谷展现出冰雪融水所产生的巨大力量，强大的水流如同水刀一般将岩石下切成深深的峡谷，令人叹为观止。地下河、蜿蜒的河谷、清澈的河水、绿色的森林都为这里增添了秀美。

这头黑熊吃惯了素食，对人不感兴趣，所以我们能够近距离地观赏它

继续前行，我们遇到一只在公路对面行走的黑熊，我将房车调了个头，与黑熊一起沿着公路并行。这只黑熊并不介意，只顾朝前扭扭哒哒地走着。女儿拿着手机对着黑熊近距离摄像，我开着车等速行进，犹如拍摄电影中移动的画面，这样得到一段黑熊行走的影像。一会儿，黑熊停了下来，只见它尾巴一翘，拉起屎来。等黑熊走远了，我代表全家查看一下黑熊的粪便：没什么臭味，粪便里几乎都是植物残渣，看来这头熊以素食为主。

我们来到巫药湖，这时云层散去，美丽的湖景展现在眼前。2015年7月，巫药湖周边发生了一场森林大火，湖边的展示牌上详细介绍了这场大火。我走进烧焦的黑色森林，所有树木全部死亡了，有些树木几乎被大火烧穿，想象一下，当时这里是多么恐怖的炼狱，如果是未及时逃走的动物，将葬身火海，化为灰烬。此时，地面已经长出小草，给这片林地带来新的生机。

高耸雪山环绕下的玛琳湖，延绵22.5公里。该湖因湖水颜色和湖中小岛而

森林大火对生态环境产生严重的破坏，黑色森林中已经生长出绿草

成为贾斯珀国家公园最美的湖泊，也是世界上最上镜的湖泊之一。我们静静地坐在湖畔，感受温暖的阳光，欣赏玛琳湖的美景，如果时间允许在这里住上一晚，那是再好不过。玛琳湖流出的清澈河水，在森林深处蜿蜒流淌，美丽的河景令人流连忘返。

我们继续向贾斯珀国家公园的另一著名景点——伊迪斯·卡韦尔山驶去。该山峰海拔为3367米，在贾斯珀国家公园所有3000米以上的山峰中，排列第11位。为什么这座山峰比较有名呢？因为该山峰的北坡非常陡峭，几乎呈垂直状态，高耸的岩壁上有着终年不化的冰雪，冰川从山顶上的冰盖向下悬浮于岩壁。正是由于陡峭北坡的存在，高山公路几乎修到了山脚下，游客可以驾车轻松到达山脚下的停车场，再通过步行抵近山脚，近距离观赏雪山悬崖景观，这就是它的魅力所在。

我们从93号冰川大道拐到93A公路上，又从93A拐上唯一通往伊迪斯·卡韦

玛琳湖是贾斯珀国家公园最美的湖泊，湖的四周有雪山环绕，春夏湖岸野花盛开

尔山的公路。这条公路长约15公里，沥青路面非常平整，只是路面非常窄，只能通行小型车辆，全路段有8个"U"形急弯，在该路的入口处设有大型车禁止驶入的标志。

我们的房车相对于小轿车算是大车，而在房车中算是小的。我内心有点忐忑不安，担心被警察拦下，狭窄的车道，刚好够我们房车的宽度。一路上行驶在葱绿的林中山道，伊迪斯·卡韦尔山越来越近，也越发显得挺拔和雄伟。到达终点后，当看到停车场上有一辆与我们相同的房车时，我才放下心来，庆幸我们选择了小型房车，能够开上来观赏雄伟的山景。

望着近在咫尺的雪山美景，我们非常兴奋，1公里多的步行坡道我们一会儿就爬了上去。我们来到距离伊迪斯·卡韦尔山只有几百米的观景点，山峰巍峨壮观，山上岩石陡峭，冰雪皑皑，天使冰川张着翅膀迎接我们的到来。我们赶上了好天气，好季节，可以从容地欣赏雪山美景。

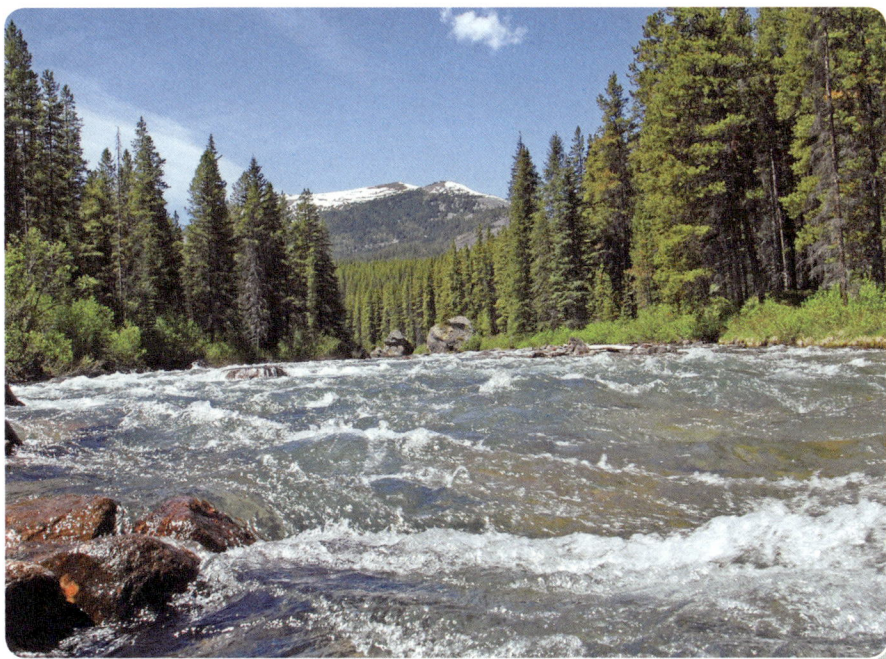

玛琳河河水非常清澈，在森林中蜿蜒流淌，有想下水的欲望，只是河水太凉

加拿大太平洋铁路奇景

根据天气预报，我们特意安排今天游览阿萨巴斯卡冰川。早上，天空万里无云，天随我意，非常有利于观赏雪山和冰川。

我们驾驶房车来到哥伦比亚冰原旅游中心，向雪山和冰川方向望去，3500米高的山峰一览无余，令人振奋。此时游客不多，我们属于第一批游客，上山的大客车只有10名旅客。

大客车到达山脚下的转运站，我们换乘又高又大而且有着特别宽大轮胎的冰川观光车，向阿萨巴斯卡冰川进发。观光车缓慢地开上了白色的冰川，纯洁的冰川迎来了今天的首批游客。一台推土机在冰川上开辟行进的道路，我们很是兴奋，在纯净的冰川上撒欢。

我从淡蓝色冰渠中灌满了一桶万年冰川水，这种水非常纯净，对人肯定有

加拿大洛基山国家公园内鹿科动物数量较多，很容易近距离见到它们

照片中上面的列车向左行驶，下面的列车向右行驶，想象一下这是同一列火车

益。我们在冰川上尽情漫步、观赏、拍照。由于晴朗无风，站在冰川上，或者躺着，或者坐在冰上也没有一丝寒意。在冰川上，我们感受到冰川之美，纯净之美，自然之美。

中午，我们在阿萨巴斯卡冰川对面的停车场用午餐，以雪山、冰川为背景，吃着万年冰川水烹制的海鲜面。

下午，我们沿着冰原大道一路南下，前往幽鹤国家公园游览。

幽鹤国家公园的主要景点是翡翠湖，湖的四周有数座高耸壮观的山峰，山上白雪皑皑，湖边的山坡上广布着茂密的森林。清澈碧绿的翡翠湖非常养眼，人们在湖上划着小船，享受纯美的自然景色，即使坐在湖边也有如在油画之中。

我们前往幽鹤国家公园塔卡考瀑布时遇上封路，没能去成，却看到了难得一见的人造景观。加拿大太平洋铁路穿过幽鹤国家公园时，当初修成一段陡坡铁路，给火车运行带来困难和危险。为了减小铁路坡度，改建这段铁路时，在两座山体内开凿了两座螺旋隧道，将铁路延长了7公里，减小了一半坡度。

当长长的火车经过这里时，就会出现奇景：火车从隧道上口驶出时，火车尾部还未进入隧道下口。当我拍摄这段铁路的局部画面时，看上去像是上下两条铁路同时行驶着两列不同方向的火车，其实这是同一列火车，在大山里盘旋上升，转了一个大圈。

四、格陵兰岛

格陵兰岛是世界上第一大岛，丹麦属地，在地理划分上属于北美洲。

格陵兰岛属于典型的极地气候，全岛终年严寒，超过80%的土地被厚厚的冰雪所覆盖。格陵兰岛上广袤的冰盖，其规模之大仅次于南极洲，千姿百态的冰山与冰川成为格陵兰的奇景，与南极同为观赏冰雪的好地方。格陵兰岛是地球上除南极洲以外人口密度最低的地区，这里的居民绝大多数是因纽特人。

对于喜爱极地旅行的人而言，前往属于北极地理范围内的地方旅行，比南极要容易得多，旅行花费也会相对较低。如果想去南极旅游又觉得太过昂贵的话，可以考虑北极圈内的一些旅游地点作为替代，如：格陵兰岛的伊卢利

格陵兰岛上有许多漂亮的房屋，远处是漂浮在海面上巨大的冰山

萨特。

我来到格陵兰岛西海岸的伊卢利萨特，这里位于北纬69°，地处北极圈以北200公里。伊卢利萨特按格陵兰语直译是"冰山"，可见这里是观赏冰山冰雪的好地方。

伊卢利萨特是格陵兰最受欢迎的旅游地点，因为这里有壮观的伊卢利萨特冰峡湾，已被列入世界自然遗产名录。

飞往格陵兰的天价机票

前往格陵兰岛的伊卢利萨特，可以从丹麦或冰岛等地搭乘飞机直飞或者转飞。

冰岛飞往格陵兰岛只有格陵兰航空和冰岛航空等少数几家航空公司的航班，由于垄断经营，加上格陵兰岛属于北极地区，机票价格非常昂贵。我在冰岛遇到三个中国女游客刚从格陵兰回来，她们提前两个月预订机票，她们也认为是天价机票。我问她们机票价格，她们回答：预订好了就不管它多少钱。看来是真贵，她们都不愿说。

我在广州"一起飞国际机票网"人工客服的帮助下，预订了由冰岛雷克雅未克到伊卢利萨特的往返机票，单程飞行时间3小时（螺旋桨小型飞机），票价13200元，对我来说这真是天价机票，这个费用甚至可以从中国飞美国三个来回。看来只要涉及"极地"，相关费用就会高出很多，没办法，谁让我喜欢极地呢。

飞往格陵兰伊卢利萨特的飞机为DASH8型双螺旋桨小型飞机，只能乘坐36人。我要了一个靠窗口的座位，这样可以尽情欣赏被冰雪覆盖的格陵兰岛。

飞机起飞后向西飞去，下面是浩瀚的大西洋，一个多小时后前方海面出现白色小点，过一会儿才看清是漂浮在海上巨大的冰山，"泰坦尼克号"就是撞上冰山而沉没的。越往西浮冰越多，渐渐飞临格陵兰岛东部海岸。冰川将巨大的冰体排入海中，海上浮冰密布。飞入格陵兰岛内陆，所能看到的是一望无际的冰盖，有一些山峰露出头来。

飞行三个小时后，飞机穿过云层，伊卢利萨特出现在下方，气势磅礴的冰峡湾也展现在眼前，只是短暂掠过。

飞机放下起落架，对准机场跑道，眼看就要着陆，突然加速复飞。盘旋了一圈后，飞机再次对准跑道，逐步降低高度。只见地面风雨交加，雨不算大，风可不小，而且是侧风。侧风对于飞机降落非常不利，刚才复飞就是在躲避危险，可转了一圈风仍然很大，我有些担心。飞机继续下降，可以感到飞机在努力与侧风抗衡，在摆动中终于成功降落。此刻有人鼓起了掌，我意识到机上有懂行的人，这是对降落成功的祝贺，由此引来机上一片掌声，不知飞行员听到没有，至少唯一的空姐听到了。

走出机舱，外面雨不大，风不小，足有五六级，感觉不太冷，当天的天气预报为中雨，气温6—10摄氏度。下机后早过了午餐时间，我用信用卡买了个

伊卢利萨特位于北极圈内，到了夏季可以看到花卉盛开，这是北极地区独特的花

汉堡包算是一顿午餐。

我换好冬装，其实就是穿上所有的衣服。

走出机场候机室，外面空荡荡的，连个人也没有。机场到小镇中心有三公里，我决定步行。

路上大风阵阵，没走多远突然下起大雨，在没有树木和房屋的旷野，根本没有避雨的地方，我的上衣只能防小雨，我想这下可要成落汤鸡了。就在此时，从机场方向开来一辆皮卡车，我立刻招手示意搭车，好心的当地人立刻停车，我赶紧躲到车内，连声致谢。这是当地因纽特人开的车，三公里的路程一会儿就到了。

我在小镇中心下了车，顺便逛了逛咖啡店和超市，在这北极地区有一个与大城市相似的超市，出乎我的预料。超市里可以买到熟食，这下可以解决吃饭问题。

北极圈内可以见到如此漂亮的野花，而在南极最高等的植物是地衣和苔藓

我预定了这里的一家民宿，屋外没有任何标识，到了门前都无法确定，反复询问多人才找到。选择这家民宿是因为便宜，每天的费用仍然要300多元人民币。

北极圈内可见午夜太阳

早晨，外面仍然是阴沉沉的，还飘着蒙蒙细雨。这种天气太令人扫兴，一共来格陵兰岛几天时间，前两天都下雨，怎么对得起昂贵的机票。

中午，我到伊卢利萨特小镇中心的"格陵兰世界"旅游公司，预订了明天上午"乘船游览冰山"的旅游项目，费用610元人民币。感觉有些贵，这里是极地。

在一家咖啡店点了一份海鲜炒面，这家店是菲律宾人开的，店员都是菲律宾人。这盘炒面的价格折合人民币88元，色香味俱全，非常可口。

下午天气转好，只是雾气阵阵，无法看到海面上的冰山，只好在小镇上随便逛逛。我住宿不远处建有一座垃圾焚烧厂，我挺感兴趣，因为没见过。在焚烧车间门口，我探头向里望去，里面的工作人员示意这里不能进入，待我转身离去时，这名工作人员招呼我随他进入了控制室。他向我介绍了机械手抓取垃圾往炉内投放的过程，以及显示屏监控情况。我看到炉内火焰熊熊，最后烧不掉的东西排出炉外。

伊卢利萨特到处都是裸露的岩石，很多通往各家各户的水暖管道都是在地面上明管铺设，垃圾根本无法进行填埋处理，工厂化焚烧垃圾是这里最好的选择。在这片纯净之地，垃圾只有通过无害化处理，才能保护优良的环境。

我在美丽的岛国马尔代夫也参观过处理垃圾的过程：自卸汽车装满首都马累产生的垃圾，通过轮船将自卸车运往处理垃圾的小岛上。就在我观看垃圾装车时，汽车司机招呼我上车，这样就有了一次免费跨岛参观的经历。

来到处理垃圾的小岛上，只见浓烟滚滚，烟气熏天。自卸车驶下渡船后，驶往冒着黑烟的地方，原来有几个人负责点燃、翻烧从自卸车上倾倒下来的垃

来到北极圈以内，如果是在六月，有可能看到午夜的太阳

圾。这就是美丽岛国处理垃圾的方法，不过这样省钱，就是会污染空气。

傍晚，我爬上百米高的小山，远处冰峡湾清晰可见，期待明天近距离观赏。向西望去，紧贴着海平面有一层薄雾，这是由于海面上大量的冰所产生的。此时，极地久久不落的太阳处于薄雾之上，产生绚丽的光晕。夕阳迟迟不落，东面月亮缓缓升起，在这北极地区我观赏到日月同辉的景象。如果夏至来到这里，太阳不会落下，可以见到午夜的太阳。

自然与人体美景

早上有雾，海面上能见度低，这种天气会影响出海看冰山的效果。

上午10点，陆上的雾气已经散尽，海上的雾却迟迟不肯散去，这与海冰形成的低温区域有很大关系。

我来到港湾，这里停满因纽特人出海捕捞的小艇，被浮冰塞得满满的，一片白茫茫。我们乘坐的机动木船能开得出去吗？然而就是这艘木船，顶着浮冰，避开冰山，在浮冰的间隙中穿行。一旦船头撞上较大浮冰，或者两侧蹭到浮冰，都会使木船开始抖动，如同驾车时踩刹车或猛打方向盘的感觉。

伊卢利萨特海面上的浮冰真是太壮观了，几乎将整个小镇从外部包围起来，巨大的冰块形似冰山，高大、洁白、挺拔、壮观，有八分之七在水面以下。海上的薄雾迟迟不肯散去，很难拍出冰山的壮美，令人遗憾。

下午天气转晴，我走上蓝线观光道，开始冰峡湾徒步观光游览。

伊卢利萨特是这个小镇的名字，尽管它是格陵兰岛第三大定居点，但居民不足 5000 人。在小镇南面就是著名的伊卢利萨特冰峡湾。源自格陵兰岛内陆的冰川，不断地向前推进，气势浩大的冰川将巨量冰体推向大海，形成漂满浮冰的峡湾景观。

在伊卢利萨特冰峡湾岸边，可以看到巨大的冰山向大海奔去，势不可挡

我来到满是岩石的峡湾岸边，近距离观赏冰川的气势磅礴与浩浩荡荡。冰川入海时以看得出的下泄速度奔向狭湾，不时听到隆隆的冰山崩塌与倾覆的声音。这阵势让我久久坐在岩石岸边，如同观赏一部自然界的大片。峡湾中部地带，聚集着许多大号冰山，不仅体量大，而且移动快，给人以视觉和声音的震撼，展现出自然的力量。在这旷世美景地，很难见到其他人，只有我一个人在欣赏这壮美的风光。

　　为了感受海冰，我来了一次亲密接触，我在冰海中泡泡脚。那是真冷啊，一会儿工夫双脚冻得疼痛难忍，但仍乐得其所。

　　这时，我看见一对外国青年男女来到冰峡湾的岸边，离我有100米左右。女的来到海边后，开始脱衣服，我以为她要下水游泳，这可比我泡脚勇敢得多。只见女子脱光了所有衣服，站在海冰前一丝不挂地摆弄着各种姿势，原来

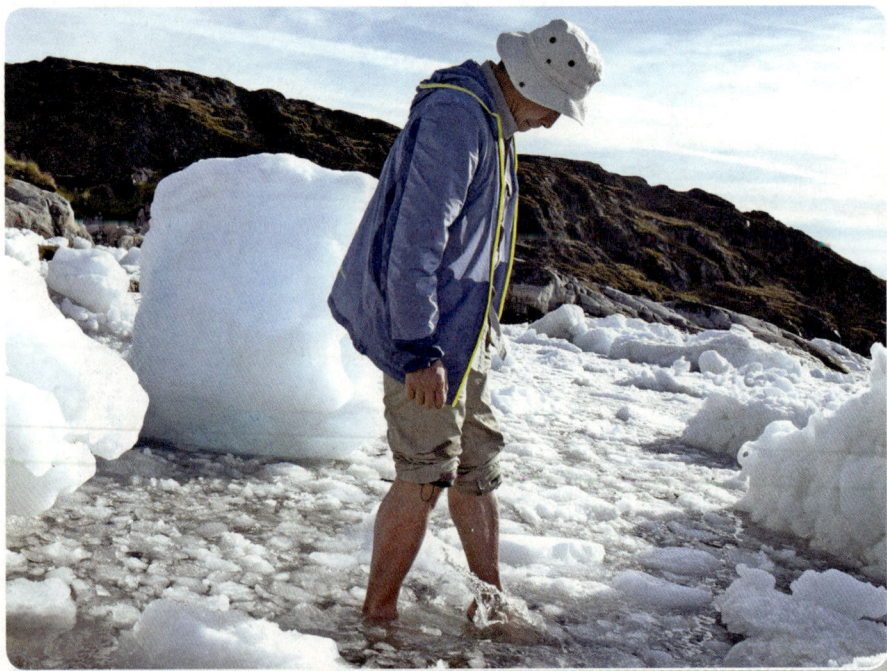

看到冰峡湾里到处都是纯净的冰，我脱掉鞋子亲身感受一番，体验冰冷刺骨的感觉

他俩是在拍摄天体照。在这纯洁的极地，人体与自然融为一体，真是美上加美，与色情不沾边。

我在远处静静地看着，想走近点又不能，他们不设防，我也不能打扰人家。我心想：今天怎么连续看到美景，这些景色真是难得一见，因为这里是极地，人体与冰雪都充满着自然之美。

在这冰雪美景之地，我自带晚餐，以大冰块当桌子，摆上在超市买的食物，用冰块当凳子，坐在冰的世界中，享用既简单又难得的冰峡湾野餐。

享受四星级酒店海鲜晚餐

我在伊卢利萨特入住当地因纽特人的民居，房子的主人是一对年长的夫妻。他们长得四方大脸，胖胖的身材，与内蒙古人很相像。

由于他们不懂英语，就把房子委托给当地旅行社经营。难怪我按照订单好不容易找到房子后，都无法确定，除了门牌号，没有一点家庭旅馆的标识。这户人家，房子挺宽敞，卫生设施齐全，还是双卫生间，装修简洁而实用。虽然目前是夏季，但屋内仍然开着暖气，挺舒适。

这里的民居都很好，样式各异，非常宽敞，外观色彩鲜艳，五颜六色，随着花岗岩山地地形而建，高低错落，美观实用。

上午，我来到海边，参观因纽特人以往生活展览。他们大约在公元前3000年来到这里，也就是5000年前，真是难以想象。我们在21世纪的今天，要搭乘数次飞机才能来到这里，而他们当时是怎样漂洋过海从亚洲来到这里的呢？冷漠的冰雪之岛，每年有几个月的极夜，寒冷难耐的极地生活，他们顽强地生存下来，他们确实是一个坚韧的民族。在伊卢利萨特有不少因纽特人的塑像，纪念他们坚韧顽强的祖先。他们被称为爱斯基摩人，意为吃生肉的人，他们并不喜欢这种称呼，更愿意被称为因纽特人，即耐寒冷的人。

下午，按计划我该飞离格陵兰岛。我决定步行三公里前往机场，一是距离不远，路上可以看看风景，二是一直没有换丹麦克朗，不方便打车。

距离机场还有一公里时，我站在高坡上远远向机场望去，机场里没有一架飞机，非常安静。我在想这是怎么回事？上午还有旅游直升机起飞呢，天气还可以呀。

来到小小的候机室，有不少人在候机。我来到航空公司柜台前，正要办手续，旁边站着一位中国导游对我说："航班取消了。"我心里一惊，问道："真的吗？"他说："我在这里已经延误两天了。"

我不愿相信这是真的，我把护照递给冰岛航空公司的工作人员，一会儿就拿到了登机牌。我心想，哪有航班取消的事。中国导游说："你怎么能拿到登机牌？"我又想，你们这么多人的旅行团，安排起来哪有我一个人方便，有一个座位我就能走。

从冰岛飞来的飞机开始返程登机，在登机口我被告知是下一班飞机，我一看航班信息，下一班飞机的起飞时间需要等通知。大部分乘客都飞走了，只剩

因纽特人小姑娘，抱着刚出生不久的雪橇犬，向我展示它的可爱

下十来个人，这时我才有时间和来自"广之旅"的杨姓导游说起话来。

他说："昨天因为有雾飞机无法降落，今天一架飞机有故障，这样飞机周转不过来，我们19人的旅行团先飞往冰岛9个人，剩下10个人滞留在这里。"

等了一个多小时后，被告知航班取消，明天另外安排飞机。我的心如格陵兰的冰一样冰冰凉，如此一来将会耽误我之后的行程。

航空公司负责滞留人员的食宿，我和"广之旅"的10个人入住同一家四星级靠海边的酒店，由于他们一再被耽搁，所以入住海景房，我被安排在山景房。很不错了，由民居升级为四星级酒店，在这极地有吃有住，那可是一种好享受。

我又到海边去看冰，海水已经退潮，许多冰块留在海岸的岩石上，有的冰块呈现淡淡的蓝色，非常纯净。远方的天渐渐暗下来，冰山在暗色天际的衬托

退潮以后，巨大的冰块留在了海岸边，冰与漂亮的房屋构成了格陵兰一景

航班取消使我品尝到免费的晚餐，此时希望飞机过两天再来，让我继续享受美味

下，显得更加清晰。一会儿雨来了，极地的天气就是多变。

晚上，我们在酒店餐厅里享受丰富的晚餐。10人旅行团安排在一桌，我单独一桌，吃的菜差不多。给我上的是三菜一汤，外加米饭和面包，三菜是冷盘（烤猪肉、酱鸭、生菜）、糖醋鱼块、清蒸鳕鱼，汤是排骨粉丝汤。菜做得非常美味，不知是不是中国厨师做的，感觉像是专门为我们这些中国游客做的。烤猪肉大家都觉得很好吃，鱼肉非常新鲜，清蒸鳕鱼非常鲜美，就像螃蟹肉似的。我一点没浪费，全部吃光，回味无穷。估算一下，我这顿晚餐至少在400元人民币以上，算得上海鲜大餐。

我到酒店前台看了一下我房间的价格：1550丹麦克朗，约合1600元人民币。此时，我不再抱怨航班被取消，感受到的是享受和惬意。

南极嫌贵就去格陵兰

吃早餐时，我和"广之旅"的伦姓大哥攀谈起来，谈得投入一个上午的时间所剩无几。

他说他们参加的是，由广东十佳旅游公司之首的"广之旅"组织的19人冰岛+格陵兰岛10日豪华旅行首发团，每个人的费用5万多元，全程入住四星级酒店。他们中许多人都是出国旅游的常客，世界各地差不多都跑遍了，有的去过南极，但没人到过格陵兰。该首发团一经推出没几天就满额了。

我们边聊边看着外面的天气，雨雾时大时小，不知今天飞机能否正常起降，如果再出现延误的话，有可能耽误他们回国的航班，而且申根签证也将到期。他们团的杨导坐立不安，亲自到机场跑了一趟，了解航班起降情况。他回来后说飞机可以正常起降，我们中午12点一同赶往机场。

因纽特人小朋友，他们是地地道道的黄种人，他们的祖先从亚洲来到格陵兰岛

午餐酒店为我们准备了炒饭和肉圆汤，炒饭类似扬州炒饭，海鲜虾仁挺多，很好吃。

来到机场，航空公司给我们安排头一班飞机。飞机在雨中飞离了天气多变的格陵兰岛，向东直飞冰岛。

这次我在格陵兰岛5天4晚的游程，包含冰岛至伊卢利萨特的往返机票13200元，全部吃住行游大约花费15500元（平均每天3100元），其中往返机票占总费用的86%，可见机票占了大头。比起38000元的南极游，要便宜得多。

如果来到冰岛，再花上一万多元的机票钱，就可以到位于北极圈内的伊卢利萨特游览一番，观赏极地冰川和冰峡湾。如果在阿根廷的乌斯怀亚，想去南极游览观光，需要花费4万元左右。相比之下，如果嫌贵去不了南极或者无法忍受德雷克海峡晕船之苦，那么可以去格陵兰，只是格陵兰岛上没有企鹅。

五、美国

睡在美国机场里

睡在机场里？听起来真不上档次，有时这可是最经济，又省时省力的选择。

在转机的时候，有可能很晚才下飞机，下一趟飞机又是第二天早上的航班，如果住酒店，不仅睡不了几个小时，搭乘出租车还要花费不少的费用，而且又要耗费时间，这种情况下就在机场过夜吧。

我由波多黎各飞往费城，然后转机飞往西雅图，再飞往阿拉斯加。波多黎各圣胡安机场的起飞时间是13：59，上了飞机以后迟迟没有动静，直到15：23才起飞，而我在费城机场转机时间只有1小时8分钟。这样就危险了，如果赶不上下一班飞机，今晚的住宿、明早的飞机、明晚的住宿都将受到影响。

在飞机上，我向乘务员了解到下一程航班在A11登机口，我问能否赶得上，她做了一个跑步的动作。

当地时间17：50，飞机降落在费城国际机场，等到下飞机时已经是18：00。我下了飞机连跑带奔，穿行很长一段距离，当我气喘吁吁地来到A11登机口时，已经是18：08，飞机起飞时间是18：15，看似来得及。此时登机已经结束，飞机还在停机坪上。我把登机牌拿给航空公司服务人员，她说："来不及了，飞机马上要起飞。"这个航班倒是真准时，一点等候的意思都没有，给我带来很大的麻烦和损失。

服务人员为我查询接下来的航班，没有当天航班，只能改到明天，随后重新为我打印了两张登机牌，原来增加一次在芝加哥的转机。我问能否提供晚餐和住宿，对方答复：国际航班才提供住宿。我得到一张12美元的就餐卡，就这么一点点补偿。

接下来我需要与携程取得联系，更改西雅图飞往阿拉斯加的航班，更改西雅图和阿拉斯加的住宿。费城机场里有免费Wi-Fi，我却上不了网，这样我连携程的电话都查不到。我只得发短信，求助家里帮我查号码。谁知一会儿携程主动打电话给我，让我再次感受到携程周到的服务。

经过携程工作人员的努力，将我的机票按同航班顺延一天，如此变更使我多支付2700元人民币，如果重新购票也要这个价钱，而原票价当时购买只需1000多元。住宿变更有些费事，携程要我提供航班延误证明。我在机场航司服务台开了一个证明，拍成照片，然后通过机场服务台开通了免费Wi-Fi，这才把证明传过去。携程服务人员费了好长时间才把西雅图的住宿变更好。而阿拉斯加的住宿是通过Booking网预订的，无法变更。

由于相差5分钟未能赶上飞机，我至少损失3000元人民币，而且还要多吃

我在美国太平洋沿岸旅行时遇上象海豹，它们体型庞大，喜欢群居生活

辛苦。这样的损失很可能得不到保险公司的赔偿，他们的理由是航班晚点并未超过4个小时，未赶上下一班飞机不在理赔范围，这就是保险公司的理赔技巧。

晚上，我把羽绒服穿上，睡在候机厅的长椅上，这里的候机厅比较嘈杂，只能将就一晚，这就是旅行中的艰辛，不过可以节省一晚可观的住宿费。

有这样一种说法：没睡过机场，就称不上旅行者。

冰雪阿拉斯加也可能中枪

我从美国大陆经由西雅图飞往阿拉斯加的安克雷奇，然后转飞费尔班克斯。

一路上天气很好，能见度很高，阿拉斯加中部连绵不断的雪山清晰地展现在眼前，似乎我又到了南极，看来阿拉斯加的雪山同样壮美。

从高空俯瞰阿拉斯加，到处是白雪皑皑的群山，大自然的冷酷同样是一种美

飞抵费尔班克斯机场后，我先跑到航站楼外面观看雪景，感受一下这里的温度。外面没有风，不太冷，洁白的积雪上一尘不染，到处是纯洁的白色。白雪包围着白桦树，带来典型的寒带景色。

到达旅馆后，天气转晴，太阳出来了，蓝天下的雪景非常漂亮，我顾不上办理入住手续，先去欣赏雪景。我喜欢雪，我觉得它代表着纯洁和纯美，特别是覆盖着整个大地的积雪，使得空气非常纯净。

房子屋檐上，挂着长长的冰挂，看上去很冷，实际上和中国东北差不多。林中的白桦树、松树、柏树，显示出这里的生机。我还穿着凉鞋，在厚厚的积雪里行走，一会儿袜子就潮了，我得买一双能在积雪里行走的鞋，这样才能尽情地踏雪和赏雪。

我在超市买了一双雪地靴，40美元（260元人民币），这下我可以尽情地到雪地里撒欢。超市里有很多熟食，吃饭的问题基本能够解决。我买了一些熟食

费尔班克斯市内的切纳河，冬季无人来此欣赏河景，呈现冬日的寂静

和水果，这样晚餐就不用到外面去找了，既方便又省钱。

我穿上雪地靴，兴冲冲地出去踏雪。我顺着可以行驶汽车的大路向切纳河走去，没走多远一转弯就到了尽头，这里有一幢当地人的房子。我站在这里四下张望，看看有没有路可以走的河边，房前一个老妇人对我喊着"GO，GO"，要我离开。我一边想这人怎么这样不客气，一边掉头顺着大路往回走。这时我发现路边有一个不起眼的小木牌，我拿出手机翻译上面的文字，刚翻译一个主要单词就把我吓了一跳，手机显示"开枪"二字，不知道是进入这个牌子以内开枪，还是进入房子里开枪，反正这个警告够严重的。

这里连个围挡、栅栏、铁丝网、大门、栏杆等什么都没有，我是顺着城市道路走过来的，路中间没有任何阻拦，如果是开车过来谁能看到路边的小牌子。我曾听说过闯入美国私宅，主人可以开枪。既然是私家领地，你应该把它围起来，或者路上设个栏杆，以免别人误入。

这条路到不了河边，我就从另外一条路绕过去，那边有一座桥横跨切纳河。我来到桥上，放眼望去冬日的河景非常漂亮。这是一条贯穿整个城市的河流，河水并未完全冻结，可能汇入了温泉水。

冰天雪地泡温泉

冬季来到阿拉斯加一定要观赏北极光，我联系到一位当地中文导游，他的微信名叫：阿拉斯加旅行家鲁尔。他说："这两天天气不行，有小雪，观赏极光要根据天气情况而定。明天有车去泡温泉，你去不去？"我一听就报了名。

一会儿鲁尔开着车来到旅馆，我支付了125美元（812元人民币）泡温泉的相关费用，在极地旅游就是贵。他给我看了前天晚上他带人看极光时拍的照片，挺漂亮的，可惜我没能赶上。

在旅馆里，我遇到两位美籍华人，她俩来自芝加哥。我问其中的张女士："你们看过极光了吗？"她说："昨天夜里在野外待到凌晨两点也没看到。"我说："昨天是阴天还去看极光吗？"答："我们提前在网上预订好的，钱也交了，

在阿拉斯加冰天雪地里挑战寒冷，享受冬日的快乐

只能按照计划出游，全靠运气。"看来还是来了再订为好，可以根据天气情况做出选择。

我入住的这家旅馆有点不地道，重复收取我的住宿费，我请张女士帮我向酒店索要多收的费用。张女士很热情，帮我说明情况，旅馆方答应把多收的368美元退还给我。这样我与张女士成为好朋友，2019年她和丈夫到中国旅行时，我在南京接待了他们。

中午，鲁尔开着奔驰旅行车来旅馆接我，然后去接另外三个中国留学生。一路上我们聊了起来，这时我才知道鲁尔不是华人，而是吉尔吉斯斯坦人，他小时随父母到中国待了十几年，中文自然很好。后来他到美国留学，而后留在美国，这一留就是20年。他会吉尔吉斯语、俄语、汉语、英语、日语等几个国家语言，简直是个语言专家。现在来阿拉斯加旅游的中国人非常多，他利用自己的语言优势为华人做导游。他主要从事阿拉斯加冬季旅游，一到夏季没有了极光，许多人都是自驾游，他就自己出国旅游。

从费尔班克斯到温泉小镇大约80公里，道路不错，虽然路面上到处是压实的积雪，但是由于气温低，这里的粉雪并不滑，加之路上车辆很少，所以车开得挺快。一路上雪野风光挺漂亮，随处都能看到冻结的河流和森林。

我们到达温泉小镇，这里有一个小型机场，只是在夏季的时候使用。鲁尔说这里的温泉主要赚中国人的钱，看来到这里来的中国人不少。

温泉处于两座小山之间，四周由大块石头围成，显得更加自然。温泉水从四周涌入池中，所以边缘水温高，中间相对低一些。天寒地冻时，整个温泉池就会热气腾腾。

我进入温泉池中开始泡温泉，水温合适，不冷也不烫，露天泡温泉真舒服。一会儿天上下起雪来，更显出冰天雪地泡温泉的意境，是一种独特的享受。

我看到四周雪野景色不错，就四处游走拍照。请别人为我拍摄阿拉斯加冰天雪地泳装照，身上感觉不太冷，就是脚底下冻得够呛。

本想多泡一会儿，当我看到山野中漂亮的雪景，忍不住想去踏雪拍照。我换好衣服，向山间密林中走去。没走多远遇上一条流淌着水的小河，在北极地区绝大多数河流均已冰封，这条小河一定流入了温泉水。我接触了一下河水，果然不很凉，而且非常清澈。我穿着雪地靴，沿着小河溯溪而上。

离开小河我沿着小路向林海雪原深处走去，小路两边是深深的积雪，陷入其中就会动弹不得。山林中的积雪多数未被扰动，保持着刚下完雪的状态，雪地上有动物留下的足迹，从脚印看不像是大型动物。这时一阵发动机的声音由远及近，几辆雪地摩托驶了过来，看似风光，我觉得踏雪赏景才能更加亲近大自然。

观赏难得一见的北极光

上午，我去参观设在阿拉斯加大学的极地博物馆，来自芝加哥的张女士随团参加城市游也去那里，我在旅馆门口看到旅行车来接她们。

我沿着近路向3公里外的博物馆走去，踩着洁白的积雪，脚下发出咯吱咯吱的响声，给人一种愉快的节奏感，好像有一种潜在的动力。我穿着雪地靴肆意地踏着厚厚的积雪，实际上这样走起来是比较费劲的，由于空气清新，边走边看雪景，并未感到有多累。

我跨过切纳河来到一片漂亮的住宅区，这里都是独家独户的别墅，厚厚的积雪装扮下的住宅区，显出独特的冬季景色。一位当地人带着小狗出来散步，小狗见到我，如同熟人一般向我扑来，不停地撒欢。

来到阿拉斯加大学，极地博物馆坐落在山坡上，我有雪地靴敢于踏着厚厚的积雪，抄近路上山。这里雪地广阔，有人在这里滑雪，还有人在雪坡上练习登山。

我刚到博物馆门口，张女士乘坐的旅行车也到了，我觉得有些意外：怎么和汽车的速度一样？原来这辆车又到其他酒店接人，绕来绕去，时间就这么消耗了。

在费尔班克斯没见到有公共汽车，个人外出都是自己驾车。外来游客或者参团，或者租车，或者自己徒步。我由于喜欢踏雪，所以只要距离不太远都会步行。

下午鲁尔和我联系，根据极光预报今晚大概率可以看到北极光，我俩说好晚上他开车来接我，费用100美元。

极光是大自然的一种天文奇观，是出现在地球两极上空绚丽多彩的发光现象。极光没有固定形态，颜色也不尽相同，以绿、白、黄、蓝居多，偶尔也会呈现艳丽的红紫色。

地球上哪里观看极光比较好呢？观看极光并不在南北两极，而是在靠近南北极的高纬度地区。如果前往南极观看极光，不仅费用昂贵，而且也不现实。所以，但凡提到观看极光都是指北极光，没有几个人能看到南极光。

观看北极光有一个极光带，大约在北纬65度至68度之间，也就是位于北极圈附近的环带。在该极光带以内极光出现率高，可视率也高，也就是容易观赏到北极光。位于北极圈附近的费尔班克斯，是全球观赏北极光最佳地点之一。

据阿拉斯加旅游局统计，极光季节期间，在该地连续住上3晚，看到北极光的概率是90%。

晚上，我坐上鲁尔的车向城市郊区驶去，今晚只有我一个游客，一对一服务。我们来到郊外森林中的一块空旷地，周围一片漆黑，远处一幢房屋的窗户透出一点亮光，显得寂静和清冷。

我俩坐在车里等候着，他向我介绍了拍摄极光时相机光圈与快门的参考数值，如果使用手机拍摄只能用华为手机，其他手机都不行。

等到晚上9点多种，我看到天空中有淡淡白绿色像是薄云在天空浮动，我问："这是极光吗？"鲁尔说："是的，这就是极光。"鲁尔可以说是观赏北极光的专家，这点极光他根本看不上眼。他每天都要登录当地极光预报网站，查询不同时段极光发生的强度，根据极光信息为想要观赏极光的游客提供服务，大大提高观赏极光的成功率。

我使用华为手机，手持拍摄的极光照片，北极光带着红紫色的边际

我立刻拿起相机来到车外，一边观赏一边拍照。我用单反相机拍摄的极光照片并不理想，我连个三脚架都没有。我尝试着用华为手机拍摄，拍出的照片竟然比单反拍的要好，我直接改用手机拍摄。

随着时间的延续，北极光越来越强，光影越来越鲜亮，变化越来越丰富。从开始的淡绿色，慢慢出现了蓝色，还增加了红紫色的边际，越来越好看。只见鲁尔也拿起相机和三脚架，离开汽车寻找更好的拍摄位置。我一看这架势，感觉今晚的极光肯定不一般。这时北极光如同手执彩绸的仙女翩翩起舞，又如同光幕在夜空中游动，绚丽多姿，蔚为壮观，比前几天的极光漂亮多了，我的运气真好。

我用手机拍摄极光，全靠手持拍摄，每拍摄一张照片需要十几秒钟的曝光时间。在严寒的夜晚，手上不方便戴手套，按下快门后捧着手机不能有丝毫晃动，如果控制不住，拍摄的照片会出现模糊。我只好将身体靠在车身，两肘抵在车上，双手握稳手机，按下快门后停止呼吸，保持十几秒的稳定。

600多元人民币看一次北极光，似乎有些贵，但是对于没有车，需要极光信息、拍摄数据、观赏地点等方面支持的人来说，还是值得的。

观赏北极光还应注意：严寒冬季12月至次年3月为最佳观赏期，漆黑的夜晚才有机会目睹，晚上10点到凌晨2点最易出现，天气要足够晴朗。可以在当地旅游网站上查看每日极光预报。

乘坐因纽特人雪地摩托

我由费尔班克斯经安克雷奇，飞往阿拉斯加西北部的科策布小镇，这里才是真正意义上的北极地区，因为这里位于北极圈以内。

走出科策布非常简陋的机场，明显感觉比费尔班克斯冷得多。这里的雪如同面粉一般，轻飘飘的，踩在上面一点都不滑。机场外面不大的停车场上，不仅有汽车，还有雪地摩托，有种十足的极地感觉。机场里停着可以在雪地上起降的飞机，起落架如同大型滑雪板。

冬天的阿拉斯加旷野，主要靠雪地摩托出行，这辆摩托正在加油，接着载着我狂奔

居住在阿拉斯加的因纽特人，多数已经使用雪地摩托代替传统的狗拉雪橇

我预订的旅馆离机场不太远，我边走边欣赏这里独特的景观。小镇到处都是白色，很少有行人，来往于街上的是少量汽车和雪地摩托。

我路过一处小型自助加油站，一辆很有档次的雪地摩托正在加油，我觉得这辆摩托够气派，就停下来观赏。加好油，驾驶雪地摩托的因纽特人向我招招手，让我上车。我立刻坐了上去，他加大油门冲了出去，让我体验到这辆雪上宝马的强悍动力。我赶紧举起手机，拍下一路上的动感时刻，只是在这严寒之地和飞速行驶中，寒风吹得我实在受不了。我强忍着，直到行驶到我入住的地方，才结束了雪上狂奔。一到科策布就被刺激了一番，首次体验雪地摩托的强悍，而且还是免费体验。

我来到预订的旅馆，这里的往宿实在是太贵了，平平常常的客房每晚要196美元。我一看住宿条件较差就跟老板还价，最后降到每晚150美元（975元

北极圈内的科策布小镇，在小餐馆里吃顿晚餐比较贵，因为这里是极地

冬季北冰洋完全冻结，可以观赏冰上落日，朝着落日方向走过去就是俄罗斯

人民币），这很可能是此次环球旅行中最贵的旅馆，性价比极低，就是因为这里是北极地区。

入住下来时间已经不早了，我赶紧到旅馆旁边一家韩国人开的餐馆吃晚饭。我点了一份炒虾仁和米饭，感觉有点像中餐，一顿饭下来22美元（143元人民币），仍然是非常贵。我住的旅馆上不了网，就在这里上了一会儿网，接收一些信息。

我住的地方一路之隔就是楚科奇海，也就是北冰洋，已经完全冻结，上面覆盖着厚厚的积雪。晚上8∶30，海上出现了壮观的冰上落日，这种景象我是第一次见到。由于这里是极地，太阳的下落速度比起在赤道附近时要慢得多，可以尽情地欣赏极地落日，只是此时气温降至零下十几摄氏度，感觉非常冷，手机电量也下降得非常快。拍完落日赶紧回到房间暖和暖和。

来到这个北极圈内的小镇，我的两个手机都无法使用，我印象中亚马孙热带雨林腹地也会这样。

北冰洋上钓鱼忙

早上起来，先到外面踏踏雪，感受一下温度，天气预报今天最低气温零下16摄氏度，有小雪。

我往小镇中心走去，路上遇到一座教堂，这座教堂又矮又小，看上去没有人气，要不是有个牌子和十字架根本看不出是教堂。这座小教堂始建于1929年，而因纽特人来到阿拉斯加已经有几千年了。随后来到市政厅，要不是有个标牌根本不敢相信这里是市政厅，如同家庭住房一般。

上午，我坐在旅馆朝向大海一侧的客厅里看风景，天上不断飘着雪花，而且雪花越飘越大，出现海天一色的奇特景象，准确地说是海冰与天空皆呈现白色，掩盖了天际线，看上去是一片白色世界。这种景象看似不足为奇，想要看到并不容易。

中午我到昨天晚上去过的餐馆吃午饭，点了一份炒饭，16.9美元（110元人民币）。这家餐馆的老板是韩国人，雇了一个中国厨师，来自哈尔滨，我与他聊了一会儿。从他那里得知，国外的手机在这里都不能使用，只有当地阿拉斯加的手机才能用。这里没有公路通往外界，人员进出全靠飞机，每年夏季有两班货船抵达这里，承担大宗货物的运输。

下午旅馆老板对我说："海上有人在钓鱼，你可以去看看，有不少大鱼。"我一听立刻穿戴好所有防寒用品，前去观看。

我刚出门，看到一个当地小伙开着雪地摩托返回家里，后面拉着一个雪橇。我问："钓到鱼了吗？"他一听立刻从他家房前的雪堆中扒出一条冻硬的大鱼，足有20多斤重，小伙显得很兴奋。我问："在哪里钓的？"他指了一下远处大海的方向。

我走到冻结的海面上，此时雪下得较大，看不到远处。我看见一辆雪地摩托驶向西北方向，赶紧朝着那边走去。

我朝着雪地摩托印迹方向望去，远远地看到朦胧中的冰面上有一些黑点，大约有一公里远，我觉得那里应该就是当地人钓鱼的地方。我冒着风雪踏着积雪，艰难地向黑点方向走去。

走近一看，果然有许多因纽特人在海冰上钓鱼。一个蹲在雪地上的男人已经钓了好几条大鱼，正在分割鱼肉。我一看这个人原来与我同乘一架飞机来到科策布，并在小餐馆里相遇过，科策布就是这么小。我俩简单聊了几句，只见他把鱼头去掉，再去掉鱼内脏和鱼骨，只带走最好的鱼肉。

我继续往前走，一位因纽特人坐在桶上正在钓鱼。冰面上凿开一个直径大约20厘米的洞，从这个洞口下钩垂钓。钓鱼的工具非常简单，只需守在洞口，不时拉动短短的鱼竿，带动鱼线上下移动，模仿鱼饵游动的样子，就等大鱼上钩。这位因纽特人见我在一旁观看，就把鱼竿递给我，让我也过把瘾。我只戴了一双单薄的手套，钓了一会儿，鱼没钓到，手冻得够呛。

不远处有一家因纽特人，他们一起开着雪地摩托拉着雪橇而来，现在有了先进的交通工具，代替了狗拉雪橇。这一家三代5口人，孙女还小，在冰雪上

北冰洋里的鱼又多又大，当地因纽特人只要精肉，其他的就遗弃在那里

玩耍，女儿、女婿、父亲三人同时垂钓。一会儿女儿钓上来一条大鱼，母亲开始现场加工鱼肉。只见她手法娴熟，先在鱼头部切上一刀，这条鱼一会儿就失血而亡，不像有的人在鱼脑袋上敲了又敲，鱼还是乱跳。然后把鱼肉切割下来，乘下鱼头鱼骨架留在雪地上不管了，这要是在其他地方，会把剩下的鱼头拿去做汤。可能是这里的鱼太好钓，太多了，所以他们只要精肉，或者他们的传统吃法就是这样。

果然海里的鱼很多，而且多数是大鱼，一会儿女婿钓上来一条更大的鱼，母亲又忙于现场加工。见到我在观看，热情的因纽特人又让我参与垂钓，我钓了一会儿也没钓上来，其实我最关心的是为他们拍照，反映他们的生活。

不到一个小时，他们以现代条件与传统方式，拖着一大袋纯鱼肉，坐上雪橇，满载而归，这就是当地因纽特人既平常又传统的生活。虽然天很冷，风雪交加，但他们早就习以为常。

刚刚钓上来的大鱼，活蹦乱跳，肥美诱人，比我的雪地靴大多了

我继续往远处走去，前面有一家三口，一对年轻父母和一个大男孩，开着两辆雪地摩托出海钓鱼，他们应该是现代因纽特人的代表。不知道是他们来的时间长还是会钓鱼，他们的雪橇里已经堆积了许多鱼。他们不进行现场加工，将所有的鱼装好后，儿子开一辆雪地摩托，夫妻俩开另一辆，拖着雪橇满载而归。

这时远处有一队狗拉雪橇从海上朝着科策布小镇奔去，这不是狗拉雪橇比赛，也不是游览项目，这是因纽特人延续下来的传统生活方式。我想追过去拍照，谁知它们的速度相当快，我哪能赶上这群狗啊。我只能隔着老远拍了一张照片，如同白纸上的一线景物，挺有摄影的味道。

茫茫的冰面上钓鱼的人们陆续返回，这里的鱼非常多，而且都是大鱼，只要是来钓鱼的，没有空手而归的。这是一片富有的海洋，这么多因纽特人定居

北冰洋的鱼太好钓了，总能满载而归，所以纽特人会选择居住在这么寒冷的地方

在偏僻的北极圈内就能说明这一点。

我正在往回走，一个因纽特人开着雪地摩托跟了上来，他主动示意我上车，这下可以为我节省许多体力，当地因纽特人真好，非常淳朴，非常和善。

北极圈内的安检

早上6点，我被闹钟叫醒。离开旅馆时，外面仍然在下着雪，能见度看上去还可以，天仍然很黑，路灯将满是积雪的道路照得通亮。

我顶风冒雪，踏着满是蓬松积雪的道路向机场走去，路上见不到人，也见不到车，只有漫天飞舞和遍地的白雪。走着走着我听到从机场方向传来工程机械作业的声音，很可能是在清理跑道上的积雪，我这才放下心来。路上经过科策布发电厂，这家发电厂很小，里面灯火通明，旁边是巨大的储油罐，这里依

费尔班克斯以北靠近北极圈的温泉小镇机场，冬季这里可以赏雪，泡温泉

靠燃油发电。

走近机场只见平地机在机场跑道上快速地清理积雪，为飞机降落做准备。科策布机场的候机室正在装修，里面显得又小又不整洁，就像工厂里的车间。

领取登机牌后只能站在里面等候，这里空间非常狭小，外面是风雪之地。离飞机起飞还有一个小时，大量乘客才陆续到来，看来当地人比我有经验。

飞机来了，下完乘客接着开始登机，这里安检后直接登机。在这个祥和、安全的北极圈内小镇，在这个几乎都是淳朴的因纽特人的地方，安检依然很严格。要脱去上衣，又要脱掉鞋子，还要解下皮带，提着裤子光着脚踩在冰冷的地面上等待安检。我的塑料瓶里还剩下一点水忘记喝完，我想把它喝掉，安检人员非要拿到X光机里再次检查一次塑料瓶。

走出候机室，飞机停在风雪之中，停机坪上看不到一个人，每个乘客都要踩着积雪，顶着寒风登上飞机。起飞之前需要对机翼进行除雪作业，这是阿拉斯加机场的标准程序。

8：50，我搭乘的飞机冒着风雪准时起飞，由北极圈内的科策布飞往安克雷奇，然后转飞夏威夷，来一次从寒冷冬季到夏季的穿越之旅。

两艘战舰的故事

来到夏威夷檀香山，我从机场步行两公里，来到预订的酒店。这家酒店在这里算是相当便宜的，也要733元人民币，加上入住时还要交税10美元，这样每天是798元，而且还不含早餐，性价比极低，主要是往来机场比较方便。

由于夏威夷消费水平很高，住宿普遍很贵，相比较还是巴西的五星级酒店要实惠得多，每晚只需380元，包含丰盛早餐。我住过的玻利维亚不足200元的五星级酒店，更加便宜。正因为如此，我在夏威夷只住一晚，不打算在这里久留。世界上比这里便宜又漂亮的地方多得是，没有必要在这里花钱充大款。

在这里主要参观美国夏威夷的珍珠港，参观两艘军舰：一艘是亚利桑那号战舰，另一艘是密苏里号战列舰。前者在1941年12月7日，日本偷袭珍珠港时被炸沉在港湾内，代表着美国开始参加第二次世界大战。后者是日本二战战败投降时，在该舰甲板上签署投降书，代表着第二次世界大战的结束。

由于亚利桑那号战舰展馆比较小，每天限额进入，所以要想参观就得早去排队。我前几天在阿拉斯加已经十分疲惫，晚上还要乘夜班飞机前往斐济，所以不想起早，睡个懒觉。

我根据谷歌地图的指引来到公共汽车站。我问一位等车的当地人，她告诉我有4条线路的车可以坐。一会儿来了一辆40路公交车，可以用现金买票，2.75美元。

来到亚利桑那战舰沉船纪念馆领票处，这里没有人排队，工作人员给了我一张14：45的免费参观券。我感到运气挺好，中午1点多到这里还能领到票。随后我又买好了密苏里战列舰参观票，这张票挺贵，29美元（188元人民币）。为节省时间，我决定先参观密苏里舰，这样时间有点紧。

我乘上大巴车，驶过了海湾上的大桥，来到福特岛，密苏里舰就停靠在该岛码头上，从岸边看上去显得非常高大。登上该舰后才感到它的威猛，该舰长270米，接近航母的长度，高64米，满载排水量58000吨，有9门口径16英寸大炮，还有战斧导弹和反舰导弹。

该舰参加过硫磺岛战役、冲绳岛战役、朝鲜战争、海湾战争等，知名之处在于1945年9月2日，作为日本无条件投降签字的地方，从而结束了第二次世界大战。在主甲板当年签字的地方，有一张大幅历史照片，就是当年签字仪式的场面。现在站在此处有一种身临其境的感觉。

舰上的9门巨型火炮非常威猛，只是早已过时，被导弹和其他武器取代。我来到该舰上部的驾驶室，炮战时驾船人员会躲进驾驶室内部的装甲舱，操控舰船。这个装甲舱四壁是40厘米厚的钢铁装甲，比坦克还厚，驾船人通过小孔向外观察。该舰内部保持着原有面貌，舰长室、作战室、餐厅等都可以进去参观，只是由于该舰太大，时间有限，没能细看。

下午2：30，离参观亚利桑那舰还有15分钟时，我乘车往回赶，等我回到游客中心时已经是2：50。我到服务台提出换一张晚一点的参观券，人家不肯。

密苏里号战列舰上的巨炮，口径达 406 毫米，现在大炮已经让位于导弹

　　好不容易得到的机会不能就这么浪费了，我朝参观亚利桑那舰集合的地方走去。排队等候参观的人们拿着下午3点的参观券，我拿着2∶45的，看看能不能进去，反正是免费。3点到了，首先看一部电影，介绍珍珠港事件。我随着人群进入放映厅，并没有人验票。看完电影后一起上船，前往位于海湾内的亚利桑那舰展览馆。抵达展馆时仍然没有人验票，我暗喜。

　　亚利桑那舰展览馆建在沉舰之上，就像一座白色的桥梁横跨在沉船之上。里面不大，所以要限制客流，站在里面可以清晰地看到下面的沉船，该舰巨大的圆形炮塔基座露出水面以上。纪念馆内的墙壁上，刻着该舰一千多名阵亡官兵的名字。

　　参观完，我们一起乘船返回游客中心，靠岸时已经没有人排队等候了，我们是今天的最后一批，运气确实不错。

　　随后，我又静心参观了珍珠港事件纪念馆，以及露天展示区，整个展区比

亚利桑那战舰一直沉没在海底，只有锈蚀的圆形炮塔基座露出水面以上

较精致。我一直看到下午5点下班，几乎是最后一个离开这里，今天的参观很圆满。

返回时，我仍然乘坐40路公交车，往返车费一共5.5美元（38元人民币），既方便又便宜。

第七站

大洋洲

一、斐济

　　太平洋岛国斐济是一个有着众多岛屿的国家，这些岛屿多为珊瑚礁环绕的火山岛，山海相映。这里有着清澈的海水，有着丰富多彩的海底珊瑚和鱼类，这里是潜水和观赏水下世界的好地方。斐济有着热情友善的岛民，民风淳朴，在这里旅行轻松愉快，无须防范着什么。

　　由于距离遥远，前往斐济的中国游客并不多，这里主要是来自欧美发达国家的游客。与马尔代夫相似的是，斐济并没有那么多成群的游客，成为全球著名的蜜月旅行地，也是情侣度假的理想之地。这里不像马尔代夫那样有着许多高档度假酒店，而是各种档次都有，经济旅行也比较合适。

　　马尔代夫的岛屿都是比较平坦的珊瑚岛，而斐济的岛屿山水并存。说道海

斐济亚萨瓦群岛吸引着许多欧美游客，可以富游也可以经济游，中国游客相对较少

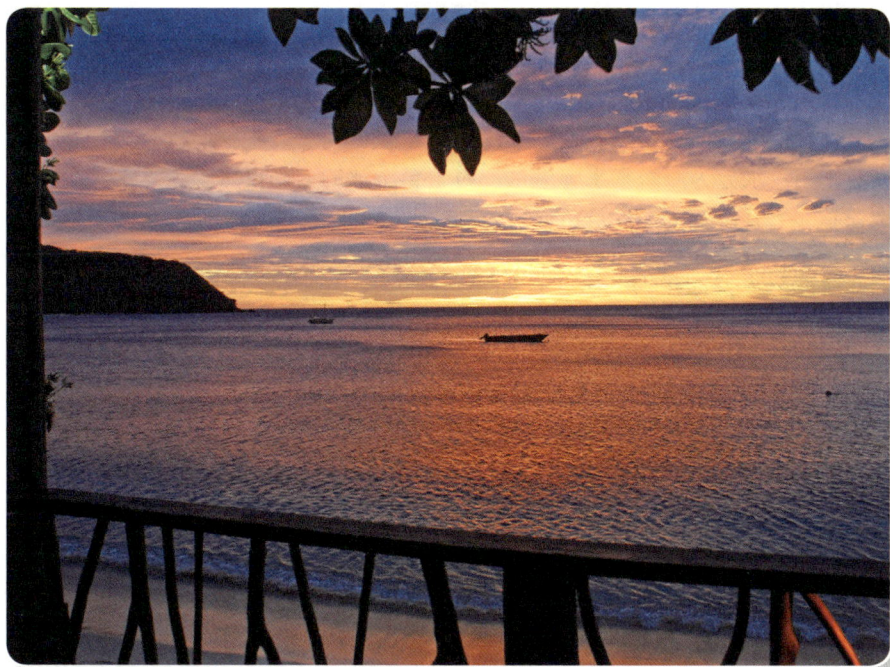

斐济亚萨瓦群岛中的纳库拉岛，雨后出现火一般的晚霞，非常漂亮

水同样非常清澈通透，没有任何污染，斐济的海水颜色更加丰富一些。在斐济潜水能够看到更加丰富的海底珊瑚景观。

平静安宁的岛屿与热情的当地人使斐济亚萨瓦群岛成为具有魅力的旅游地，吸引许多年轻的背包客，在马尔代夫很难见到背包客。

太平洋海岛水肺潜水

海洋约占地球表面积的71%，陆地上的景色多姿多彩，海面以下的景色同样精彩。海中的动物比陆地上的要多得多，只是没有潜过水的人无法亲身感受水下世界的精彩。

休闲潜水可以使我们进入水中世界，感受令人惊喜不已的精彩，畅快悠游。我们在水中有一种类似失重的感觉，宇航员就是通过潜水来模仿失重状态。

　　休闲潜水分为浮潜和水肺潜水，对于会游泳的人来说，学习这两种潜水要方便得多，特别是学习浮潜那是分分钟的事情。

　　浮潜只需要简单的装备，即面镜、呼吸管、脚蹼。浮潜可以只浮在水面不潜入水中，这属于"初级浮潜"，对于会游泳的人在屏息的时间里潜入水中活动，属于"屏气潜水"。前者只能浮在水面向下观赏，后者可以进入海底世界，近距离观赏各种珊瑚和海洋动物，只是每隔一段时间就要出水换气，令人不爽。

　　水肺潜水是潜水者自行携带水下呼吸系统，由气瓶里的压缩空气满足水下呼吸的需要。相比浮潜，水肺潜水能较长时间待在水下，进行连续潜水，可以

太平洋斐济海域的水下世界多姿多彩，有各种软硬珊瑚和漂亮的鱼类

随心所欲地在海底悠游。

　　浮潜一般没有危险，而水肺潜水有一定危险，所以水肺潜水涉及考取潜水证的问题。实际上，没有潜水证也可以体验水肺潜水，一般海岛旅游项目中，都有不需要潜水证的休闲潜水，只是下潜深度不能超过12米，一次潜水的费用是300—700元人民币。

　　持有潜水证的话，在东南亚潜水每次只需100—300元，而且不需要教练陪同，只要有潜伴同潜就行。通常海底的美景会出现在20米以下的深度，所以为了更加自由地潜水，观赏更多的美景，考个潜水证还是值得的。

　　PADI是国际专业潜水教练协会的英文缩写，是世界上最大的潜水训练机构。有兴趣、有时间、有机会的人，可以考一个PADI的潜水证。对于初学者只需考取开放水域潜水证（OW），在东南亚国家考取OW潜水证需2000—3000元人民币。

潜水教练在海底发现一种软体海洋动物，让我拿在手中感受这一独特的物种

我来到斐济亚萨瓦群岛的纳库拉岛，在这个小岛上遇到了来自美国的苏珊女士。我看到她准备去参加休闲潜水，我也来了兴致，决定和她一起乘船去另一个小岛潜水。斐济的海岛旅游项目中有休闲潜水，没有潜水证也可以体验潜水，只是要有潜水教练一对一陪同指导。我和苏珊虽然没有潜水证，但是会游泳，都曾经尝试过水肺潜水，所以穿戴好潜水装备后就直接下到海中潜水。

斐济的亚萨瓦群岛位于广阔的太平洋之中，处于热带地区，少有狂风大浪，许多岛屿周围生长着美丽的珊瑚，并且保持着良好的原生态环境。在水下放眼望去，到处是各种各样的软硬珊瑚和各种鲜艳的鱼类。

看到如此精彩的海底世界，我急于下潜，想近距离观赏不同的景物。然而缺少潜水经历的我，耳朵被海水压得生疼，我只好捏住鼻子鼓气，以平衡外部海水的压力，慢慢达到耳压平衡。过了一会儿耳朵的疼痛好一些，我在水下自

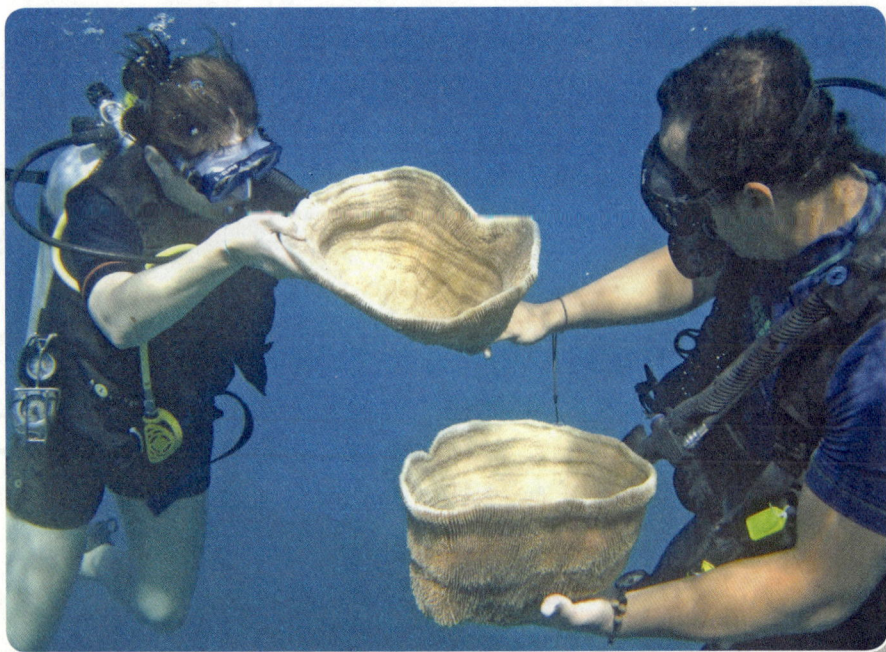

两位潜水教练从海底找到两个碗状的硬珊瑚，让我们戴在头上，如同帽子一般

在多了，可以四处寻觅美景，拍摄水下照片。

进入水下世界，在风平浪静的时候，只能听到自己的呼吸声和气泡的声音，完全处于寂静的环境，越往深处去光线越暗，与教练和潜伴只能通过手势和眼神交流。

只见潜水教练从海中找到一种软体动物，我拿在手中如同一条大虫，我到现在都不知道这是什么动物。一会儿，教练又从海底捞上来两个碗状的硬珊瑚，我们把它戴在头上像是帽子，非常有趣。一个多小时的水肺潜水体验，感受到海底世界的奇妙和精彩。

二、瓦努阿图

大洋洲哪个国家最值得一去？我会推荐瓦努阿图等太平洋岛国。我推荐的国家至少应该满足两个条件：一是有美丽的风景或人文景观；二是当地人淳朴善良，有安全感。至于国家贫富、发达与否、宗教信仰、风俗习惯、旅行条件等并不重要。瓦努阿图满足上述两个条件，我非常喜欢这个国家。

瓦努阿图是个热带岛国，属于热带海洋性气候，森林茂密，满目葱绿，多火山地震，土地肥沃，物产丰富。各个岛屿四周有着清澈的海水和迷人的海滩，岛上有着清澈诱人的蓝洞，有温柔壮观的火山，有许多巨大的榕树，有着良好的生态环境。

岛民淳朴善良，来到这里可以放松心情，可以与当地人亲密接触，很有安全感。风靡世界的蹦极运动，起源于该国的彭德考斯特岛，在这里可以体验原汁原味的原住民生活，感受他们的快乐与幸福。

体验当地人的生活

瓦努阿图人属于美拉尼西亚人，皮肤黝黑，头发卷曲，阔脸宽鼻。作为原住民延续着数千年来从祖先那里传承下来的生活方式，可以说原始与现代共存。当地人简单淳朴，友好善良，笑容时常挂在脸上。

该国虽然贫穷，经济落后，曾经被联合国列为最不发达国家，但人们热情友善，简朴的生活过得有滋有味，有着较高的幸福感。2010年瓦努阿图被评为全球幸福指数最高的国家。

如果以人均GDP这一指标来衡量，该国难以称得上"幸福国家"。然而，经济落后并不影响当地人的幸福感，幸福与否只有这个国家人民自己说了算。

我来到瓦努阿图，很想观赏这里的自然美景，也想了解当地人的生活，体验他们的快乐与幸福之源。

我乘飞机来到该国北部最大的桑托岛，该岛有着"世界第三大最美丽的岛屿"的称号。森林茂密，雨水充沛，自然风光优美，而且民风淳朴。

离开机场，我步行来到卢甘维尔小城，这里只有一条主要街道，整洁而冷清。我只知道想去的旅游景点，不知道如何前往。我看到街上有一家华人开的商店，就请店主帮我找当地向导和辆车。

第二天早上，我与向导（兼司机）说好大致地点并希望在那里住上一晚，商谈好费用，其余由他和当地人沟通。

小车载着我先行驶在大路上，再转向乡间小路，而后开上更窄的林中小路。两个小时后，我们来到桑托岛中南部的一个小村庄，从这里开始汽车无路可走，只有步行小道。我和司机走过一段羊肠小道，穿过密林，跨过用毛竹搭设的人行桥，最后来到只有几户人家的小村落。司机把我介绍给"村长"，说

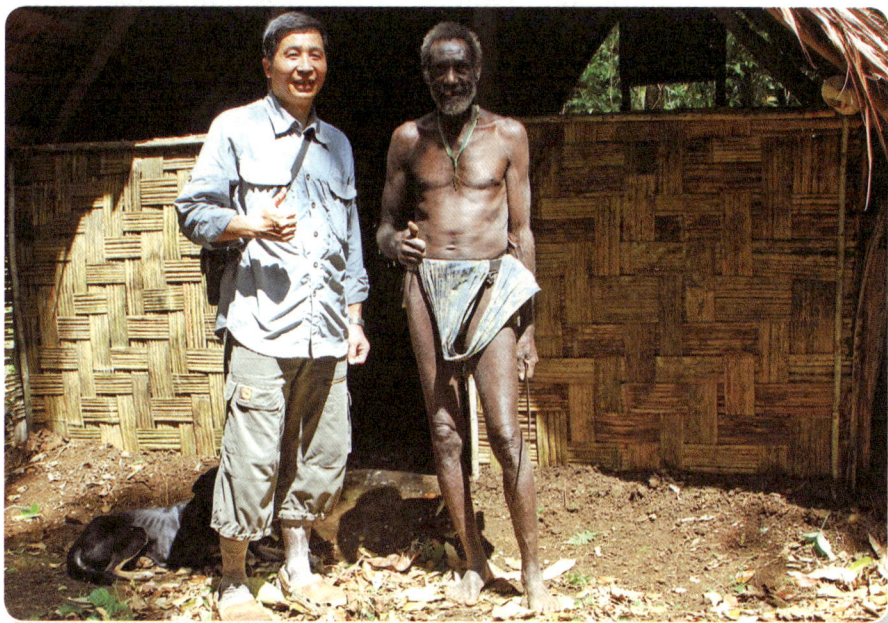

森林中的独居老人，他依然保持着传统的生活状态，手里握着一把刀，他很善良

好明天下午来接我。

　　村里的小伙子带我去见森林中的一位独居老人，他看上去处于原始生活状态，全身上下只有一块遮挡布条。他见到我面含笑容，并与我一起合影。在瓦努阿图即使在贫穷的农村，也能过上自给自足的生活。

　　接下来，小伙子带着我开始森林徒步和溪中漂流。桑托岛的中部全部覆盖着茂密的原始森林，到处充满着绿色，雨后的林中显得湿滑，但空气格外清新，气温暖儿不燥，行走在林间感到格外舒心。这里的热带海岛没有毒蛇猛兽，所以心情放松，可以尽情欣赏各种热带植物，能够产生威胁的是横在小路上的蜘蛛网。

　　森林中有一条清澈的小河，在常年冲刷下，河道下切很深，需要手脚并用爬下去，才能来到河边。我脱去衣服，穿上泳裤，将衣物放入小伙子带来的防水袋中，然后步入河水中顺流而下。这段河水并不深，清澈诱人，行走在水中

我与女主人坐在河里拍照，我们一起感受自然的清凉与纯美

凉爽宜人。

我俩来到一处长长的洞穴，这是该国最大的洞穴，是河水千万年冲刷的杰作。小伙子拿出手电筒，在微弱的光线下，我俩向洞中走去。洞内有许多蝙蝠，看不清其他细节，反正有小伙子带领，没什么好怕的，深一脚浅一脚地感受黑暗中的河流。

走出洞穴，这里是两条小河的汇合处，水流变得大了许多。我抬头一看，我入住家庭的女主人从另外一条路来到这里，她带来了食物，我们坐在河边享用。随后我们在葱绿的岸边拍照，我和女主人又一起坐在清澈的河水中拍照。

随后的一段河道是幽深的峡谷，河水在如同一线天的岩石中流过，这里河水变深，需要游过去。抬头看着岩石缝隙，顺流缓缓飘过，自在而畅快。

返回村子后，小伙子又带着我到另外一条溪流中捕捉河虾。密林中的溪流

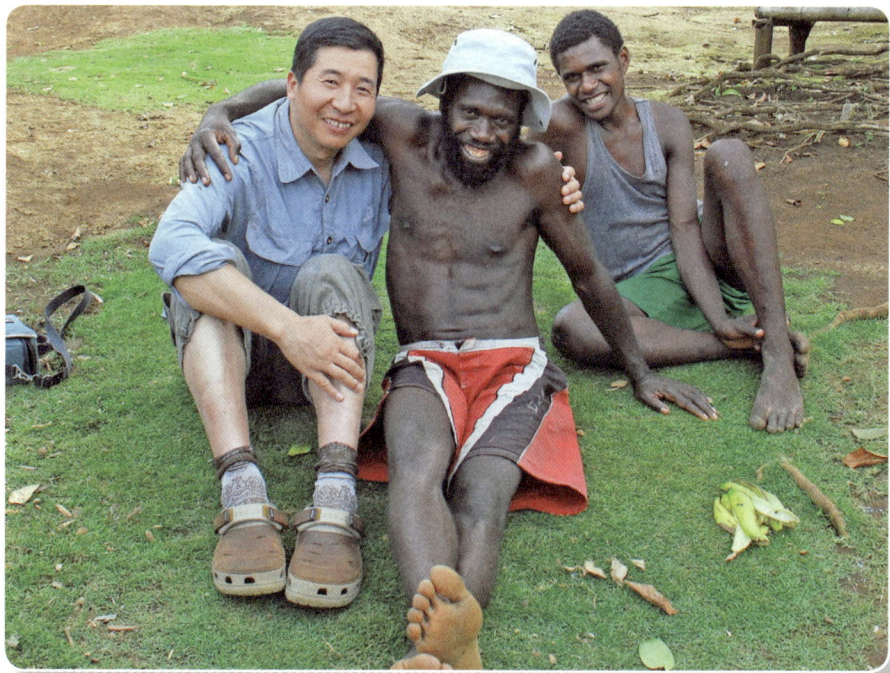

我与入住家庭的男主人和村里的小伙子在一起，我们都很开心

静静地流淌，小伙子带上眼罩，手拿叉子，潜在溪水中寻找鱼虾。一直泡在水里，小伙子身上直起鸡皮疙瘩，好不容易在清溪中捕到了几只河虾。

然后，我俩来的丛林中，砍了一节翠绿的嫩竹。他将河虾放入竹筒中，回家后放在火上烧烤，最后打开是香味四溢的纯天然烤河虾。我尝过以后感觉非常鲜嫩，完全是源于自然的美味。

我入住的家庭，夫妻二人比较年轻，看上去不足四十岁，男主人非常健壮，爬上高高的椰子树采摘椰子是一把好手。夫妻二人特意招呼我到他们家的种植园看看。

由于岛上阳光、热量、降水充足，加之土地肥沃，非常适合植物生长。当地人出门都要带上一把长刀，以披荆斩棘的方式为自己开路，否则茂盛的野生植物令人难以迈步。

在他们家不大的种植园里，有常年生的香蕉树、木瓜树等，还种植了玉

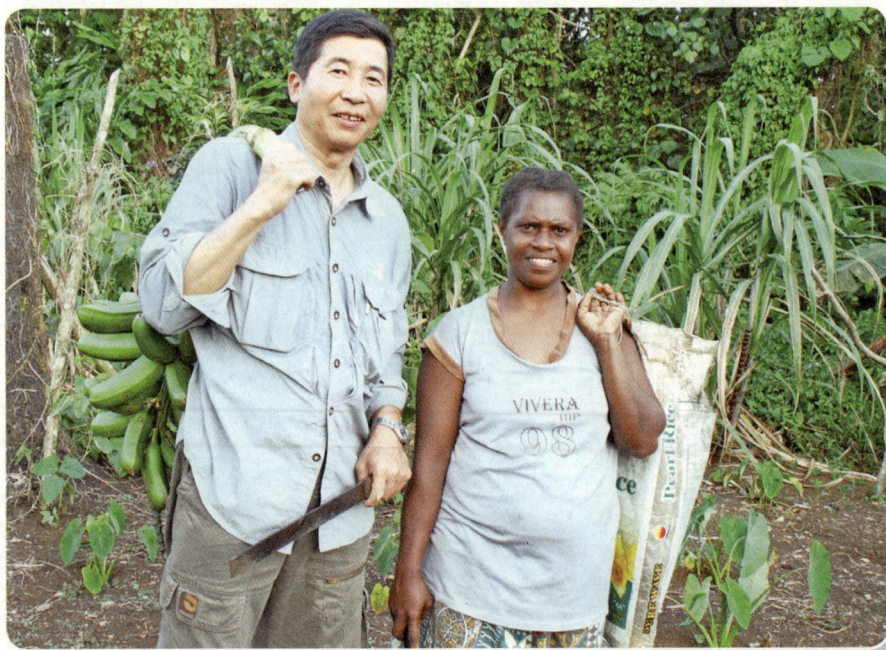

我手拿砍刀，肩上背着收获的香蕉，女主人拿着采摘的蔬菜，晚餐食材准备好了

米、芋头、甘蔗、花生、豆类以及我叫不上名字的蔬菜。似乎种什么长什么，种下去的农作物很容易生长并有所收获，如果他们有中国农民的种植技术，很可能收获的东西吃不完。或许他们根本不需要先进的种植技术，自然生长的野生植物就能为他们提供一部分食物来源。可以说在瓦努阿图只要肯劳作，就饿不着。

他俩在种植园里忙活了一阵后，采了一些蔬菜，砍下一大串香蕉返回家里。

傍晚，女人们开始忙晚饭，只见她们将芋头或香蕉磨成稠稠的糊，然后用绿菜叶包裹起来，放入锅中，最后架起木柴煮熟即可。厨房就是一个较大的竹棚，里面空荡荡的，有个简易的大木桌，没有灶台，就在地上烧火做饭，非常简陋。

由于优越的地理环境和气候，这里没有四季之分，常年热而不燥，所以不

村里的家庭主妇正在为家人准备晚饭，他们的餐食非常简单，属于绿色食物

穿衣服成为这里的原始习惯，使得该国有的岛上有裸族，即使穿着也只是围在腰上的草裙。现在，当地人只需穿着短袖衫、短裤或者裙子，就可以出行。

同样由于气候原因，当地农村的房屋非常简单，全部就地取材，自己建造。我在村里看到一家的妇女正在准备房子的"屋面防雨材料"，即用竹片串起长长的植物叶子，然后一层一层铺在用圆木搭起的房屋框架上部，用来遮挡雨水。四周编篱为墙，地面采用竹片，门窗也都是用竹片制作。这样的房屋既环保又遮风挡雨，还能抗震，除了人工几乎不用花钱。住在里面晒不着，淋不着，冻不着，也热不着。

我在村里简陋的民居住了一晚，房子里除了铺盖的单子、枕头和蚊帐外，几乎没有制成品，没有任何家具，已经不能再简单了。然而这一夜睡得同样舒服，不亚于入住酒店。

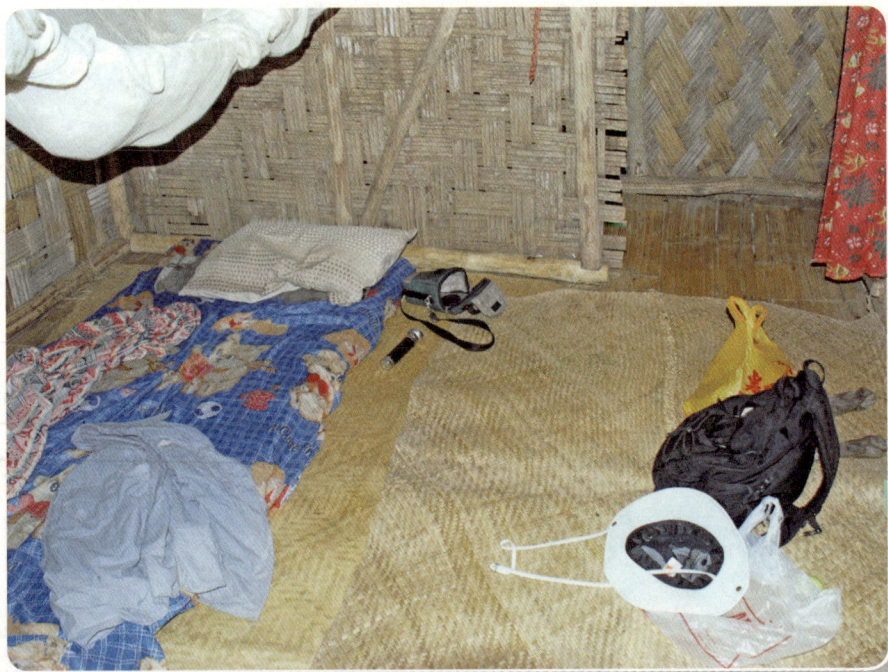

我住在当地人的家里，竹木搭建的屋子里没有任何家具，连照明都没有

在这个密林深处的小村落里，我度过了两天一夜，接触到从老到小、从男到女许多当地人。他们虽然过着非常简朴的生活，可以用贫穷来形容，却随处可见淳朴宽厚的笑容，在这里可以感受到自然、单纯、无邪的心灵。

如此贫穷的国家如何成为"全球幸福指数最高的国家"？

瓦努阿图人比较容易解决温饱问题，因为这里天然温暖。当地人没有太多的物质欲望，随遇而安。可以想象一下：房屋自搭无房贷，无须装修无污染，无须取暖和空调，电能消耗可忽略；无须购买棉衣被，只需夏装度一生，日照身体能补钙，无须防晒化妆品；食物自己可满足，没有污染且安全，清淡美食纯绿色，邻里之间平心待。如此种种，使得这里的人们生活非常简单，没有什么值得烦恼，充满着轻松与快乐。

瓦努阿图人自力就能获得温饱，简单生活少有烦恼，随遇而安快乐自在，我想这就是幸福感强的原因吧。

来到瓦努阿图，进一步证明了我的观点："当人们的温饱问题得到解决后，收入与幸福感不再成正比。"

近距离观赏火山喷发

世界上有许多火山，但凡火山喷发的时候，既非常壮观又非常危险，人们既想在火山口看到火山喷发的场面又唯恐避之不及，先不说岩浆飞石与尘埃，就是火山口冒出的气体都能熏死人。

世界上有没有可以坐在火山口上观看喷发的火山呢？瓦努阿图塔纳岛上就有这样一座火山。该火山名为亚苏尔火山，海拔高度只有361米，地处环太平洋火山地震带上。几个世纪以来，这座火山一直在不停地喷发，成为世界上最活跃的活火山之一。

每当这座火山喷发时，从火山口底部喷出的熔岩和碎石几乎是直起直落，很少斜着喷射，也很少大规模喷发，一般不会伤及游人，因此被称之为"世界上最容易接近的活火山"。

我坐在火山口边缘，观赏一次次喷发，听着一次次轰响，感受大地一次次震动

　　我来到瓦努阿图就是想近距离观赏亚苏尔火山的喷发。我在瓦努阿图首都维拉港的街上，看到一家经营旅游项目的商店，随即报名参加火山双飞一日游。

　　我们一行8人的小旅游团，从维拉港搭乘螺旋桨小飞机飞往塔纳岛，单程需要一个小时。我们入住的度假村属于当地传统风格，看似简陋，住在里面挺舒服。

　　休息过后，我们一行乘上皮卡车，前往火山游览。从度假村到火山有两个小时的车程，不是路途远，而是路况差，差到只有皮卡车才能通过，一路上非常颠簸。在离火山10公里远的高处我们停下车，从远处瞭望火山。整个火山寸草不生，能够看到火山喷出的烟尘，特别是夜晚时，喷出的岩浆如同烟花一般，成为海上船只航行的"灯塔"。

天色黑下来以后，从火山口喷出的岩浆和炽热的岩石显得更加壮观，更为刺激

　　我们来到火山脚下，然后徒步爬山火山口，隆隆的喷发声促使着我尽快看到火山口的景象。我们爬到火山口时，已经是傍晚六点多钟，正是观赏火山的最佳时间，也是拍摄照片的好时机，如果天气太亮喷出的岩浆不显眼，不红艳，视觉效果不理想。

　　这座火山果然很温和，就像这里岛民的性格，我坐在火山口的边缘，静心等待观赏每一次喷发。每隔六七分钟，岩浆伴随着轰鸣声从火山口底部向上喷出，大地随之颤动，这是火山引起的地震，十分震撼。喷出的滚烫岩浆落在火山口的内壁，观赏岩浆向上喷出如同观赏巨大的烟花一样刺激。

　　伴随着岩浆喷射、声响阵阵、烟尘弥漫、大地震颤，大自然在这里以温柔可亲的方式，用一点小意思展现出巨大的威力。这座活火山的壮美奇观，令人赞叹不已。

纯美的蓝洞和海滩

瓦努阿图许多岛屿上都有蓝洞，这里的蓝洞指的是呈现纯美蓝色的水池。这些蓝洞看上去非常漂亮，如同蓝宝石一般隐藏在绿色森林中。

桑托岛上拥有许多漂亮的蓝洞，其中包括马托武卢蓝洞。这是桑托岛上比较大的蓝洞，可乘车前往，也可以划着小船从海边沿着小河抵达。

我来到马托武卢蓝洞岸边，这里的纯美令我感到惊讶，这个桑托岛上最具代表性的蓝洞，掩映在绿色森林之中。清澈湛蓝的池水非常诱人，绿色与蓝色这两种色彩主宰了这里，周围还有一些热带花卉，真是难得的自然美景。紧贴着蓝洞岸边生长着一棵巨大的榕树，有一根绑在大榕树上的绳索秋千，是戏水的好地方。游泳者可以抓住秋千绳，在水面上空来回飘荡，最后松手掉入蓝洞中，伴随而来的是飞溅的水花和欢笑声。

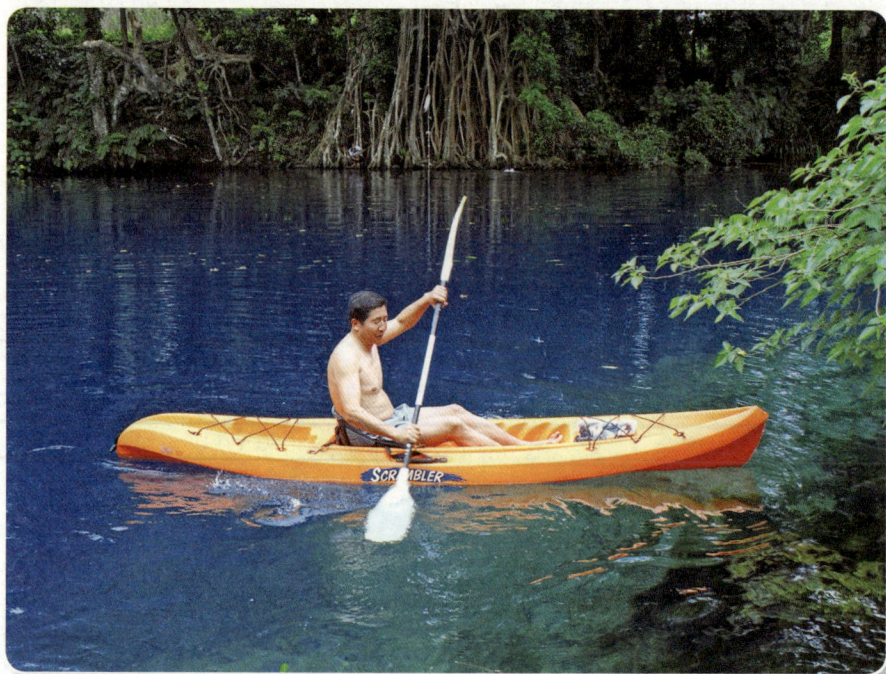

在清澈的蓝洞中划着小船非常轻松自在，周围的景色是那样的纯美

这时一个老外划着小船进入蓝洞，他是从海边度假村租的小船，沿着小河划到这里。他见到我以后让我帮他拍照，然后他让我也感受一番在蓝洞划船的乐趣。我把相机交给他，我在水中划船，让他也帮我拍张照片，留下美好的影像。

划完船，我又跳入水中，畅游起来。密林之中，蓝绿相间，融入自然，非常畅爽。

两个当地女孩也来到岸边，只见她俩穿着衣服分别从岸上纵身跳入蓝宝石一般的"大泳池"中，朝着对岸游去，与我们一起享受这天然泳池的快乐。她俩爬到对岸大榕树的树干上，再次跳入水中游了回来。然后坐在水中，一边戏水一边聊天，我赶紧给她俩拍了张照片。她俩看上去非常自然大方，充满着快乐，她们是充满幸福感的瓦努阿图人的代表。

随后，我来到同在桑托岛东部的香槟海滩。这片海滩并不算长，大约有

两个瓦努阿图女孩来到蓝洞游泳，享受大自然给予的纯美和清凉

瓦努阿图桑托岛东部的香槟海滩，自然纯美，水清沙幼，我见了就想下水

300米，呈半圆形，显得自然与原始。海滩外围是茂密的森林，绿意盎然，高高的椰子树显得非常突出。当地人就地取材搭起凉棚，为人们遮挡强烈的阳光。这里的海滩是白色的珊瑚沙滩，洁白而细腻，踩在上面非常绵软舒适。在白色沙滩的衬托下，海水呈现出靓丽的蓝色，让人陶醉，使人有一种投入海中的冲动。

海滩无人清扫，散落着不少树叶，体现出自然状态。我向海滩尽头走去，这里没有人，岸边满是乱石，倒伏枯死的大树插入海中，一副狂野的景象，我喜欢这种原始的美感。我坐在伸向海里粗壮的枯树干上，望着美丽的海景和对面满目葱绿的小岛，感受微微的海风，呼吸着纯净的空气，享受着这里的宁静。

我脱去衣服，下海感受一番清澈的海水，只是我不喜欢水中的盐分，需要找地方冲洗。我斜靠在树干上，享受着日光浴，只是我的皮肤只能承受短时间

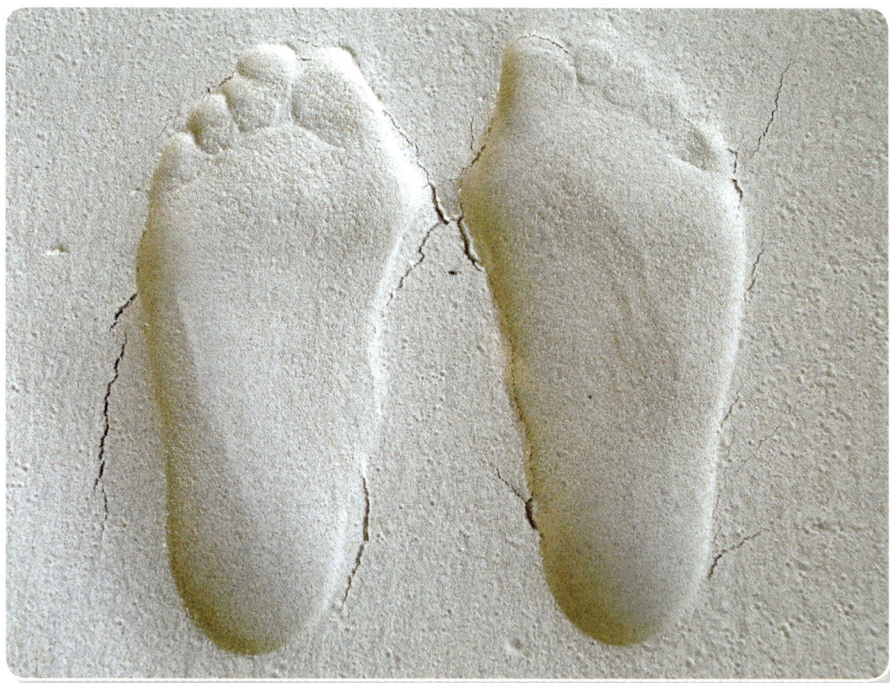

我在香槟海滩上留下一对足迹，不经意看上去足迹好像是突起的

阳光的热情。

　　在这么美丽的海滩上，我应该留下足迹，我找到一处密实的沙滩，双脚踩了上去，然后就留下了我的足迹。从照片上看，奇特的光影使我的足迹就像是凸起来的，很有立体感，我都感到新奇。

三、萨摩亚

　　萨摩亚是一个南太平洋岛国，由萨瓦伊和乌波卢两个主要大岛组成，首都阿皮亚位于乌波卢岛。萨摩亚人，属于波利尼西亚人种，皮肤为浅棕色，体态较胖，性格敦厚。该国人口很少，大约20万人，曾经被联合国列为最不发达国家。

　　萨摩亚两个大岛都是火山岛，均被绿色森林所覆盖。漫步在萨摩亚首都阿皮亚，店疏人稀，整洁漂亮。这是一个使游客有安全感的国家，又是一个自然风光优美的国度，只是位于大洋之中，对于中国游客来说，前往该国旅行往返飞行并不方便。

萨摩亚首都阿皮亚街景，这里的人体态较胖，许多男人身材魁梧，性格平和

我在萨摩亚租了辆车，海岛开车无须导航，只是要适应这里靠左行的交通规则

入住萨摩亚传统民居

一个国家或地区的民居，能够直观反映当地人的生活。自然环境、经济发展、文化传统、生活方式等决定了一个地方民居的特点。

中国有代表性的民居包括：北京四合院、陕北窑洞、徽派建筑、福建土楼、蒙古包等。萨摩亚的传统民居是"FALE"，翻译成中文叫作"法雷"。法雷由一圈柱子支撑起屋顶，没有外墙，没有隔墙，没有门窗，视野和通风良好，适应当地高温潮湿的气候。这种传统民居由于没有门窗和墙壁，屋内是一个大空间，可见萨摩亚是一个民风淳朴、治安良好的国家。晚上或有风雨时，柱子之间挂上用椰树叶做的帘子。屋内只要吊起布帘子，就可以随意隔出所需的空间。

萨摩亚属于热带海洋性气候，全年温暖宜人，晚上睡觉需要盖上薄被，雨

萨摩亚普通人的民居，房子挺大，四周没有墙壁，以适应这里的气候

夜晚我睡在海边的法雷里，伴随着轻轻的海风，体验当地人的生活

季湿度大，但并不闷热。通风、遮阳、避雨的法雷成为萨摩亚人最普通的民居。

我在萨瓦伊岛旅行的时候，看到一些当地人居住的法雷，有一家当地人特意请我到他家里看看。他家的法雷挺大，里面空荡荡的，只是在周边摆放了一些物品，没有像样的大家具，地面上铺有席子，可以在上面休息或者睡觉。虽然家当不多，但比起我到访过的瓦努阿图原住民家庭要富裕一些，温饱没有问题。

萨摩亚萨瓦伊岛和乌波卢岛有原始海滩，也有些属于私人海滩。这些海滩一直保持着原始状态，黑色的火山石与白色的珊瑚沙相互衬托。在海滩上，当地人搭起了小型法雷，供游客体验、休息或住宿。这种条件的住宿，对于游客来说既有特色，又是最经济实惠的选择，主人在法雷里面为客人准备有床垫、薄被、枕头和蚊帐。

既然来到萨摩亚，就应该体验一下当地的法雷。我在萨瓦伊岛和乌波卢岛分别入住两家位于海滩上的法雷。晚上睡在法雷里，面向近在咫尺的太平洋，无须担心有人打扰，这里的民风很淳朴，除了我再没有别的游客，只需听着海浪声安心入睡。

根据需要，主人会准备好相应的晚餐或早餐，我吃到了由面包果切开后烤制的"面包片"，这可是当地人的主食。吃住在当地的法雷，体验岛国的"海家乐"，比起入住酒店要便宜得多。

喜欢大海的人，喜欢浪漫的人，喜欢入住海景房的人，喜欢听着海浪声入睡的人，就来萨摩亚住法雷吧。你只管安心地睡觉，没人打扰你。

风景独特唯我独享

去国外旅游，有的人喜欢扎堆，喜欢到热门国家或游客常去的地方旅游；有的人喜欢安静，喜欢到小众国家或游客少的地方旅行。萨摩亚是一个游客稀少，而景色优美的热带岛国。喜欢清静，不嫌寂寞的人，可以到这里领略一番独特的风光。

萨摩亚的萨瓦伊岛人口稀少，岛的中部是山地和森林，岛的四周几乎都是原始海滩。我喜欢原始与自然，喜欢到游客少的地方观光游览，所以我先来到了萨瓦伊岛。该岛是个火山岛，到处都能看到火山喷发的岩浆遗留下来的黑色火山石，显示出荒蛮之地，顽强的热带植物和花卉，从火山石的缝隙中生长出来。

　　火山岩浆曾经在岛上肆意流淌，有些地方火山岩浆流入大海，形成独特的海岸景观。在萨瓦伊岛南部的海岸上，有一处独特的喷水洞，成为岛上标志性景观。

　　这一自然奇观是由于火山熔岩向海中流动时，存在一些空腔，在海浪长期冲刷下，形成海蚀洞并朝着陆地方向延伸，直到形成一条开口向上的通道。当海浪猛烈冲击海岸时，海水会冲入管道，以较大的压力从洞口向上喷出，形成壮观的喷水奇景，最高可达10余米。伴随着海浪每隔一段时间便会喷射一次，

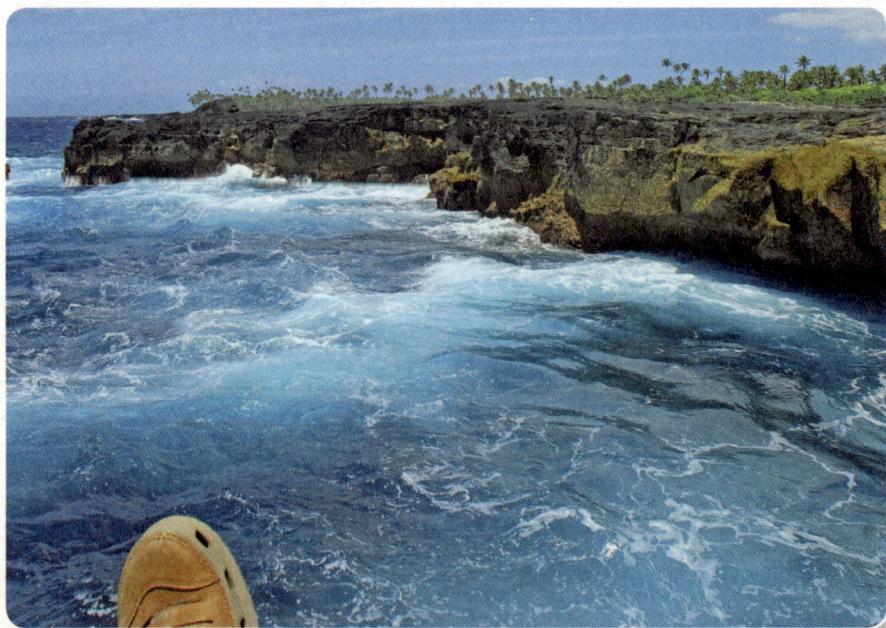

来自南太平洋的大浪猛烈拍打着火山岩海岸，展现大自然的狂野，只有我在观赏

同时在水压作用下会产生阵阵声响，非常独特。

我乘坐当地的环岛汽车，来到萨瓦伊岛靠近喷水洞的地方，然后步行向海边走去。这里的海岸全是原始海岸，空旷无人，到处都是火山岩浆凝固下来的黑色岩石。

就在这片黑色的岩石海岸，每隔一段时间，就可以看到海水从喷水洞喷涌到空中的景象。有些国家的海岸也有喷水洞，但观赏效果不如萨摩亚的来得震撼。

我在喷水洞洞口仔细观察，时刻提防着海水向上喷涌，一旦发现喷水迹象，立刻躲避，免得弄一身海水。

总算遇到一位当地妇女，她问我要不要喝椰子汁，我正口渴呢。她用长长的杆子，从椰子树上捅下一个椰子，并帮我砍出吸口。她就靠这个椰子挣一点

每隔一段时间，海水便从喷水洞中喷出，如此独特的景观只有我一个人在欣赏

钱，这么好的景点竟然没有第二个游客。

喝完椰子汁，她把椰子扔进喷水洞，一会儿椰子随着海水被喷向空中。我想与喷水洞拍张喷水的合影，却找不到能够抓拍的帮手。

这里的面包长在树上

游走在萨摩亚两个大岛上，生机盎然，无论是山地丘陵，还是乡村海边，处处充满绿意，唯独难觅的就是农田和农作物。岛上到处是山地森林，或是火山岩浆留下的黑色岩石，很少有良田，难以从事农业。然而，萨摩亚人又是幸运的，因为他们拥有一种比较特殊的粮食资源，这就是岛上随处可见的面包树，尤其以萨瓦伊岛比较多见。

面包树是生长在热带的一种木本粮食植物，生长过程中特别需要阳光，该

萨摩亚的萨瓦伊岛，我与当地人一起享受在泉水泳池中戏水的乐趣

行走在萨瓦伊岛上，时常可以看到面包树，萨摩亚人餐桌上的面包就来自树上

我在萨摩亚遇上一对小姐妹，她俩有点像华人，我教她们说汉语，她俩很有兴趣

树种具有耐热、耐旱、耐湿、耐贫瘠的特点，非常适合萨摩亚的生长环境。

面包树结的果实叫作面包果，富含淀粉，果实口感类似面包，此树就是因此得名。一棵面包树一年可以结出上百个面包果，是食用植物中产量较高的一种，成为萨摩亚人餐桌上的主要食物。

面包果不仅淀粉含量高，而且营养价值丰富，食用前通常以烘烤、蒸、炸等方法进行加工，有的直接带皮放在柴火上烧。

萨摩亚人把这种树上结出的"面包"切成片，再烤一烤就成了他们盘中松软可口的美食。由于生长环境的原因，萨摩亚的面包果味道比其他地方的都要好。

面包树还是各种物品的原材料，用面包树树干做的小船是萨摩亚人传统的交通工具；用面包树建的房子，可以住上50年；萨摩亚人还用树皮做成绳子，满足生活之需。

四、新西兰

入境最方便的国家

第二次和第三次环球旅行，我均到访了新西兰，分别游览了新西兰的南岛和北岛。

在入境新西兰时，我感受到世界上最简单、最快捷、最方便的入境过程。

奥克兰机场的入境大厅，旅客分别排队等待入关。我询问工作人员应该排哪个队，他一看我的护照就让我去自助通道，我在想有没有搞错？在国外只要是中国护照持有者，都是人工审核，有时还要问上一堆话。

新西兰首都惠灵顿，这是世界上最南端的首都，街面繁华，整洁有序，轻松祥和

我来到自动值机前，按照图示要求将护照首页放在机器上扫描，几秒钟后第一道小门自动打开，同时显示前行箭头。我向前走到另一道关着的门，门的侧上方有一个显示屏，要求对准拍照，一秒钟的时间拍照完毕，小门自动打开。我走出来有些不解，这就算入境啦？总共不过10秒钟，既没有问干什么来了，也不问住多长时间，不需要提供返程机票，也太简单了吧，根本接触不到人，这么方便使我有点不大相信。

我看到人工关口排着不少中国人和其他国家的旅客，他们怎么不走自助通道？怎么就让我一个人享受这种待遇呢？我询问一个刚从那边过关的中国人，她说她的护照没有芯片，只能走人工通道，我这才明白。

我到访过一百多个国家，这是头一次享受快捷通关待遇，而且新西兰是发达国家，要是世界上每个国家都像这样就好了。刚来到新西兰就给我留下好印象，可以说新西兰是全球入境最方便的国家，没有之一。但是，接下来新西兰海关检查行李时，却排起了长长的队伍，由于我的行李非常少一会儿就通过了检查。

没有安检的机场

我从新西兰南岛最大的城市基督城，飞往因佛卡吉尔小城。

来到机场，这里的自动值机有中文，我很方便地拿到了登机牌。我根据机场内的指示标志前往登机口，走着走着来到登机口，我忽然想起来还没有进行安检，这可是一件稀奇的事情，难道新西兰国内航班不需要安检？我在世界上走过那么多国家，遇到过安检走过场的，从未遇到过没有安检的机场。我有点不相信，我决定再试一次，我走出机场，然后又自由自在地回到了登机口。

登机时也是自助方式，将登机牌在机器上扫描一下就可以直接登机，旁边的工作人员根本不看你的证件。直到坐在飞机上我才相信这是真的，太令人意外了。10天前，我在美国才体验过那里的安检，可以用十分严格来形容，就连北极圈内的科策布小镇，零下30摄氏度也要脱掉鞋子踩在冰凉的地面上，让人

新西兰南岛基督城机场候机厅，在这里搭乘飞机无须安检

感到美国和新西兰反差太大了。

作为西方发达国家的新西兰，能够以和平、理性的态度与世界各国相处，国内矛盾也能平和理智解决，加上国民素质较高，谁没事对新西兰的飞机发动恐怖袭击呢？从这一点让我感受到新西兰的社会环境非常好，不但自然景色美，而且这里的人们也非常友善。

乘坐小飞机"走极端"

在因弗卡吉尔小城的游客服务中心，我看到有飞往斯图尔特岛的飞机信息，这正是我想去的地方，这种冷僻的小地方在携程网上是无法订到机票的。我询问过服务人员后，通过她们预订了往返机票和青旅的住宿，一共245新元（1235元人民币）。这个费用不算贵，一个乘坐小型飞机的双飞2日游，比在阿根廷的汽车一日游还便宜。

我从旅馆步行来到机场，领取了登机牌。这家航空公司主要经营因弗卡吉尔到斯图尔特岛的航线，飞越30多公里宽的福沃海峡，这条航线上都是小型螺旋桨飞机。大飞机坐得太多了，很想坐坐小飞机，希望越小越好。

开始登机，连我一共只有4名乘客，同样不需要安检，查验登机牌的就是飞行员。我们乘坐的飞机是一架单引擎螺旋桨小飞机，包括飞行员只能乘坐6人，相当于一辆空中轿车。

飞机发动后，驶向跑道，飞行员和塔台没有进行任何联系，加大油门，便腾空而起，飞向南边的斯图尔特岛。天气没有风，飞机在空中飞得比较平稳，20分钟后就看到了岛上的机场跑道。这是一个无人看管的机场，跑道很短。飞机对准跑道，平稳地降落在沥青跑道尽头。航空公司的面包车开到飞机旁边，飞行员兼任货物员，将飞机上的货物搬下又搬上。我们坐上面包车向岛上唯一

我乘坐的单引擎螺旋桨小飞机，相当于一辆空中轿车，正在飞越福沃海峡

的小镇奥本驶去。

斯图尔特岛是新西兰第三大岛，位于南岛的南面，这里不仅是新西兰的最南端，也是大洋洲的最南端，与南极洲隔海相望，来到这里满足了我"走极端"的愿望。斯图尔特岛是一个火山岛，岛上以山地为主，原始森林茂密，是新西兰国家风景保护区，也是夏季旅游胜地。该岛之所以吸引人，就在于其天然粗犷的自然环境和原始的海岸线。岛上人口不到600，岛民以旅游业和捕捞牡蛎、鱼类为生。

小镇中心有酒店、餐馆、超市以及游客服务中心。这里有渡船客运站，每天都有渡船往返于南岛和该岛之间。候船室里干净又舒适，从里面可以看到整个海湾的景色。

我来到小镇上的博物馆，门票2新元。这里主要展示斯图尔特岛的发展历史，从1870年英国移民来到这里开始，在岛上伐木建房，捕鲸炼油，捕捞海产，展示了当时的生产工具，以及具有代表性的生活用品。一个不足千人的小

小飞机降落在无人机场，汽车直接开到飞机旁边，轻松来到大洋洲最南端的小岛上

岛，仅有100多年的历史，能有这样一个小展览馆，展示这里的生活，挺有纪念意义。

天气很好，不冷不热。我来到一处小海湾，这里由于没有珊瑚，所以沙滩呈现黄色。原始海滩上，到处都能看到类似于海带一样的海生植物，海浪一波又一波地涌来。几个当地人穿着潜水服，拿着捕鱼工具，以潜水的方式在海中抓鱼，他们已经抓到好几条大鱼。北极圈与这里相距非常遥远，每个地方都有各自的捕鱼方法，都能有所收获。

我来到小山上的一处观景台，居高临下可以看到整个美丽的海湾，这里有供人们休息的座椅。在这优美的自然环境里休息休息，享受美景，享受宁静，享受一时的孤独。

观赏灿烂的星空

斯图尔特岛地处偏远，又有海峡阻隔，这里没有游人如织的大景点，对于喜好宁静，热爱大自然的人而言，却是感受荒野、融入自然、享受幽静的好地方。岛上有多条步道，徒步其中可观赏自然美景，呼吸带有植物芳香的清新空气。

斯图尔特岛在地图上看很小，来到岛上徒步会感觉很大。我由于时间和体力所限，不可能走得很远，所以选择了一条比较短的线路，徒步游览一番。岛上自然环境保护得很好，原始质朴，几乎没有人为的痕迹，景色纯美。由于岛上没有毒蛇猛兽，即使一个人行走在林中，感受到的也是轻松和愉快。

晚上，我在背包客旅馆预订的户外帐篷，一晚仍需30新元（135元人民币），我记得以前睡过帐篷的地方还是在尼泊尔。翠绿的草坪上有许多帐篷，睡在优美的环境里有种亲近自然的感觉。

我来到背包客旅馆的大活动室里，边上网，边看其他老外打牌，这里又温暖，又热闹。由于近期都在偏远的地方旅行，很长时间没住青旅了，来到新西兰不得不入住青旅。这里有许多年纪大的人入住，看来青旅并不仅仅属于年轻人。

晚上我有意少喝水，尽量不在寒凉的夜里起来。然而半夜里还是被尿憋醒，我不得不穿上冰凉的衣裤，踏着满是露水的草坪，前往卫生间。回来的路上我抬头仰望了一下天空，天呀！我立刻感受到了惊喜：满天繁星，又多又密，无遮无拦，非常清晰，太壮观了，真是难得的美景啊，比我在亚马孙河上看到的星空还要漂亮。我这时才感到：寒夜里让我艰难地爬出帐篷，是有美丽的星空在等着我。我的星座是天蝎座，而天蝎座就在这南半球的天空，此乃天意，让我感受一下天蝎座。

都说新西兰南岛中部的蒂卡波湖是最佳观星地，我觉得斯图尔特岛也同样是个观星的好地方，让我看到了如此灿烂的星空。我想拍下这美丽的星空，可我没有任何准备，连个三脚架都没有，而且外面又挺冷的，就让这美丽的星空留在记忆中吧。

新西兰南岛皇后镇的瓦卡蒂普湖，我一边欣赏湖景，一边搭起七层石塔

在新西兰跳蹦极

新西兰南岛的皇后镇是一个依山傍湖的小城，有着好山好水好风光，但并不能满足人们不甘寂寞的心，一年四季享受各种刺激，才是当地人的追求。皇后镇不但是世界上最早开展商业蹦极运动的地方，还是集山地滑雪、高空跳伞、高空秋千、滑翔伞、高速快艇等极限运动于一体的"冒险之都"。

我来到距皇后镇20多公里的卡瓦劳大桥蹦极中心，世界上首家商业蹦极就设在卡瓦劳大桥上，所以在这座桥上尝试蹦极挺有意义。我准备先参观一番，然后再首次尝试蹦极。

来到蹦极中心，这里刚开门，随旅游团而来的游客到了不少，都是来看热闹的，蹦极台上却不见有人跳。我心想还是先看一下别人怎么跳，我可不想打头阵，也不愿让这么多游客看热闹。

我来到外面的观看台，又走上了卡瓦劳大桥。这是一座悬索木桥，桥下是陡峭而险峻的峡谷，峡谷底部流淌着卡瓦劳河的河水，桥面到水面有43米。由于汛期的缘故，河水并不清澈。每天都有许多蹦极挑战者到此一试，有许多来自世界各地的情侣或夫妻为了宣誓他们的爱情，双人一起跳蹦极。

桥面处于峡谷之上，冷风嗖嗖，等了好长时间才有人跳，但他们对身体的控制都不好，多数人都是脚朝下头朝上往下跳，这样当蹦极绳拉紧的瞬间，身体突然被拉翻转过来，对身体躯干的冲击较大，对于我这种退休的人尤为不利。根据蹦极的特点，离开桥面时就应该大头朝下，接近水面时身体应该尽可能垂直向下，这样脊柱只承受拉力，减少受伤的可能。

我来到服务大厅，花了205新元（922元人民币）买了一张成人票。买票之前要先在电脑上输入姓名、年龄、疾病情况等信息，并签名。我由于想跳，所以身体上的一些毛病一概忽略，加之我有所应对，出现身体意外情况的可能性不大。随后，我把外衣和物品存入储存箱里，以防掉入河中。

我来到桥上蹦极点，先称体重，然后系好安全带，接下来就是排队等候。这时有一个中国旅游团队到桥上观看，我跟一个男的开玩笑说："你要是肯跳，我把这张票送给你。"他的夫人一听赶紧说:"不行不行,我们可不跳。"

虽然排队的人不多,但每个人都要按程序准备,都是为了生命安全。有一对印度青年男女双人蹦极,他们一切准备工作就绪后,挪到了蹦极台边,摆好动作,工作人员数一二三,他们没动静,又数了一遍还是没跳。我看过一些录像,此时工作人员会从后面推上一把,可是工作人员并没有这样做。我穿着单衣单裤感觉非常冷,就想赶紧轮到我。两个印度人在"悬崖"边上犹豫了两分钟,最后才跳下去,双人跳确实挺吸引人。

轮到我了,工作人员问我:"你来自哪里?"我说:"来自中国。"他马上用中文问:"怕不怕?"我说:"不怕。"他又问:"要头入水还是手入水?"我说:"手入水。"我十几年前参加过高空跳伞,从心理上讲没什么好怕的,只是我属于上了年纪的人,身体能否承受这种冲击有点担心。要想跳就得承担一些风险,相信那是小概率事件。

工作人员在我的小腿上固定好毛巾,这样避免绳索对皮肤造成损伤,然后与蹦极绳连接起来,再连接腰上的保险带,一切准备就绪。我慢慢挪到了蹦极台边,工作人员让我朝着摄像机打个招呼,我又朝参观平台望去,向人群招了招手。然后,我想着基本动作,身体向前向下飞身脱离了蹦极台,头朝下向水面扎去。在下坠的瞬间,我看到水面越来越近,一般人是不睁眼的,而我要体验难得的下坠过程。突然我的双臂触及河水,衣袖都湿了,接下来就是强力反弹,我被迅速向上弹起,在重力和惯性力双重作用下,头部严重充血,我感觉头脑发胀,挺不好受,只能在空中反复上下运动,感觉对治疗腰椎间盘突出有点效果。终于蹦极绳不再伸缩,我被倒吊在了空中。我抓住小船上工作人员伸过来的接应杆,落到了小船上。

上岸时,还要录制一段蹦极后的感受短片,我对着镜头只说了一句话:"感觉真好,再见。"我来到服务台,看了一下刚才蹦极的录像,并花了55新元(248元人民币)买下来,获得一张蹦极证书和一件T恤。可惜忘记购买蹦极照片了。

有人说跳过蹦极如同感受一次生死,心里确实有一种刺激,我为今天顺利

蓝雪鱼生长在海中岩石周围，肉质滑嫩，鱼刺很少，味道鲜美，就是太贵

完成蹦极感到高兴，也为自身能够承受这种剧烈的折腾而欣慰。

晚上我决定慰劳一下自己，来到镇上一家海鲜餐馆吃海鲜。我点了一条新西兰南岛特有的蓝雪鱼，采取清蒸做法，外加一碗米饭。上来以后一尝味道鲜美，肉质细嫩，正如介绍描述的那样："蓝雪鱼，又名笋壳鱼，是新西兰水域特有的海产，也是新西兰最出名的海鱼之一"。

一顿饭花了194新元（约873元人民币），有点太奢侈了，我得为自己找个理由。我想：这是对参加蹦极的奖赏，60多年的人生不就这么一次奢侈吗？这样我才感到心安理得。

回顾一下，类似蹦极这样的危险活动参加了不少：在尼泊尔参加4级漂流、在乌干达参加5级漂流、在尼泊尔参加滑翔伞运动、在塞班参加高空跳伞、在玻利维亚死亡公路上骑行，等等。

参观新西兰民居

我在皇后镇的青年旅馆里遇到了来自中国的王先生，他租了一辆车，邀我一起前往箭镇游览，这是一个最初由淘金而逐步发展起来的旅游小镇，位于皇后镇东北20余公里处。

每年三至五月是这里的秋天，落叶乔木的叶子变得绚丽多彩，展现出秋季的美景。我俩首先来到小镇外围观赏秋景，此时天气非常好，阳光明媚，天空湛蓝。虽然刚刚入秋，已经有不少漂亮的红叶和黄叶。我们来到一棵枫树前，这棵树上的枫叶已经全部染红，在阳光照耀下，显得更加红火漂亮。有趣的是，半年的环球旅行，我遇上了两个秋天，上一个秋天在加拿大，此时在南半球的新西兰，似乎这里的秋天更美，真是时空一变美景再现。

我们在小镇里漫步，这里有许多漂亮的民居。走着走着，来到一家小巧别致具有维多利亚风格的老式住宅前。我俩正在对着这幢房子拍照时，从房子里

这家新西兰民居内部漂亮、整洁、简单、实用，虽然有人居住却有点像样板房

走出女主人，她主动招呼我们进去参观，这让我俩感到很意外：这里的白人真热情啊，直接邀请陌生人进入家里。

她的家并不大，虽然是老房子但依然整洁漂亮，室内陈设并不豪华，显得非常实用和典雅，一看就是女主人细心操持的结果。屋后有一个花园，种着梨树，结了许多梨，个头挺大。我们觉得她的住房既温馨又舒适，祝福女主人享受这里的生活，她也很高兴。

这个小镇上的民居都很漂亮，也很精致，各有特色。人们追求个性，不趋同，总想展示自己的想法，通过自家的住房展示与众不同，展示自己的风格。在小镇上，几乎没有相同样式的房子，展现出的是各家各户的民居之美。

中国的一些传统民居，在人文理念、建筑风格、建筑格局等方面与新西兰有着很大不同。如中国皖南地区的徽派建筑，是风格一致的黑瓦白墙、马头翘角的特色民居，以白色为主体的村落融入青山绿水之间，共同组成一幅美丽的画卷。

哪种建筑风格更优秀？其实不同的文化与建筑风格都很精彩，只有风格不同，没有优劣之分，就像自然界的花卉一样，竞相开放，各有各的美。

东西方不同文化同样各自精彩，存在差异，可以相互借鉴，没有优劣之分。文明只会相互欣赏，相互借鉴，文明不会相互冲突。

青年旅馆里的温馨

我与小廖同住在皇后镇的一家青年旅馆。小廖是广西南宁人，大学英语专业毕业后，来到新西兰进修旅游专业，现在正在新西兰寻找工作。他带了3个包，这就是他的全部"家当"，他不仅带着电饭煲还带着大米。

我到超市购买食物，买了土豆、胡萝卜、大葱，还有一小包调味品，又买了一份新西兰羊腿肉，晚上准备在青旅自己做菜吃，这是经济实惠的用餐方式。

回到青旅，我开始在厨房做菜，做一个羊肉烧土豆和胡萝卜，所有原料都产自新西兰。厨房里的餐具基本齐全，可以满足做菜的需要。只是调味料需要使用小廖带来的食用油和酱油，再加上厨房提供的盐和糖。经过一番操作，没花多长时间菜就做好了。小廖炒了一个西红柿炒鸡蛋，并用电饭煲做好了米饭，这样一顿晚餐就算完成。

小廖喊上他们房间里的一个英国女孩，我们三个人一起开始吃晚餐。我做的羊肉烧土豆胡萝卜挺好吃，特别是新西兰的羊肉又嫩又香，几乎没有膻味。新西兰的羊吃的是嫩绿没有污染的草，喝的是清澈的山泉水，而且气候良好，环境优美，这里的羊肉能不好吃吗。

我们边吃边聊，显得挺热乎，也比较温馨，感觉住在这里就像一个家庭似的。由于入住的人不多，没有人发出噪音，晚上睡觉也比较安静。同样是青旅，给人的感觉会有非常大的差别，我记得智利圣地亚哥的一家青旅，夜里房

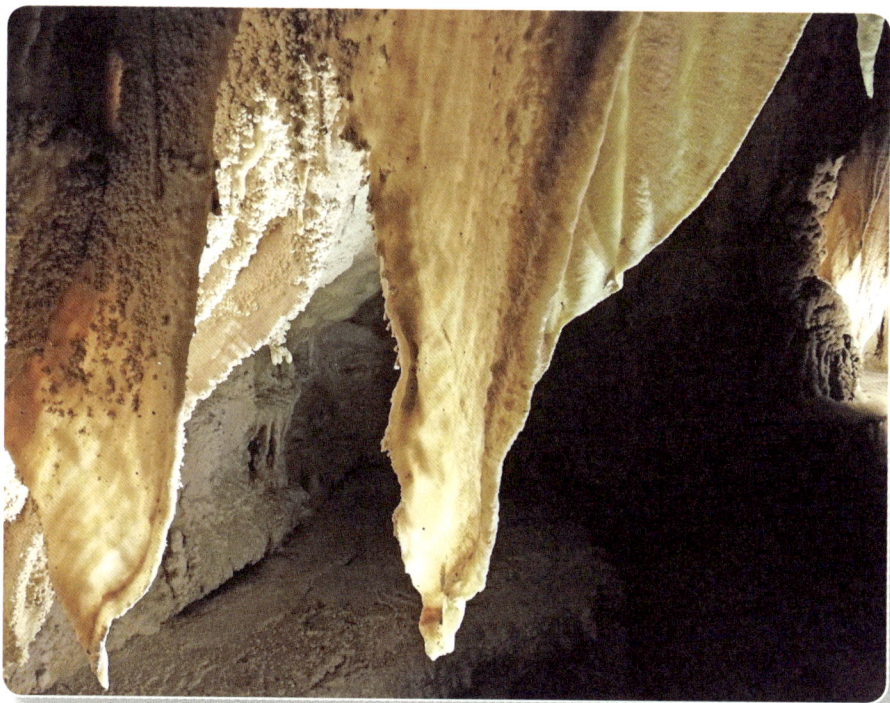

新西兰北岛的怀托摩萤火虫洞，洞里的钟乳石乳白而透明，形如幕布

门发出的噪声令人难以入眠。

第三次环球旅行，我在新西兰北岛旅行11天，从奥克兰向南至惠灵顿，一路从北到南游览了6个城市和3个景区，最后乘飞机返回奥克兰。全程大巴车+飞机+步行，不租车，不打车。感觉新西兰的公共交通挺方便，车况好，时间准。全部交通费用1031元人民币，既便宜又舒适，由于搭乘汽车前购买里程计算精准，很难做到比这些费用更低。

第八站

亚洲（东南亚）

一、印度尼西亚

印度尼西亚由17508个岛屿组成，是世界上最大的群岛国家，是世界上人口第四多的人口大国，有着2.62亿人，300多个民族。

第三次环球旅行我来到印度尼西亚，以前我曾经到访过印尼，去过经济发达的爪哇岛、巴厘岛等地，游览过印尼的一些知名景点。再次来到印尼，我想进行一次非典型旅行，主要前往外国游客稀少的非旅游热点地区，看看印尼小城市的发展情况，感受一下小地方印尼人的生活。

旅行印尼经济又实惠

"2019年全球最佳旅行目的地"榜单出炉，印尼位列其中。消费水平低，性价比高，酒店便宜，应该是印尼进入榜单的重要原因。

我正是在这个榜单出炉时，来到印尼。既然来到印尼，我觉得没有必要过于追求便宜，应该追求性价比，以较少的花费，得到较好的享受。

我首先来到印尼第二大城市泗水。这座城市高楼大厦不算多，市域面积很大，公共交通不算发达，街上公交车和出租车不太多。摩托车满大街都是，数量惊人，噪声不小。搭乘摩的既方便又便宜，是当地人出行的主要选择。来到城市干道上，摩托车如流水一般，想过马路可不容易。

在印尼旅行，既可以欣赏风景，又有不错的享受，饮食上属于东南亚风味，消费水平低廉。在泗水我花费275元人民币入住四星级酒店，带游泳池，早上可以享受丰盛的印尼式早餐。

我来到印尼加里曼丹岛东南部城市巴厘巴板，这是一座海滨城市，只是海水既不清澈，也不漂亮。虽然这座城市谈不上有多现代，但还算整洁，整个城市绿化很好。市内公共交通主要是招手就停的微型面包车和摩的，这两种形式

东南亚国家的人们喜欢骑摩托车，印尼也是如此，只是马路上的噪音比较大

泗水这家四星级酒店很温馨，房间里为客人准备有水果，还有一封致旅客的信

的交通工具乘坐起来又方便又便宜，我乘坐了好几次。

因为价格实惠，我在巴厘巴板又奢侈一把，再次入住四星级酒店，每晚的价格是239元人民币，包含丰盛的早餐。还有比这更便宜的同级别酒店，只是条件略差。

我来到印尼苏拉威西岛，入住万鸦老附近布纳肯小岛上的卡斯库斯度假村，一个人住在林中独立木屋。这是一家经济实惠型度假村，每天255元人民币，包含三餐。这里紧靠大海，环境优美而宁静，虽然餐食比较简单，性价比相当高。

印尼基础设施比较落后，高速公路仅有一千多公里，中国正在协助印尼修建雅万高铁。但航空运输不逊于中国，廉价航空又方便，又便宜，又准时，我在印尼国内旅行全部搭乘廉价航班。

印尼人短距离出行大多依靠摩托车，多数自己驾驶，或者打摩的，这里没

我入住的印尼四星级酒店，价格便宜，自助早餐比较丰盛，东南亚口味

见到电动车。中国的电动车无声无序，印尼的摩托车有声有序。我的背包比较轻便，可以方便搭乘摩的，感受到的是又快又便宜。在印尼打摩的也可以网上约车，只不过我不会网上约车，其实也没这个必要。

水下悬崖峭壁潜水

印尼的苏拉威西岛在地图上的形状非常独特，类似于大写的英文字母"K"，向外分出四个半岛。岛的中部是险峻的山地，修筑公路非常不便，四个半岛之间的交通往来，走海路比陆路还方便。位于苏拉威西岛北端的城市叫作万鸦老，又叫美娜多。万鸦老靠山临海，是北苏拉威西省首府，城市不大，道路曲折，交通繁忙。

我坐船来到与万鸦老隔海相望的布纳肯岛。该岛非常小，属于印尼布纳肯

我戴好潜水面罩、呼吸管和脚蹼，即将潜入海中，享受峭壁潜水的快乐

国家海洋公园的一部分，距苏拉威西主岛仅3公里，人口约900人。岛上全部被热带雨林所覆盖，没有汽车，只有摩托车，砖块铺筑的道路被绿色植物所遮掩。岛上环境优美，远离尘嚣，空气清新，岛民友善。

小岛上有几家度假村，我选择入住一家比较便宜的度假村。这里地处赤道附近，日照强烈，湿度较大，蚊子不少。度假村里没有Wi-Fi，白天没有电，电扇无法使用，淋浴只有冷水，还略微有点咸。在这里欣赏美景的同时，需要克服许多不便。如果入住高档度假村，要舒适一些。

布纳肯小岛的魅力在于这里是世界级潜水胜地，小岛周边的潜水点多为大深度断崖潜水，非常诱人，是感受水下悬崖峭壁的好地方。我和同住这个度假村的两位德国女士，在当地导潜的带领下，一起乘船前往断崖处浮潜。

浮潜对于会游泳的人来说简单易学，一旦学会便可潜入海中观赏水下美

海底的软珊瑚，色彩鲜艳的小鱼喜欢躲藏在珊瑚中

景。憋气时间越长的人，越可以自由穿梭于水下世界，可以从容地拍摄水下照片或录像。对于不会游泳的人，只能穿上救生衣趴在水面上浮潜，无法接近水下美景，观赏效果会大打折扣。

我们三个人分别戴好潜水面罩、呼吸管和脚蹼，在导潜人员的带领下，跳入海中。我们向着海底悬崖方向游去，这里的海底如同一个海底花园，有许多色彩缤纷的硬珊瑚和软珊瑚，成群的珊瑚鱼躲藏在珊瑚中，不时出来露个脸。还有海龟和各种鱼类令人目不暇接。

我来到海底悬崖边缘，悬崖下方深不见底，直落超过上百米，海水由浅蓝变成深蓝色，有一些大鱼在深处游动。置身于断崖的深蓝处，立刻产生一些恐惧感，生怕坠入海底深渊，幸亏有海水浮力的托举。当逐渐适应了深不见底的深蓝以后，我轻松地游走在悬崖边上，仔细观赏海底断崖处的美妙景致，尤其在断崖的边缘处，随处可见漂亮的珊瑚，以及色彩鲜艳的鱼群。在这里我尽情

海底悬崖边缘上生长着色彩鲜艳的珊瑚，置身深蓝色的断崖处，下方深不见底

布纳肯小岛四周的浅海有许多海星，属于食肉性动物，拿在手上却不像个动物

体验"如临深渊"的感觉，并拍摄坠崖的动作，这可是一种难得的刺激。

布纳肯小岛附近的浅海海底有许多海星，一到海水退潮的时候就会显露出来。海星色彩各异，有大有小，虽然属于海洋动物，但它们却一动不动，即使拿在手上也没有任何反应。海星看上去挺漂亮，但并不讨喜，因为它们会与人类争食海鲜，如鲍鱼、扇贝等。

印尼普通人的生活

在国外，越是偏远的小城镇，越是没有外国人到访的地方，越能感受到当地人的生活，越能了解到当地发展状况。

我从苏拉威西岛的万鸦老，乘郊区车来到25公里外的托莫洪小镇。这里有着迷人的乡村山野风光，田野、村落、香料园遍布在绿色的山间。宁静的小镇上有许多典雅的教堂，道路两旁是当地传统的木结构民居，不远处是沉睡的火山。由于海拔升高了许多，这里比海边要凉爽一些。

来到托莫洪小镇的游人，都要到农贸市场转转，体验一下当地的民俗。这里的肉类市场有许多野味，有带着毛的野猪肉，有截掉翅膀露着牙齿的大蝙蝠，有林鼠、蟒蛇，还有狗和猫。这是当地人千百年来在热带雨林中生活所形成的饮食习惯。

万鸦老市内商店多，餐馆多，摩托车多，显得比较拥挤。这里没有什么工业，人们就业只能依靠服务业。虽然算是旅游城市，但游客并不多。在这里饮食、住宿，或者到超市里买点东西都比较方便。只是城市基础设施比较落后，电力供应明显不足，可以看到不少店铺门前有自备的发电机。

港口附近的大桥，是观赏万鸦老城市风光的好地方。山坡上的民居比较简陋，外墙刷有色彩鲜艳的涂料，是城市一景。码头上停泊着各种客船，往返于

印尼各岛屿之间的交通运输主要靠船，只是坐船时间长，没能体验一番

印尼各岛之间。傍晚的落日非常诱人，只是这里地处赤道，太阳下落的速度非常快。

印尼的加里曼丹岛是世界上第三大岛，岛上遍布热带雨林，其中72.6%的面积属于印尼，剩下的属于马来西亚和文莱。加里曼丹岛东部城市三马林达不是旅游城市，这里见不到外国游客，我身处这里不受"待见"，很享受这种无人搭理的感觉，可以随处走走看看。在中国可以到处扫码消费，而在这里连信用卡都难以派上用场，只能使用现金。

沿着马哈坎河沿岸的临水民居，属于三马林达的贫民区。由于河水流量大，污染较轻，当地人洗菜、洗衣、洗澡，甚至刷牙漱口全都在河边进行。只是厕所也建在河里，相距刷牙洗脸的地方很近，而且是直排入河，污物随河水而去，岸上显得清爽，没有臭味。傍晚是河边最美的时候，也是儿童们戏水的好时光，孩子们纷纷跳入河中享受快乐。

加里曼丹岛三马林达市郊，当地人把厕所建在河上，这里的水量可赶不上亚马孙河

在三马林达市内河流两岸，也有许多临水而居的当地人，生活环境并不算好。城市污水直接排入河中，河上漂浮着各种杂物，河水看上去就不太干净。然而当地人依然使用河水洗衣、洗澡，看来他们已经习惯了这种生活，并不觉得不干净。河中有鱼在游，是否证明河水污染程度并不很严重？

我经过三马林达体育馆，进去一看，当地妇女们正在聚会，台上台下载歌载舞，轻松欢快，这是她们相互交流学习的好机会。看来印尼这个伊斯兰教国家相对宽松，通过这些活动，减少对妇女的束缚，提高她们的社会能力。

巴厘巴板是一座位于加里曼丹岛东南部的沿海小城，这里有海湾和海港，有机场，公路和水运交通便捷。比起印尼其他各大岛，加里曼丹岛少有地震和火山，该地区不易发生自然灾害，且位于印尼的地理中心。因此，在巴厘巴板西北部几十公里处，印尼的新首都即将拔地而起，新首都名叫努桑塔拉，在印

印尼加里曼丹岛巴厘巴板市，骑着摩托车卖包子的当地小贩在路边休息

尼语中有群岛之意。

印尼地处热带，烈日炎炎，而普通印尼人性格比较平和，不急不躁，公共场所很少有人大声喧哗。我在印尼旅行十余天，从未见到有人争吵，更没有见到有谁动粗，可能是小地方的人比较低调。虽然印尼曾经发生过排华与杀戮，那只是一段至暗的历史。印尼人朴实热情，在这里旅行比较有安全感，至少在印尼小城镇是这样。

二、文莱

这里的民生幸福美好

第三次环球旅行我来到文莱，该国可以落地签，签证费100元人民币，比较便宜。

文莱是个非常小的国家，拥有丰富的石油和天然气，依靠自然资源的优势成为亚洲富裕之国。该国实行免费教育，免费医疗，免征个人所得税。该国有43万人口，有着80多万辆小汽车，公共交通不发达，给没有车的游客带来不便。

文莱首都斯里巴加湾市，这里车多人少，道路宽畅，秩序井然，就是打车不便

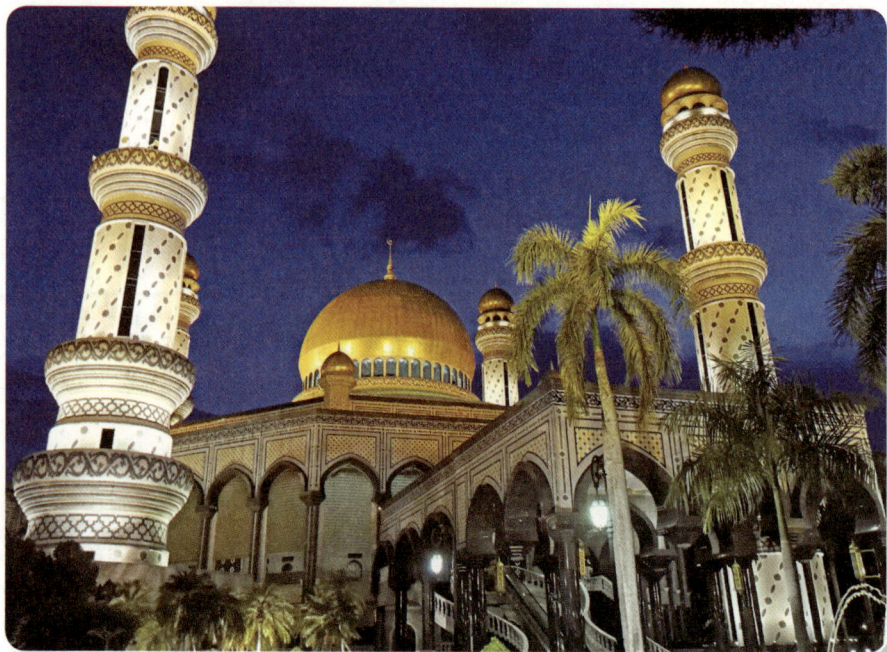

哈桑纳尔·博尔基亚清真寺，金光四射，精美大气，成为文莱的经典建筑

　　文莱是个伊斯兰教国家，全国各地有许多清真寺，其中最著名的当属首都斯里巴加湾市中心的奥马尔阿里赛福鼎清真寺。该清真寺坐落于人工湖畔，湖中有一座风格独特的石舫，这样的景致使整个清真寺显得更加精美。

　　斯里巴加湾还有一座著名的清真寺，叫哈桑纳尔·博尔基亚清真寺，由现在的文莱苏丹掏钱修建，并以他的名字命名。该清真寺规模宏大，主体拱顶与四周的尖塔均贴有24K纯金，金光四射，雍容富丽，配以灯光、喷泉和热带植物，显得非常漂亮。

　　文莱水上村是个市内景点，位于首都市中心的文莱河上，这里多数为中低收入家庭。村中有学校、清真寺、邮局、消防队等公共设施，水电供应完善，有相互联通的栈道，生活既传统又方便，比印尼水上屋要好得多。由于地处黄金地段，这里的许多人宁愿水上住，不愿陆上居。

　　文莱是个君主专制国家，实行伊斯兰刑法，在西方人眼里是最不民主的国家。然而，作为和平之邦的文莱，苏丹国王非常开明，每次王权都是和平移交。文莱人有着自己的生活方式，人们安居乐业，街上无人乞讨，没有人偷窃和抢劫，街道整洁，道路宽畅，秩序井然。这个有别于西方的国家，人们生活照样幸福美好，从人们细小生活中就能感受到。

在这里旅行轻松自在，很有安全感，比起那些有民主而缺乏安全感的国家，还是安全最重要。

游览六星级超豪华酒店

文莱帝国酒店是一座六星级超豪华度假酒店，被誉为"亚洲最富丽豪华的度假村"，也是世界上规模最大的度假村之一。

我专门安排一天时间，前去参观游览这座位于南中国海边上的酒店。这座酒店远离市中心，单程有20多公里。我舍不得打车前往，因为这里的出租车贵

帝国酒店主楼大厅豪华大气，配有超大三角钢琴，弹奏起来响彻大厅

六星级帝国酒店自助餐厅，在这里用餐并不算贵，服务非常周到

帝国酒店自助餐厅有丰富的东南亚口味的菜品，还有精致的甜点

得出奇，而且还不容易找到。我查询到可以乘坐公共汽车到达离酒店不远的地方，然后再步行一段距离。

我在市内公交车总站乘上公共汽车，40分钟后到达终点站，然后向酒店方向走去。像我这样乘坐公共汽车，然后步行来到这种高档酒店的，实在是少有。

来到这里如同进入一座大花园，主体建筑流光溢彩，其他建筑分布在绿色之中。这里有五个游泳池，拥有文莱顶尖的高尔夫球场，有数个高档餐厅，还有电影院、戏剧院等娱乐设施，精美的整体设计，令人印象深刻。

帝国酒店从一进入主楼大厅就能感受到皇家气势：超高的酒店大厅，高耸的大理石柱上贴着金箔，豪华典雅的装饰，使这里既金碧辉煌、豪华大气，又精致庄重，赏心悦目。酒店的服务人员彬彬有礼，热情周到，没有谁会把你当作参观者，来到这里的都是宾客。

我在酒店各处上上下下，里里外外参观游览一番，并来到海边和高尔夫球场欣赏美景，只是海滩不算漂亮。在这里我遇到了一群来自中国的参观者。

来到帝国酒店，光看只能饱眼福，不亲身体验一下似乎有些遗憾。真要掏出上千块钱住一晚最便宜的房间，对我来说也难以接受，好在自助午餐非常亲民。我决定在这六星级豪华酒店感受一下自助餐，体验一番豪华。

靠近海边的自助餐厅豪华舒适，菜品不错，属于东南亚风味，许多甜点如同工艺美术品，让人不忍张口。在优雅轻松的环境里，吃着美食，看着美景，有种高雅奢华的享受。

六星级酒店一日游总共花费164元人民币（往返车费+自助餐费），如果乘出租车前往，单程车费都不止这个费用，两个字：超值。

富国仍可经济旅行

虽然文莱是亚洲最富有的国家之一，但这里的消费比较亲民，既有豪华享受，又适合普通人消费，游客仍可尝试经济旅行，吃、住、行、游都能找到经济实惠的地方。

加东夜市是斯里巴加湾一处人流汇聚的地方，每天晚上来这里消费的人很多，绝大多数是当地人，显得非常热闹。这里汇聚了文莱风味的特色小吃和各式饮料，还有当地的水果，品种繁多，可选余地大，而且价格便宜，想吃饱30元人民币即可，想吃好60元就行。如果住在夜市附近，每天吃饭既方便又便宜，再合适不过。

斯里巴加湾市内也能找到比较便宜的大众化餐馆，一般是亚洲风味，比较适合中国人的饮食习惯。

在文莱，能够找到类似于青年旅馆那样性价比较高的旅馆，需要在网上搜寻并预定，这样会比较方便。

文莱虽然富裕，但公共交通并不发达，出租车又少又贵，我从机场到市中心搭乘过9公里需要支付100元的出租车，主要是没能赶上最后一班公交车。所以尽量不要搭乘出租车，尽可能乘坐公共汽车。实际上，文莱仍然有比较方便

文莱首都斯里巴加湾市内的加东夜市，这里有各种当地美食，价格不贵

斯里巴加湾市内能见到许多长尾猴，它们在这里生活得挺自在，没人打扰

的公交车，满足不同人的出行需求。只是需要提前了解清楚当地公共汽车总站位置、线路情况、发车密度、首末班车等情况，就可以放心搭乘，语言能力强的可以随时询问。

我在文莱游览，往来各处景点全部依靠公交车和步行，文莱大多数景点都是免费的，比如清真寺、水上人家、皇家礼仪博物馆、文莱帝国酒店、文莱博物馆等。

我在文莱一共逗留4天时间，入住简易单室间，吃过六星级超豪华酒店的自助午餐，搭乘过9公里100元的出租车。在文莱的全部花费是855元人民币（不含抵达和离开的机票费用），平均每天214元。在文莱这样的富国，我依然实现了经济旅行，收获同样丰厚。

三、菲律宾

特色交通工具吉普尼

第三次环球旅行的最后一站，我来到菲律宾。

由于历史原因，菲律宾受美国文化影响比较深，从大街上的交通工具就能看出美国的印记，这就是吉普尼。最初的吉普尼来自第二次世界大战后美军遗留下来的吉普车，菲律宾人进行了实用性改造，加长了车身，增加了载客量，乘客从后面上下车。

在菲律宾，无论是繁华的大都市，还是偏远的海岛，几乎到处都能看到色

马尼拉的城市交通十分拥挤，数辆吉普尼拥堵在路口，只有人力车可以通行

彩鲜艳的吉普尼，这是人们出行必不可少的交通工具。只是这些吉普尼绝大多数是柴油车，由于车况较差，许多老旧吉普尼冒着浓浓的黑烟，给环境造成严重影响。

吉普尼多为私人拥有，运营成本低，维护简单，通风良好，一般有固定的行驶线路，车前面有线路名。吉普尼多数没有固定停靠站，招手即停，随时上下，非常方便。上车最好准备好零钱，免得找零，而且只能使用现金。在马尼拉起步价是8比索，合人民币1元出头。

我虽然讨厌吉普尼的噪音和污染，但像当地人一样喜欢乘坐，因为它方便又便宜，同时可以体验当地人的出行生活。在小城镇或偏远海岛，乘坐吉普尼很方便，只要弄清行驶方向或目的地就可放心乘坐。

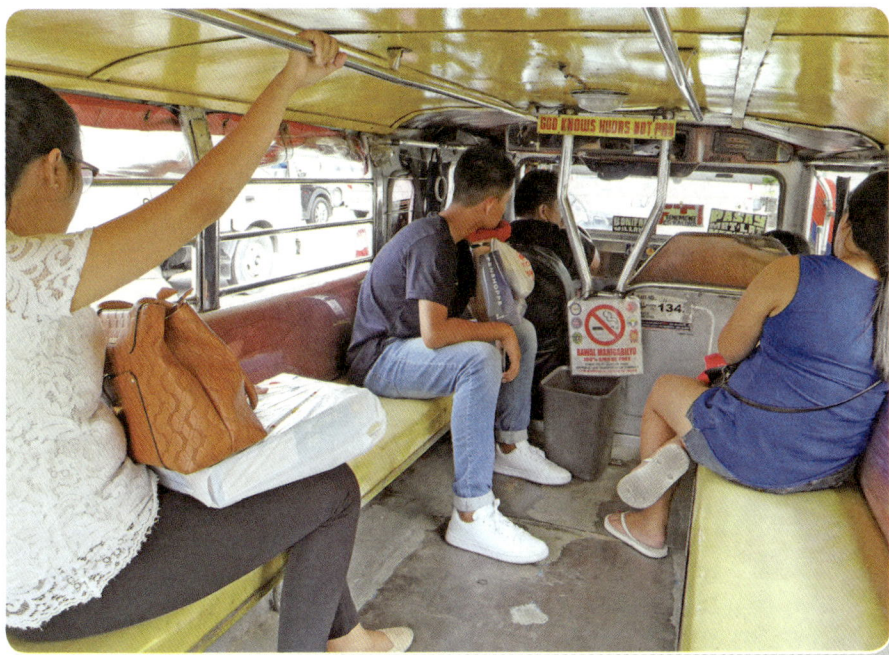

我在菲律宾经常乘坐吉普尼，这是马尼拉城内吉普尼车内状况，没有空调，四处通风

美景遍地消费低廉

菲律宾首都马尼拉是一座国际化的城市，也是一座多元化的城市，被称为亚洲的纽约。马尼拉的核心区高楼林立，街道干净整洁，颇有国际化大都市的风范。城市外围有许多高架桥，高楼大厦在不断增多，巨大的购物中心人气旺盛，餐馆遍布，繁华热闹。

菲律宾的基础设施比较落后，贫富差距明显，有着庞大的贫困人口。离开马尼拉繁华区域，在城市各处随意走走，能感受到很大的反差：大量的低收入家庭，街道狭窄，居住拥挤，交通混杂，杆线密如蛛网，河道污染严重，这才是马尼拉的全部。

菲律宾有一亿多人口。马尼拉是该国最大的都市群，既现代又落后，既豪华又贫穷。在市中心到处都能见到持枪的保安，给人一种不安全感。其实菲律

这辆人力三轮车上坐着菲律宾一大家子人，我数了一下有九个人，应该没数错

宾人热情好客，平和友善，而且非常乐观，即使是贫困的人也不缺快乐，离开大城市更能感受到这一点。

菲律宾由7000多个岛屿组成，其中不乏美丽的海岛，许多岛屿山水相间，自然环境优美，绿色丛林茂密，乡间稻田翠绿，沿岸沙滩环绕，清澈海浪拍岸，海面以下有着漂亮的珊瑚和鱼群。我来到菲律宾最具代表性的一些岛屿，感受自然美景和低廉的消费。

爱妮岛是菲律宾巴拉望群岛最北部的一片岛屿，那里散落着数十个形态各异的石灰岩岛屿，多嶙峋的岩石与峭壁，保持着原始自然面貌。这里可以参加不同线路的跳岛游。乘坐木质的螃蟹船，探索散落在大海中的石灰岩岛屿，观赏美丽的沙滩和潟湖，浮潜或者垂钓，令每一个到访者十分快乐。

甘米银岛属于菲律宾最美丽的岛屿之一，这是一座火山岛，岛上有7座火山，生态环境非常好。前往该岛不算方便，所以这里游客稀少。这座海岛自然

菲律宾中部的阿波岛，这是当地人用简单的工具，在海中石缝里捕捉的海鱼

我在爱妮岛附近的海域潜入水下，观赏海底美丽的珊瑚和鱼群

纯朴，有接近体温的温泉、有冰凉的冷泉、有可以直接饮用的苏打水泉，还有瀑布和溪流，可以进行丛林徒步或攀登火山。离甘米银岛不远的海上，有一座水下珊瑚礁盘，礁盘上有露出海面的白沙，成为唯美的海上白沙岛。在白沙岛上远观甘米银岛，更能感受这座海岛的美。来过这里的人都把这座小岛当作自己的一块宝石。

锡亚高岛位于棉兰老岛东北方，是世界十大冲浪地之一，这里全年都有海浪，冲浪点在面向太平洋的小岛东侧。比起其他海岛这里显得宁静，没有多少商业色彩，只有自己找上门去的小型度假村。岛的东部海岸有个天然游泳池，这是由海岸岩石自然形成的水潭。涨潮时，海水淹没海边的岩石和水潭，退潮时，蔚蓝色的天然游泳池显露出来。我从岸边突出的岩石上纵身扎入水中，又刺激又好玩。这个岛上还有大片的红树林沼泽地，有瀑布和森林，景色优美。

在菲律宾旅行，最大的特点就是美景遍地消费低廉，遇上航空公司促销时，国内至菲律宾的特价机票几百元就能搞定。在菲国内旅行，搭乘廉价航

甘米银岛自然纯朴，到处都是绿色，水牛拉车传统环保，乡间情调浓厚

甘米银岛有温泉有冷泉，我纵身跳入冰凉的冷泉泳池，待时间长了会感到浑身发冷

锡亚高岛有着美丽的海岛风光，划着小船行进在岛屿附近，令人心旷神怡

锡亚高岛东部海岸有个漂亮的天然游泳池，在这里游泳非常惬意

在热带海岛上总能遇上壮观的落日，我久久不愿离去

班，乘船或者乘车都无须太多的费用。由于消费水平较低，吃、住、行、游都比较便宜，性价比非常高。相比马尔代夫、毛里求斯、斐济、萨摩亚等印度洋或太平洋岛国，菲律宾的海岛景观毫不逊色，而旅行费用有可能节省一半以上。

菲律宾是我第三次环球旅行的最后一站，离开这里我将返回国内。在最后的返家旅程中，我花费一些时间在网上搜寻最佳路线和便宜机票，力争花费最少的旅费。我从马尼拉经深圳飞回南京，第一段搭乘宿务航空廉价航班，第二段搭乘中国南方航空航班，两段日间航班共花费395元人民币，让我便宜到家。不知道有没有比这更便宜的，看来已经接近极致。

完